F

AMANDA QUICK | Un pasado sombrío

byblos

Título original: *Slightly Shady*

Traducción: Elsa Mateo

1.ª edición: febrero 2004

© 2001 by Jayne A. Krentz
© Ediciones B, S.A., 2004
  Bailén, 84 - 08009 Barcelona (España)
  www.edicionesb.com

Publicado por acuerdo con Bantam Books,
un sello de The Bantam Dell Publishing Group,
una división de Random House, Inc.

Ilustración de cubierta: © José del Nido
Diseño de colección: Ignacio Ballesteros

Printed in Spain
ISBN: 84-666-1647-0
Depósito legal: B. 1.830-2004

Impreso por LITOGRAFÍA ROSÉS

MAR 2009

AMANDA QUICK | Un pasado sombrío

Para Frank, con todo mi amor

Prólogo

Los ojos del intruso brillaban con un destello de fuego glacial. Alzó una mano con fiereza y de un certero golpe derribó otra hilera de vasijas del estante. Los frágiles objetos se estrellaron contra el suelo haciéndose añicos. Luego se acercó a una vitrina en la que se exhibían diversas estatuillas.

—Le aconsejo que haga las maletas de inmediato, señora Lake —dijo, mientras dirigía su atención a un conjunto de frágiles figuras de Afrodita, Pan y diferentes sátiros—. El carruaje partirá en quince minutos, y le aseguro que usted y su sobrina estarán en él, con o sin equipaje.

Lavinia, al pie de la escalera, lo observaba sin poder hacer nada por evitar la destrucción de sus mercancías.

—No tiene derecho a hacer esto. Me está arruinando.

—Todo lo contrario, señora. Le estoy salvando el pellejo —y apoyando su bota derribó una enorme urna, decorada al estilo etrusco—. Y no espero que me dé las gracias, no se preocupe.

Lavinia se encogió de hombros al ver cómo la urna estallaba al chocar contra el suelo. Comprendió que no tenía sentido oponerse a ese lunático. Estaba decidido a destruir la tienda y ella no podría detenerlo. Siendo una niña había aprendido a reconocer las señales que indicaban cuándo había llegado el momento de emprender una retirada táctica. Pero nunca había aprendido a soportar estoicamente los reveses del destino.

—Si estuviéramos en Inglaterra, lo haría arrestar, señor March.

—Lo sé, pero no estamos en Inglaterra, ¿verdad, señora Lake? —Tobias March agarró un centurión de piedra de tamaño natural por el escudo y lo lanzó hacia delante. El romano cayó sobre su espada—. Estamos en Italia, y a usted no le queda más remedio que hacer lo que yo le ordene.

Era inútil resistir. Si seguía intentando razonar con Tobias March, no tendría tiempo suficiente para hacer el equipaje. Pero su nefasta tendencia a la terquedad le impedía rendirse sin presentar batalla.

—Bastardo —dijo, apretando los dientes.

—No en el sentido legal. —Arrojó al suelo otra hilera de vasijas, éstas de arcilla roja—. Pero creo comprender lo que usted quiere insinuar.

—Es evidente que usted no es un caballero, Tobias March.

—No voy a discutir eso con usted —dio un puntapié a una estatua, representando a Venus desnuda, de no más de un metro de altura—. Pero en todo caso, usted no es una dama, ¿o me equivoco?

Ella se estremeció cuando la estatua se hizo añicos. Las Venus desnudas eran bastante populares entre su clientela.

—¿Cómo se atreve? Que mi sobrina y yo quedáramos varadas aquí en Roma y nos viéramos obligadas a abrir una tienda durante unos pocos meses para mantenernos no le da ningún derecho a insultarnos.

—Basta. —Se volvió bruscamente hacia ella. Bajo la luz de la lámpara, su rostro adusto parecía más frío incluso que los rasgos de una estatua de mármol—. Dé las gracias porque haya llegado a la conclusión de que usted no es más que una víctima involuntaria del delincuente que estoy persiguiendo, y no un miembro más de su banda de ladrones y asesinos.

—Yo sólo sé que, según usted, los maleantes estaban utilizando mi tienda para intercambiar mensajes. Sinceramente, señor March, su desconsiderada conducta no me predispone a creer una sola palabra de lo que dice.

Él sacó de un bolsillo una hoja de papel plegada.

—No me negará que esta nota estaba oculta en una de estas vasijas...

Ella echó un vistazo a la nota acusadora. Minutos antes, y abrumada por la sorpresa, lo había visto destrozar una hermosa vasija griega y sacar de entre los fragmentos un mensaje que se parecía notablemente al informe de un maleante a su jefe. Algo acerca de un trato con piratas que había sido cerrado satisfactoriamente.

Lavinia alzó la barbilla.

—No es culpa mía que uno de mis clientes dejara caer una nota personal en esa vasija.

—No exactamente un cliente, señora Lake. Hace varias semanas que los maleantes se están sirviendo de su tienda.

—¿Y usted cómo lo sabe, señor?

—He estado vigilando este lugar y todo lo que usted ha estado haciendo durante casi un mes.

Ella enarcó las cejas, impresionada por aquella exasperante confesión aparentemente trivial.

—¿Se ha pasado usted todo el mes espiándome?

—Cuando di comienzo a mis investigaciones, supuse que usted formaba parte de la banda que Carlisle tiene aquí, en Roma. Sólo después de mucho cavilar, llegué a la conclusión de que tal vez usted no supiera a qué se dedicaban algunos de sus llamados clientes.

—Me ofende.

Él la miró con expresión burlona e inquisitiva.

—¿Me está diciendo que sabía usted por qué venían por aquí tan a menudo?

—Nada de eso. —Se dio cuenta de que estaba empezando a alzar la voz, pero no podía evitarlo. Nunca en su vida había estado tan enfadada ni tan asustada—. Yo creía, simplemente, que eran honestos compradores de antigüedades.

—¿Ah, sí? —Tobias echó un vistazo a una colección de potes verdes de vidrio, algo empañados, alineados con esmero en uno de los estantes superiores. Su sonrisa no dejaba entrever un ápice de calidez—. ¿Y cuán honesta es usted, señora Lake?

Ella se puso rígida.

—¿Qué está insinuando, señor?

—No insinúo nada. Pero me he dado cuenta de que la mayoría de los artículos de esta tienda son copias baratas de objetos antiguos. Muy pocas de las cosas que hay aquí son verdaderas antigüedades.

—¿Y usted cómo lo sabe? —replicó ella—. No creo que sea un experto en antigüedades, señor. No me dejaría engañar por una afirmación tan descabellada. Usted no puede hacerse pasar por un estudioso, no después de lo que le ha hecho a mi tienda.

—Tiene razón, señora Lake. No soy un experto en antigüedades griegas y romanas. Soy simplemente un hombre de negocios.

—Tonterías. ¿Por qué un simple hombre de negocios vendría a Roma persiguiendo a un maleante llamado Carlisle?

—Estoy aquí en representación de uno de mis clientes. Mi misión es llegar a descubrir por qué un hombre llamado Bennett Ruckland corrió semejante suerte.

—¿Y cuál fue la suerte de ese tal señor Ruckland?

Tobias la miró.

—Fue asesinado aquí, en Roma. Mi cliente cree que lo mataron porque sabía demasiado acerca de la organización secreta que Carlisle controla.

—Una historia creíble.

—De todos modos es mi historia, y la mía es la única historia que importa esta noche —arrojó otro jarrón al suelo—. No le quedan más que diez minutos, señora Lake.

Era inútil insistir. Lavinia se recogió la falda y comenzó a ascender la escalera. Pero a mitad de camino se detuvo, asaltada por un pensamiento.

—Este asunto de investigar los crímenes en representación de sus clientes... Me parece una profesión un poco extraña —dijo.

Él aplastó un pequeño quinqué romano.

—No más extraño que vender antigüedades falsas.

Lavinia estaba indignada.

—Le dije que no son falsas, señor. Son reproducciones que se venden como *souvenirs*.

—Llámelas como quiera. Para mí son imitaciones fraudulentas.

Ella esbozó una sonrisa.

—Pero usted acaba de decir, señor, que no es un experto en objetos exóticos, ¿no es cierto? Usted no es más que un simple hombre de negocios.

—Le quedan aproximadamente ocho minutos, señora Lake.

Ella llevó su mano al colgante de plata que usaba sobre el pecho, como solía hacer cuando algo ponía a prueba sus nervios.

—No sé qué pensar: si usted es un monstruoso villano o si simplemente está loco —murmuró ella.

13

Por un instante, el comentario pareció hacerle gracia.

—¿Hay alguna diferencia?

—No.

La situación era inviable. Lavinia no tuvo más remedio que reconocer su derrota.

Con una sorda exclamación de frustración y enfado, se volvió y echó a correr escaleras arriba. Cuando llegó a la pequeña habitación, iluminada apenas por una lámpara, comprobó que a diferencia de ella, Emeline había aprovechado el tiempo que se les había concedido. Los dos baúles medianos y otro muy grande estaban abiertos. Los más pequeños ya estaban llenos hasta los topes.

—Gracias a Dios que has llegado. —La voz de Emeline, que estaba escudriñando el armario, sonó apagada—. ¿Qué fue lo que te demoró tanto?

—Estaba intentando convencer al señor March de que él no tiene ningún derecho de echarnos a la calle en mitad de la noche.

—No nos está echando a la calle. —Emeline se enderezó y se apartó del armario, acunando en sus brazos una pequeña vasija antigua—. Nos ha proporcionado un carruaje y dos hombres armados para que podamos salir de Roma sanas y salvas y regresemos a Inglaterra. Es muy generoso de su parte.

—Tonterías. No hay nada generoso en lo que hace. Yo diría que está tramando algo sucio y quiere quitarnos de en medio.

Emeline estaba ocupada en envolver la vasija en una bata de bombasí.

—Él cree que corremos un serio peligro a causa de ese maleante, Carlisle, que usaba nuestra tienda para intercambiar mensajes con sus hombres.

—Bah. Eso de que en Roma hay un maleante haciendo de las suyas no es más que algo que dice el señor

14

March. —Lavinia abrió un aparador. Un Apolo muy apuesto y bien dotado la miró desde el interior—. Yo, por mi parte, no me fío demasiado de lo que ese hombre nos ha dicho. En mi opinión, lo que quiere es usar este lugar para algún fin inconfesable.

—Yo estoy segura de que nos ha dicho la verdad. —Emeline guardó en el tercer baúl la vasija protegida por su envoltura—. Y de ser así, sin duda tiene razón: estamos en peligro.

—Si hubiera una banda de maleantes metida en todo este asunto, no me extrañaría que Tobias March fuera su jefe. Él dice que sólo es un hombre de negocios, pero a mí me parece obvio que es un sujeto diabólico.

—No dejes que tu mal humor influya en tu imaginación, Lavinia. Sabes que cuando dejas volar tu imaginación no puede decirse que estés muy lúcida.

Un ruido de vasijas que se rompían se abrió paso por el hueco de la escalera.

—Maldito sea —musitó Lavinia.

Emeline hizo una pausa en su tarea y ladeó apenas la cabeza, prestando atención a su tía.

—Se ha propuesto hacer como que hemos sido víctimas de vándalos y ladrones, ¿verdad?

—Dijo algo acerca de destruir la tienda para que Carlisle no sospechara que había sido descubierto. —Lavinia forcejeó con el Apolo en un intento por sacarlo del aparador—. Pero creo que ésa es otra de sus mentiras. Si quieres saber mi opinión, creo que está disfrutando con el destrozo. Está loco de atar.

—Me cuesta creerlo. —Emeline se acercó de nuevo al armario en busca de otra vasija—. Pero reconozco que fue buena idea guardar las antigüedades auténticas aquí arriba para mantenerlas a salvo de los ladrones.

—Un poco de suerte en medio de todo este desastre.

—Lavinia abrazó al Apolo atrayéndolo contra su pecho y logró por fin sacarlo del aparador—. La sola idea de lo que podría haber ocurrido si las hubiéramos dejado a la vista junto con las copias me hace temblar. March no habría dudado en destruirlas.

—Si quieres saber mi opinión, lo más afortunado de todo esto es que el señor March llegó a la conclusión de que no formamos parte de la banda de asesinos de Carlisle. —Emeline envolvió una pequeña vasija en una toalla y la guardó en un baúl—. Lo que a mí me hace temblar es la sola idea de lo que podría habernos hecho si hubiera creído que teníamos trato con los verdaderos maleantes y no que éramos víctimas inocentes.

—No podría haber hecho nada peor que arruinar nuestra única fuente de ingresos y expulsarnos de nuestro hogar.

Emeline recorrió las antiguas paredes de piedra con la mirada mientras olfateaba con delicadeza.

—No puedes llamar hogar a este desagradable cuartucho. No lo echaré de menos ni un solo instante.

—Sin duda lo echarás de menos cuando nos encontremos en Londres, sin un centavo, y obligadas a ganarnos la vida en las calles.

—No llegaremos a eso. —Emeline acarició la vasija envuelta en la toalla—. En Inglaterra podremos vender estas antigüedades. Coleccionar vasijas y estatuas viejas está de moda, ya lo sabes. Con el dinero que ganemos con estos objetos podremos alquilar una casa.

—No por mucho tiempo. Tendremos suerte si ganamos lo suficiente para mantenernos a lo sumo seis meses. Después de vender la última nos veremos en un auténtico apuro.

—Tendrás que pensar en algo, Lavinia. Siempre lo haces. Mira lo bien que nos las arreglamos cuando nos quedamos atrapadas aquí en Roma después de que tu patrona huyera con ese apuesto conde. Tu idea de entrar en el negocio de las antigüedades fue más que brillante.

Lavinia tuvo que esforzarse para no dejar entrever su frustración. La ilimitada fe de Emeline en su capacidad para sobreponerse a todos los desastres le resultaba exasperante.

—Ayúdame con este Apolo, por favor —dijo.

Emeline miró con reticencia el enorme desnudo que Lavinia intentaba trasladar al otro lado de la habitación.

—Ocupará la mayor parte del último baúl. Tal vez deberíamos dejarlo y llevarnos en su lugar algunas de las vasijas.

—Este Apolo vale tanto como varias docenas de vasijas. —Lavinia se detuvo en medio de la habitación, casi sin aliento por el esfuerzo, y trató de aferrar mejor la estatua—. Es la antigüedad más valiosa que tenemos. Debemos llevárnosla.

—Si la guardamos en el baúl, no tendremos lugar para tus libros —argumentó Emeline.

Lavinia sintió que se le hacía un nudo en el estómago. Se detuvo de golpe y miró la estantería repleta de libros de poesía que había llevado consigo desde que salió de Inglaterra. La idea de dejarlos le resultaba demasiado insoportable.

—Podré reponerlos. —Aferró la estatua con más fuerza—. Con el tiempo.

Emeline vaciló; miró a Lavinia a los ojos.

—¿Estás segura? Sé lo mucho que significan para ti.

—Apolo es más importante.

—Muy bien. —Emeline se agachó para agarrar las piernas de Apolo.

Desde la escalera llegó el taconeo de unas botas. To-

17

bias March apareció en la puerta. Echó un vistazo a los baúles, y después miró a Lavinia y a Emeline.

—Es hora de irnos. No puedo arriesgarme a que permanezcan aquí ni diez minutos más.

Lavinia hubiera querido romperle una vasija en la cabeza.

—No pienso abandonar a Apolo. Es el único que puede garantizarnos que al regresar a Londres no terminaremos en un burdel.

Emeline no pudo reprimir una mueca.

—Lavinia, creo que exageras.

—No es más que la verdad —respondió Lavinia.

—Deme la maldita estatua —dijo Tobias acercándose. Cargó con la escultura—. Yo mismo la guardaré en el baúl.

Emeline le dedicó una cálida sonrisa.

—Gracias. Es bastante pesada.

Lavinia dejó escapar un bufido de disgusto.

—No le des las gracias, Emeline. Él es la causa de todos nuestros problemas.

—Me complace ser útil —comentó Tobias, al tiempo que metía la estatua en el baúl—. ¿Algo más?

—Sí —se apresuró a decir Lavinia—. Esa urna que está junto a la puerta. Es una pieza excepcionalmente valiosa.

—No entrará en el baúl. —Tobias aferró la tapa y miró a Lavinia—. Debe escoger entre Apolo y la urna. No puede llevarse las dos cosas.

Ella entrecerró los ojos, como si de pronto le asaltara una sospecha.

—Lo que usted quiere es quedarse con ella, ¿no es así? Su idea es robarme la urna.

—Le aseguro, señora Lake, que no tengo ningún interés en esa maldita urna. ¿La quiere, o prefiere a Apolo? Decídase. Ahora.

—Apolo —musitó ella.

Emeline se apresuró a apretujar un camisón y algunos zapatos en los resquicios que dejaba el cuerpo de Apolo.

—Creo que estamos listas, señor March.

—Sí, por supuesto. —Lavinia le dedicó una acerada sonrisa—. Del todo listas. Lo único que espero es que un día de estos tenga la oportunidad de retribuirle el trabajo que se ha tomado esta noche, señor March.

Él cerró de un golpe la tapa del baúl.

—¿Me está amenazando, señora Lake?

—Tómelo como quiera, señor. —Alcanzó su ridículo con una mano y su capa de viaje con la otra—. Vamos, Emeline, salgamos de aquí antes de que el señor March decida quemar el lugar ante nuestros propios ojos.

—No hay motivos para ser tan desagradable. —Emeline se hizo con su capa y su sombrero—. Dadas las circunstancias, creo que el señor March se está comportando de maravilla.

Tobias inclinó la cabeza.

—Aprecio su reconocimiento, señorita Emeline.

—No debe dar tanta importancia a los comentarios de Lavinia, señor —aclaró Emeline—. Tiene un temperamento que la lleva a perder la paciencia cada vez que se siente presionada.

Tobias volvió a fijar su fría mirada en Lavinia.

—Lo he notado.

—Espero que sepa ser indulgente —continuó Emeline—. Además de todos los demás problemas, nos vemos obligadas a abandonar aquí sus libros de poesía. Para ella, ésa ha sido sin duda una decisión muy difícil. Le encanta la poesía, ¿sabe?

—Oh, por el amor de Dios. —Lavinia se echó la capa sobre los hombros y avanzó con energía hacia la puerta—. Me niego a escuchar una sola palabra más de esta ridícula conversación. Le aseguro que no veo el momento de librarme de su desagradable presencia, señor March.

—Me duele que diga eso, señora Lake.

—No tanto como yo desearía.

Al llegar a la escalera se detuvo y se volvió para mirarlo. Él no parecía muy dolido. En realidad, se le veía espléndido. La facilidad con que había alzado uno de los baúles era una prueba inequívoca de su excelente estado físico.

—Yo estoy ansiosa por volver a casa. —Emeline corrió hacia la escalera—. Italia es maravillosa para estar de visita, pero echo de menos Londres.

—Yo también. —Lavinia apartó la vista de las anchas espaldas de Tobias March y bajó la escalera taconeando con fuerza—. Toda esta aventura ha sido un desastre de principio a fin. ¿A quién pudo ocurrírsele la idea de viajar a Roma como acompañantes de la espantosa señora Underwood?

Emeline carraspeó.

—A ti, creo.

—La próxima vez que sugiera algo tan disparatado, te ruego que tengas la amabilidad de hacerme oler unas sales para que recupere el sentido.

—Sin duda en aquel momento debió de parecerles una brillante idea —dijo Tobias March a sus espaldas.

—Claro que sí —murmuró Emeline, tratando de parecer neutral—. «Imagina lo delicioso que será pasar una temporada en Roma —dijo Lavinia—. Rodeadas por tantas maravillosas y estimulantes antigüedades —dijo—. Y todo a costa de la señora Underwood. Gente refinada y de alcurnia agasajándonos a lo grande.»

—Basta, Emeline —dijo Lavinia con brusquedad—.

Sabes muy bien que ha sido una experiencia muy enriquecedora.

—En más de un sentido, supongo —dijo Tobias con desparpajo—, a juzgar por algunos de los chismes que he oído sobre las fiestas de la señora Underwood. ¿Es verdad que solían desembocar en orgías?

Lavinia se mordió la lengua.

—Admito que hubo uno o dos incidentes sin importancia, aunque lamentables.

—Las orgías eran un poco molestas —reconoció Emeline—. A Lavinia y a mí nos obligaban a encerrarnos en nuestra habitación hasta que todo terminaba. En mi opinión, aquello no era algo tan terrible. Hasta que una mañana descubrimos que la señora Underwood se había fugado con su conde. Ese arrebato nos dejó atrapadas y sin un centavo en un ambiente desconocido.

—De todas maneras —continuó Lavinia con decisión—, nos las arreglamos para salir adelante, y nos iba bastante bien hasta que usted, señor March, decidió entrometerse en nuestros asuntos personales.

—Le aseguro, señora Lake, que soy quien más lo lamenta —dijo Tobias.

Al llegar al pie de la escalera, ella se detuvo a observar la tienda llena de cerámicas y estatuas rotas. Él lo había destrozado todo. No había dejado ni una sola vasija sana. En menos de una hora había arruinado el negocio que a ella le había llevado casi cuatro meses poner en pie.

—Su pesar ni siquiera se parece al mío, señor March. —Aferró su ridículo y caminó hacia la puerta sorteando escombros—. De hecho, señor, en mi opinión, esta catástrofe es responsabilidad suya.

Aún no había amanecido cuando por fin Tobias oyó que se abría la puerta trasera de la tienda. Esperó agazapado en la oscuridad de la escalera, con la pistola en la mano.

De la trastienda salió un hombre provisto de una linterna enfocada hacia el suelo. Se detuvo de golpe al ver los destrozos.

—Maldita sea.

Dejó la linterna en el mostrador y atravesó la tienda a toda prisa para examinar los pedazos de una enorme vasija.

—Maldita sea —volvió a murmurar. Se volvió y contempló los objetos rotos—. ¡Maldición!

Tobias descendió un escalón.

—¿Busca algo, Carlisle?

Carlisle quedó paralizado. Bajo la débil luz de la linterna, su rostro semejaba una espeluznante máscara del mal.

—¿Quién es usted?

—Usted no me conoce. Un amigo de Bennett Ruckland me envió a buscarlo.

—Ruckland. Sí, claro. Debí imaginarlo.

Carlisle se movió con increíble rapidez. Alzó una mano, dejó a la vista la pistola que empuñaba y se dispuso a abrir fuego.

Tobias estaba preparado. Apretó el gatillo de su arma.

Algo salió mal. Tobias supo de inmediato que el arma había fallado. Metió la mano en un bolsillo y agarró su segunda arma, pero ya era demasiado tarde.

Carlisle disparó.

Tobias tuvo la impresión de que su pierna izquierda se le separaba del cuerpo. El impacto de la bala lo lanzó hacia atrás y a un costado. Dejó caer el arma para poder apoyarse en la baranda de la escalera. Finalmente se las arregló para no caer de cabeza.

Carlisle ya estaba preparado para disparar su segunda pistola.

Tobias intentó ascender unos cuantos escalones, pero algo fallaba en su pierna izquierda, no podía moverla como correspondía. Se puso boca abajo y se arrastró por la escalera como un cangrejo, utilizando las manos y la pierna derecha. Resbaló sobre algo húmedo. Supo que era la sangre que brotaba de su muslo.

En la planta baja, Carlisle avanzó con cautela hasta el pie de la escalera. Tobias sabía que la única razón por la que Carlisle no había disparado por segunda vez era que no podía verlo claramente a causa de la oscuridad.

Su única esperanza era esa oscuridad.

Logró llegar al rellano y se arrastró hasta el interior de la habitación a oscuras. Su mano topó con la pesada urna que Lavinia había abandonado.

—No hay nada tan fastidioso como errar un disparo, ¿no es cierto? —preguntó Carlisle con amabilidad—. Y luego soltar la segunda arma. Una torpeza. Una verdadera torpeza.

Ahora subía por la escalera con mayor rapidez, con más confianza.

Tobias agarró la urna, la arrastró sobre el costado redondeado e intentó tomar aire. El dolor de la pierna izquierda empezaba a resultarle abrasador.

—¿El hombre que lo envió a buscarme le advirtió de que tal vez no regresaría vivo a Inglaterra? —preguntó Carlisle desde la mitad de la escalera—. ¿Le informó de que soy un antiguo miembro de la Blue Chamber? ¿Sabe lo que eso significa, amigo mío?

Tobias se dijo que sólo dispondría de una oportunidad. Tenía que esperar el momento adecuado.

—No sé cuánto le pagaron para que me buscara, pero cualquier suma es insuficiente. Fue estúpido al aceptar ese trato. —Carlisle estaba llegando al rellano. Su voz dejaba entrever la ansiedad—. Le costará la vida.

Con las pocas fuerzas que le quedaban, Tobias empujó la urna, que se deslizó en dirección a la escalera con un ruido sordo.

—¿Qué ocurre? —Carlisle aguardó, inmóvil, en el último escalón—. ¿Qué es ese ruido?

La urna chocó contra sus piernas. Carlisle aulló. Tobias oyó el sonido de sus uñas al arañar la pared en un vano intento por recuperar el equilibrio.

Hubo una serie de sacudidas y ruidos sordos mientras Carlisle rodaba por la escalera. Al llegar a la planta baja, sus gritos se interrumpieron con atroz brusquedad.

De un tirón, Tobias se hizo con la sábana de la cama, cortó una tira y ató con ella su pierna izquierda. Cuando se puso en pie sintió que la cabeza le daba vueltas.

Se tambaleó, y al llegar a la mitad de la escalera estuvo a punto de desmayarse, pero logró mantenerse erguido. Carlisle estaba tumbado al pie de la escalera, con el cuello torcido en un ángulo antinatural. A su alrededor estaban esparcidos los fragmentos de la urna.

—Ella eligió a Apolo, ¿se da cuenta? —le susurró Tobias al cadáver—. Ahora comprendo que era la decisión correcta. La dama tiene una gran intuición.

1

Aquel hombre menudo y nervioso que le había vendido el diario le había advertido que el chantaje era un asunto peligroso. Parte de la información que se encontraba en las anotaciones del ayuda de cámara podía llevar a un hombre a la muerte. Pero también podía enriquecerlo, pensó Holton Felix.

Se había ganado la vida durante años en los garitos. Conocía bien el riesgo y hacía mucho que había aprendido que no había recompensa alguna para los que carecen de la capacidad de decisión y de la sangre fría necesaria para tirar los dados.

Él no era tonto, se dijo a sí mismo al tiempo que mojaba la pluma en el tintero y se disponía a concluir la carta. No tenía la intención de dedicarse demasiado tiempo al chantaje. Lo abandonaría tan pronto hubiera conseguido el dinero suficiente para saldar sus deudas más apremiantes.

Sin embargo, pensó, se quedaría con aquel diario. Los secretos que contenía le serían útiles en el futuro en caso de que alguna vez volviera a encontrarse en apuros.

El golpe en la puerta lo sobresaltó. Miró la última línea de la amenaza que acababa de redactar. Un manchón de tinta emborronaba la palabra «desafortunado». El espectáculo de la frase estropeada lo irritó. Se enorgullecía del ingenio y la inteligencia que mostraban sus cartas.

Había puesto lo mejor de sí para que cada mensaje fuera el más adecuado para su destinatario. Podría haber sido un escritor famoso, otro Byron, tal vez, si las circunstancias no le hubiesen obligado a frecuentar los garitos.

Una antigua furia se apoderó de él. Todo habría sido mucho más fácil si su vida no hubiese sido tan condenadamente injusta. Si su padre no se hubiera hecho matar en un duelo debido a una dudosa jugada en una partida de cartas, si su desesperada y desconsolada madre no hubiera muerto a causa de la fiebre cuando él apenas tenía dieciséis años, ¿quién sabe adónde habría podido llegar? ¿Quién sabe hasta qué alturas se habría elevado si hubiese contado siquiera con algunas de las ventajas de las que disfrutaban otros hombres?

Por el contrario, se veía reducido a recurrir al chantaje y la extorsión. Pero algún día alcanzaría la posición social que se merecía, se prometió a sí mismo. Algún día...

Volvieron a golpear la puerta. Uno de sus acreedores, sin duda. Había ido dejando pagarés en todos los garitos de la ciudad.

Estrujó la carta y se puso en pie bruscamente. Cruzó la habitación y, una vez junto a la ventana, corrió la cortina y miró hacia la calle. No había nadie. Quienquiera que fuese el que había golpeado la puerta había renunciado a encontrarlo. Aunque parecía haber algo en el umbral.

Abrió la puerta, y se agachó para recoger el paquete. Sólo alcanzó a ver fugazmente el dobladillo de un pesado abrigo cuando aquella silueta salió de las sombras en las que se ocultaba.

El atizador le golpeó en la nuca con fuerza asesina. Para Holton Felix, el mundo concluyó en un instante, cancelando así todas sus deudas pendientes.

2

El hedor a muerte era inequívoco. Lavinia contuvo la respiración al alcanzar el umbral de la habitación iluminada por el fuego y se apresuró a sacar un pañuelo de su ridículo. Ésta era la única posibilidad que no había previsto en sus planes. Se acercó el pequeño cuadrado de lino bordado a la nariz y tuvo que reprimir el impulso de darse la vuelta y huir.

El cadáver de Holton Felix yacía desparramado en el suelo, frente a la chimenea. Al principio ella no pudo apreciar rastro alguno de violencia. Se preguntó si le habría fallado el corazón. Luego se dio cuenta de que su cráneo estaba terriblemente deformado.

Al parecer, alguna otra de las víctimas de los chantajes de Felix había llegado antes que ella. Felix no había sido nunca un bribón muy listo, recordó. Después de todo, ella había logrado saber quién era poco después de haber recibido la primera carta de extorsión que le envió, y ella era bastante novata y poco experimentada en las lides de la investigación privada.

Había averiguado sus señas, y había hablado con algunas de las criadas y cocineras que trabajaban en la vecindad. Supo que Felix acostumbraba a frecuentar todas las noches los garitos, y por eso había acudido a su casa con la intención de registrar la vivienda. Allí esperaba encontrar el diario que él, en sus cartas, aseguraba estar citando.

Mientras examinaba la pequeña habitación sintió un cosquilleo de incertidumbre en el estómago. El fuego todavía crepitaba en la chimenea, pero ella sentía que un sudor helado le recorría la espalda. ¿Qué debía hacer? ¿El asesino se había contentado con matar a Felix, o se había tomado además el tiempo necesario para revisar sus pertenencias en busca del diario?

Había una sola forma de responder a esas preguntas, pensó. Debía llevar a cabo su plan original y registrar las habitaciones de Felix.

Se obligó a ponerse en movimiento. Tuvo que echar mano de toda su voluntad para atravesar el invisible muro de terror que se interponía entre ella y la infernal escena. La luz parpadeante de las llamas que ya agonizaban proyectaba sombras espectrales sobre las paredes. Trató de no mirar el cadáver.

Esforzándose por no respirar hondo, trató de decidir dónde comenzar su búsqueda. Felix había amueblado su vivienda de manera muy sencilla. Era un gran aficionado a los garitos, de modo que eso no la sorprendió. Sin duda alguna vez se había visto obligado a vender su candelabro o su mesa para saldar sus deudas. Las criadas con las que ella había hablado le habían asegurado que, según los rumores, Felix siempre andaba necesitado de dinero. Una o dos habían dado a entender que era un oportunista sin escrúpulos capaz de echar mano a cualquier recurso para conseguirlo.

Con toda probabilidad el chantaje había sido sólo uno de los muchos y arteros trapicheos financieros que Felix había concebido en su carrera delictiva. Pero, evidentemente, en este caso el tiro le había salido por la culata.

Lavinia reparó en el escritorio que estaba cerca de la ventana y decidió comenzar por allí, aunque sospechaba que el asesino ya había revisado los cajones. Era lo que ella habría hecho en su lugar.

Rodeó el cadáver de Felix con la mayor precaución, manteniéndose tan lejos de él como le era posible, y se apresuró hacia su objetivo. Sobre el escritorio se amontonaban toda clase de útiles, entre ellos una navaja y un tintero. También había papel secante y un pequeño plato de metal para derretir la cera de los sellos.

Se inclinó para abrir el primero de los tres cajones de la derecha. Quedó paralizada, pues un estremecimiento de premonición le erizó el vello de la nuca. A su espalda pudo oír el leve pero inequívoco roce de una bota sobre el suelo de madera. El miedo la invadió hasta dejarla sin respiración. Su corazón palpitaba tan aprisa que se preguntó si estaba a punto de desmayarse por primera vez en su vida.

El asesino aún estaba en la habitación.

Una cosa era cierta: no podía permitirse el lujo de perder el sentido.

Se quedó mirando durante un tenso instante los objetos desparramados en el escritorio buscando un arma con la que defenderse. Extendió una mano. Sus dedos aferraron entre temblores la empuñadura de la navaja. Parecía demasiado pequeña y frágil, pero era lo único que había.

La aferró y se volvió para enfrentarse al asesino. Lo vio de inmediato acercándose por el oscuro pasillo que conducía al dormitorio. Pudo distinguir la silueta de su abrigo, pero no su cara, oculta entre las sombras.

Sin embargo, el hombre no hizo el menor movimiento para salvar la corta distancia que los separaba. Al contrario, se apoyó en el marco de la puerta y cruzó los brazos sobre el pecho.

—¿Sabe, señora Lake? —dijo Tobias March—. Tenía el presentimiento de que algún día usted y yo íbamos a volver a encontrarnos. Pero ¿quién habría podido imaginar que sería en circunstancias tan interesantes?

Lavinia tuvo que tragar saliva para poder hablar. Cuando finalmente logró articular unas pocas palabras más o menos coherentes, su voz sonó quebrada y débil.

—¿Mató usted a este hombre?

Tobias echó una mirada al cadáver.

—No. Llegué aquí después que lo hiciera el asesino, igual que usted. Por lo que puedo deducir, Felix fue asesinado en la puerta. El asesino debe de haberlo arrastrado hasta esta habitación.

El comentario no bastó para tranquilizarla.

—¿Qué está haciendo usted aquí?

—Yo iba a hacerle la misma pregunta. —La contempló con aire de condescendencia—. Pero tengo el pálpito de que ya conozco la respuesta. Es obvio que usted es una de las víctimas de los chantajes de Felix, ¿no es así?

Por un momento, la indignación fue más fuerte que el miedo.

—Este horrible sujeto me envió dos cartas esta semana. La primera llegó el lunes. Me fue entregada en la puerta de la cocina. Cuando la leí, no pude creer que me exigiera algo tan ridículo. Quería cien libras. ¿Se imagina? Cien libras para sellar sus labios. Una absoluta desfachatez.

—¿Qué es lo que prometía no revelar? —Tobias la observó con atención—. ¿Ha estado usted metiéndose en líos de nuevo desde la última vez que nos vimos?

—¿Cómo se atreve, señor? Todo esto es culpa suya y sólo suya.

—¿Culpa mía?

—Sí, señor March. Toda la culpa es suya. —Señaló el cadáver con la punta de la navaja—. Ese miserable intentó chantajearme por lo que había pasado en Roma. Amenazó con revelarlo todo.

—¿Ah, sí? —Tobias se enderezó con un movimiento forzado—. Caramba, eso es muy interesante. ¿Qué era, exactamente, lo que él sabía?

—Acabo de decírselo, lo sabía todo. Me amenazó con revelar que yo había tenido una tienda en Roma frecuentada por una banda de maleantes. Y daba por sentado que yo era cómplice de los planes de la banda y había permitido a esos forajidos usar mi local para intercambiar mensajes. Llegó al extremo de sugerir que, muy probablemente, yo había sido la amante del jefe de la pandilla.

—¿Eso era todo lo que decía la carta?

—¿Todo? ¿Le parece poco? Señor March, a pesar de sus esfuerzos, mi sobrina y yo nos las arreglamos para sobrevivir después de que usted destrozó nuestra tienda. No fue fácil.

Él inclinó la cabeza.

—Yo más bien pensé que había vuelto a salir a flote. Un espíritu como el suyo no se deja abatir con facilidad.

Ella pasó por alto el comentario.

—La verdad es que las cosas me están yendo bastante bien, por el momento. Estoy empeñada en lograr que Emeline sepa lo que es la alta sociedad. Con suerte, puede que conozca a un buen partido, un caballero que pueda mantenerla en el nivel que yo deseo para ella. Estos son tiempos bastante difíciles, ya sabe a qué me refiero. No puedo permitir que la maledicencia roce siquiera su nombre.

—Ya veo.

—Si Felix hubiese divulgado que ella había estado relacionada con una tienda que prestaba servicios a una banda de maleantes en Roma, el daño habría sido incalculable.

—Supongo que si se hubiera difundido el rumor de que ella era la sobrina de la amante de un notorio criminal, su plan de lanzar a la señorita Emeline al ruedo de la alta sociedad se habría complicado.

—¿Complicado? Se habría arruinado por completo. Todo esto es tan injusto... Emeline y yo no tuvimos nada que ver con esos maleantes, ni con el hombre que usted llamó Carlisle. No puedo concebir que una persona con dos dedos de frente llegara a la conclusión de que mi sobrina y yo teníamos tratos con ladrones y asesinos.

—Tal vez recuerde usted que en algún momento, al comienzo de mi investigación, yo llegué a esa conclusión.

—No me sorprende demasiado —dijo ella adustamente—. Me refería a personas con dos dedos de frente. Dudo que esté usted incluido en ese grupo, señor.

—Y tampoco Holton Felix, al parecer. —Tobias miró el cadáver—. Pero creo que esta discusión acerca de los dos dedos de frente que no tengo sería mejor dejarla para una ocasión en que tengamos más tiempo para analizar en detalle mis defectos. En este momento tenemos otro problema. Supongo que los dos estamos aquí por el mismo motivo.

—No sé por qué está usted aquí, señor March, pero yo vine en busca de cierto diario que, por lo visto, perteneció alguna vez al ayuda de cámara del señor Carlisle. El hombre que, según usted, era el jefe de la banda de delincuentes que operaba en Roma. —Hizo una pausa y frunció el entrecejo—. ¿Qué sabe usted de eso?

—Sin duda debe de conocer usted el viejo dicho: «Ningún gran hombre es un héroe para su ayuda de cámara.» Parece que el leal sirviente de Carlisle llevaba un registro privado de los más atroces secretos de su amo. Después de la muerte de Carlisle...

—¿Carlisle está muerto?

—Sí. Como le estaba diciendo, el ayuda de cámara vendió el diario para comprarse un pasaje de regreso a Inglaterra. El hombre fue asesinado, al parecer, por un salteador de caminos antes de salir de Roma. Por lo que pude deducir, el diario fue vendido dos veces más después del crimen. Los sucesivos poseedores sufrieron fatales accidentes. —Ladeó la cabeza en dirección al cadáver de Felix—. Y aquí tenemos el tercer muerto relacionado con esa maldita cosa.

Lavinia tragó saliva.

—Santo cielo.

—Así es. —Tobias se acercó al escritorio.

Lavinia lo observó con inquietud. Había algo extraño en su modo de caminar, pensó. Una ligera pero visible vacilación en su andar. Una cojera, en realidad. Habría jurado que no había notado ese defecto la última vez que lo vio.

—¿Cómo es que sabe tanto acerca de ese diario? —preguntó.

—Llevo algunas semanas rastreando esa maldita cosa. La he buscado por toda Europa. Llegué a Inglaterra hace unos pocos días.

—¿Por qué va tras ella?

Tobias abrió bruscamente un cajón del escritorio.

—Entre otros chismes interesantes, creo que contiene alguna información que puede responder algunas de las preguntas de mi cliente.

—¿Qué clase de preguntas?

Él la miró por encima del hombro.

—Preguntas acerca de traición y muerte.

—¿Traición?

—Durante la guerra. —Abrió otro cajón, y revolvió algunos papeles—. No tenemos tiempo para entrar en detalles. Se lo explicaré más adelante.

—No creo que fracasara en su empeño, allá en Roma, señor March. Sin duda, después de todo lo que nos hizo pasar aquella espantosa noche, no dejaría escapar a su presa, ¿verdad? ¿Qué le ocurrió exactamente a ese tal Carlisle? Usted aseguró que él aparecería por nuestra tienda para recoger el mensaje de su cómplice.

—Carlisle llegó después de que ustedes se fueran.

—¿Y...?

—Tropezó, y cayó por la escalera.

Ella enarcó las cejas, sorprendida.

—¿Tropezó y cayó?

—Así son los accidentes, señora Lake. Una escalera puede ser traicionera.

—Bah. Lo sabía. Después de que Emeline y yo nos marchamos, las cosas no le salieron como las había planeado ¿verdad?

—Hubo complicaciones.

—Evidentemente. —Por alguna razón, a pesar de la terrible situación en que se encontraba, Lavinia sintió un perverso placer al atribuirle la culpa de todo—. Debería haber imaginado la verdad en cuanto recibí la primera carta de Holton Felix chantajeándome. Después de todo, nos había ido bastante bien hasta ese momento. Debería haberme dado cuenta de que apenas surgiera un problema el causante sería usted.

—Caramba, señora Lake, éste no es el mejor momento para increparme. Usted no sabe lo complicado que es este asunto.

—Admítalo, señor. Este problema del diario del ayuda de cámara es culpa suya y de nadie más. Si hubiera hecho las cosas bien en Roma, ahora no estaríamos aquí.

Él se quedó inmóvil. La diabólica luz que proyectaban las llamas le confería a sus ojos un temible aspecto.

—Le aseguro que la serpiente que reinaba sobre ese

34

nido de víboras en Italia está muerta. Por desgracia, ahí no terminó todo. Mi cliente quiere que el problema se resuelva de una vez por todas. Me ha encargado que me ocupe de ello, y eso es precisamente lo que intento hacer.

Ella no se inmutó.

—Ya veo.

—Carlisle fue miembro en una época de una organización delictiva conocida como Blue Chamber. La banda tenía ramificaciones en toda Inglaterra y Europa. Durante muchos años, la organización fue dirigida por un jefe que se hacía llamar Azure.

A Lavinia se le secó la boca. No sabía por qué, pero tenía la sensación de que él le estaba diciendo la verdad.

—Muy novelesco.

—Azure era el jefe indiscutido de la organización pero, por lo que podemos deducir, murió hace más o menos un año. Desde ese momento, la Blue Chamber fue un verdadero caos. Azure contaba con dos poderosos lugartenientes: Carlisle y otro hombre cuya identidad es un misterio.

—Azure y Carlisle ya no existen, así que supongo que su cliente querrá descubrir la identidad del tercer hombre.

—Sí. La información tal vez se encuentre en ese diario. Con suerte, quizá también nos revele quién era Azure y despeje algunas otras incógnitas. ¿Comprende ahora por qué es tan peligroso?

—Ya lo creo.

Tobias agarró un fajo de papeles.

—En lugar de quedarse ahí cazando moscas, ¿por qué no hace algo útil?

—¿Útil?

—No pude registrar el dormitorio antes de que usted llegara. Hágase con una vela y vaya a ver si encuentra algo. Yo seguiré buscando aquí.

Su primer impulso fue mandarlo al infierno. Pero enseguida se le ocurrió pensar que tal vez no andara tan errado. Al parecer, los dos buscaban lo mismo. Las ventajas de dividir la tarea de registrar las habitaciones de Felix era evidente. Además, había otra razón apremiante para seguir sus instrucciones. Si ella buscaba en el dormitorio se ahorraría el sanguinolento espectáculo de aquel cadáver.

Agarró una vela.

—¿Se da cuenta de que es muy probable que el asesino del señor Felix haya encontrado el diario y se lo haya llevado?

—Si es así, el problema se complica considerablemente.

Él la miró con frialdad.

—Vayamos por partes, señora Lake. Primero veamos si logramos encontrar ese maldito diario. Sin duda, eso simplificaría las cosas.

Lavinia pensó que tenía razón. March era irritante, provocador y sumamente molesto, pero estaba en lo cierto. Un desastre por vez. Ésa era la única manera de encarar el asunto. Y así era, en realidad, como ella encaraba su propia vida.

Entró deprisa en la pequeña habitación contigua a la sala. En la mesilla de noche había un libro. Sintió un cosquilleo de excitación: tal vez la suerte estuviera de su lado.

Se acercó, para leer el título a la luz de la vela. *La educación de una dama*. Se le ocurrió la remota posibilidad de que la cubierta de piel pudiera ocultar un diario manuscrito, abrió el libro y pasó algunas páginas. La decepción apagó la pequeña luz de esperanza que había alentado hacía sólo un instante. Se trataba de una novela recién publicada, no de un diario personal.

Volvió a dejar el libro sobre la mesilla de noche, y se acercó al lavabo. Le llevó apenas un instante registrar los pequeños cajones, que contenían los objetos que cualquiera habría esperado encontrar en ellos: un peine, un cepillo, utensilios para afeitarse y un cepillo de dientes.

Luego pasó al armario. Había unas cuantas camisas de lino de buena calidad y tres elegantes chaquetas. Por lo visto, cada vez que le iba bien en el juego, Felix gastaba sus ganancias en ropa a la moda. Tal vez consideraba que la indumentaria costosa era una buena inversión.

—¿Ha encontrado algo? —preguntó Tobias en voz baja desde la sala.

—No —respondió ella—. ¿Y usted?

—Nada.

Lo oyó mover un mueble pesado. Tal vez fuera el escritorio. No cabía duda de que la suya era una búsqueda prolija.

Lavinia abrió los cajones del armario y todo lo que encontró fue una colección de ropa interior y corbatas. Cerró las puertas con violencia, se volvió, y comenzó a recorrer con la mirada la habitación escasamente amueblada.

Sintió que la desesperación la invadía hasta dejarla sin aliento. ¿Qué demonios haría si no lograba encontrar la prueba que había incitado a Felix a chantajearla?

Sus ojos volvieron a posarse sobre el libro encuadernado en piel. En la casa de Felix no había otros libros a la vista. De no haber sido por *La educación de una dama*, ella habría supuesto que no se trataba precisamente de un amante de la literatura. Sin embargo, esa única novela estaba allí, junto a su cama.

Atravesó despacio la habitación para echarle otro vistazo. ¿Por qué un tahúr habría de interesarse en una novela que, sin duda alguna, estaba destinada a las jovencitas?

Volvió a abrir el libro y pasó algunas páginas, pero esta vez se detuvo en alguna que otra frase. No le llevó mucho tiempo comprender que la historia, en realidad, no había sido escrita pensando en la edificación espiritual de las jovencitas.

... sus nalgas elegantemente esculpidas se estremecieron esperando con ansiedad el contacto de mi látigo de terciopelo...

—Por el amor de Dios. —Cerró el libro de golpe. De su interior se desprendió un pequeño papel que, como una mariposa, surcó el aire hasta llegar al suelo.

—¿Encontró algo interesante? —volvió a preguntar Tobias desde la sala.

—Me temo que no.

Miró el pequeño papel que había ido a parar junto a su bota. Había algo escrito en él. Lavinia hizo una mueca. Tal vez Felix había disfrutado tanto de la novela que había decidido tomar notas.

Se agachó para recoger el papel, y echó un vistazo a las palabras garabateadas. No se trataba de notas acerca de *La educación de una dama*, sino de una dirección. Número catorce, Hazelton Square.

¿Por qué Felix conservaría una dirección justamente entre las páginas de ese libro?

Percibió el débil pero audible roce de las botas de Tobias sobre el suelo de la sala. Movida por un impulso, guardó la nota en su ridículo y se volvió en dirección a la puerta.

Cuando él apareció en el vano, su silueta se destacó contra el fondo de las agonizantes llamas.

—¿Y bien?

—No encontré nada ni remotamente parecido a un

diario —respondió ella con firmeza y, en su opinión, con bastante honestidad.

—Yo tampoco. —Recorrió el dormitorio con mirada adusta—. Es demasiado tarde. Parece que el asesino de Felix tuvo la presencia de ánimo suficiente como para llevarse el diario.

—No es para sorprenderse. Sin duda, es lo que yo habría hecho en esas circunstancias.

—Hmm...

Ella frunció el ceño.

—¿Qué pasa?

Él la miró.

—Creo que deberemos aguardar hasta que el próximo chantajista empiece a actuar.

—¿El próximo chantajista? —La sorpresa la dejó boquiabierta. Tuvo que hacer un esfuerzo por recomponerse—. Por el amor de Dios, ¿qué está diciendo, señor? ¿Quiere decir que el asesino de Felix se propone ganarse la vida como chantajista?

—Si la empresa es rentable, y estoy seguro de que lo es, debemos suponer que la respuesta es sí.

—Maldita sea.

—Eso es lo que yo diría, pero debemos ver el lado positivo, señora Lake.

—No veo cuál puede ser.

Él le dedicó una forzada sonrisa.

—Vamos, usted y yo hemos logrado rastrear a Felix cada uno por nuestro lado, ¿no?

—Felix era un estúpido y un inútil que dejaba toda clase de pistas. No tuve ningún problema para sobornar al pilluelo que él usaba para entregar sus cartas de chantaje. El muchacho me dio la dirección a cambio de unas monedas y un pastel de carne caliente.

—Muy inteligente. —Tobias miró hacia la otra habitación, donde el muerto yacía sobre la alfombra, frente al fuego—. No creo que quien haya logrado asesinar a Felix sea tan inepto como él. De modo que será mejor que unamos nuestras fuerzas, señora.

Una desconocida sensación de alarma sobrecogió a Lavinia.

—¿De qué está hablando?

—Estoy seguro de que me ha entendido. —Volvió la vista hacia ella y alzó una ceja—. Aparte de sus otras virtudes, usted no es tonta.

Aquello terminó por desalentarla: ella había imaginado que, después de ese encuentro, él querría que cada uno siguiera su camino.

—Un momento —dijo ella resueltamente—. No tengo el menor interés en asociarme con usted, señor March. Cada vez que usted aparece, me complica la vida.

—Al fin y al cabo, nos hemos visto sólo en dos ocasiones, y obligados por las circunstancias.

—Las dos han sido desastrosas, gracias a usted.

—Eso lo dice usted. —Se acercó a ella de una zancada y con su manaza enguantada le aferró con fuerza el brazo—. Desde mi punto de vista, es usted quien posee un notable talento para complicar las situaciones hasta lo indecible.

—La verdad, señor, esto es demasiado. Haga el favor de quitarme la mano de encima.

—Me temo que no puedo hacerlo, señora Lake. —La condujo fuera de la habitación, hasta el vestíbulo—. Ya que los dos estamos atrapados en esta telaraña, debo insistir en que trabajemos juntos para librarnos de ella.

40

3

—No puedo creer que te hayas cruzado otra vez con el señor March. Y en tan extrañas circunstancias. —Emeline dejó la taza de café y observó a Lavinia, que estaba al otro lado de la mesa—. Es una coincidencia increíble.

—Tonterías. Si lo que él dice es cierto, no hay tal coincidencia. —Lavinia golpeó el costado de su plato con la cuchara—. Según él, lo del chantaje está relacionado con el asunto de Roma.

—¿Acaso piensa que Holton Felix era miembro de esa banda criminal llamada Blue Chamber?

—No. Al parecer Felix adquirió el diario más o menos por casualidad.

—Y ahora lo tiene otra persona —reflexionó Emeline—. Supuestamente la misma que mató a Felix, fuera quien fuese. Y el señor March aún está tras esa pista. Es muy tenaz, ¿no te parece?

—Bah. Lo hace por dinero. Mientras haya alguien dispuesto a pagarle para que haga averiguaciones, ser tenaz es lo que más le conviene a su bolsillo —dijo con una mueca—. Aunque no logro entender por qué su cliente no lo despidió después de la increíble chapuza de Roma.

—Sabes muy bien que debemos estarle agradecidas por la forma en que llevó a cabo su investigación en Italia. Cualquier otro, en su lugar, habría llegado a la conclusión de que nosotras pertenecíamos a esa banda de asesinos, y habría actuado en consecuencia.

—Cualquiera que hubiera investigado ese asunto habría sido tonto de haber imaginado que estábamos involucradas en alguna actividad delictiva.

—Sí, por supuesto —dijo Emeline, tratando de contemporizar—. Pero no me extrañaría que otro caballero menos inteligente y menos respetuoso que el señor March hubiese llegado a la conclusión de que sí pertenecíamos a la banda.

—No te apresures en atribuirle virtud alguna a Tobias March, Emeline. Yo, por mi parte, no confío en él.

—Sí, ya veo. ¿Y por qué no?

Lavinia puso los ojos en blanco.

—Por el amor de Dios. Anoche lo encontré en la escena del crimen.

—Él también te encontró allí —puntualizó Emeline.

—Sí, pero él había llegado antes que yo. Cuando yo llegué, Felix ya estaba muerto. En mi opinión, fue March quien lo mató.

—Oh, lo dudo mucho.

Lavinia la miró fijamente.

—¿Cómo puedes decir eso? March no vaciló en contarme que el señor Carlisle no sobrevivió al encuentro en Roma.

—Creí que habías dicho algo acerca de un lamentable accidente en la escalera.

—Ésa es la versión del señor March. No me sorprendería lo más mínimo enterarme de que la muerte de Carlisle no fue accidental.

—Bueno, eso no viene ahora al caso. Lo importante es que ese forajido está muerto.

Lavinia vaciló.

—March quiere que le ayude a encontrar el diario, que unamos nuestras fuerzas.

—Eso es muy razonable, ¿no te parece? Los dos deseáis encontrarlo, así pues, ¿por qué no asociarse?

—March tiene un cliente que le paga por su trabajo, y yo no.

Emeline la observó por encima de la taza.

—Tal vez puedas negociar con el señor March, y lograr que te entregue una parte del dinero que su cliente le paga. Cuando estábamos en Italia demostraste un talento poco común para regatear.

—No creas que no lo he pensado —admitió Lavinia—. Pero la idea de asociarme con March me pone muy nerviosa.

—Me parece que no tienes otra alternativa. Sería un poco molesto que en Londres corriera algún rumor acerca de lo ocurrido en Roma.

—Tienes el don del eufemismo, Emeline. Sería más que molesto. Destruiría por completo mi flamante carrera, por no hablar de tus posibilidades a la hora de presentarte en sociedad.

—Hablando de tu carrera, ¿por casualidad le dijiste al señor March en qué consiste tu nueva profesión?

—Por supuesto que no. ¿Por qué habría de hacerlo?

—Simplemente me preguntaba si en la intimidad del escenario que compartisteis te habrías sentido inclinada a confiar en él.

—No hubo nada íntimo en ese encuentro. Por el amor de Dios, Emeline, en esa habitación había un cadáver.

—Sí, claro.

—Y nadie intima en esas circunstancias.

—Comprendo.

—Y en cualquier caso, lo último que se me ocurriría es intimar con Tobias March.

—Estás alzando la voz, tía Lavinia. Ya sabes lo que eso significa.

Lavinia dejó la taza sobre el plato con excesivo ímpetu.

—Significa que se me está agotando la paciencia.

—Ya lo creo. Pero para mí es evidente que no tienes otra alternativa que hacer lo que ha propuesto el señor March y unirte a él en la búsqueda del diario.

—No hay argumento que pueda convencerme de la conveniencia de asociarme con ese hombre.

—Cálmate —dijo Emeline con dulzura—. Estás dejando que tus sentimientos con respecto al señor March empañen tu sentido común.

—Acuérdate de lo que te digo. Tobias March está volviendo a jugar su acostumbrado juego sucio, como la última vez que tuvimos la desgracia de cruzarnos con él.

—¿Y cuál es ese juego? —preguntó Emeline, dando a entender por primera vez que comenzaba a irritarse.

Lavinia se tomó su tiempo para responder.

—Es muy posible que él esté buscando el diario por las mismas razones que Holton Felix. Para dedicarse a la extorsión y el chantaje.

Emeline dejó caer la cuchara sobre el plato.

—No me estarás diciendo que piensas seriamente que el señor March se propone ganarse la vida como chantajista... Me niego a creer que tenga algo en común con un individuo como Holton Felix.

—No sabemos nada de Tobias March. —Lavinia apoyó las palmas de las manos en la mesa y comenzó a incorporarse—. ¿Quién puede adivinar de qué sería capaz si lograra apoderarse de ese diario?

Emeline no respondió.

Con las manos en la cintura, Lavinia empezó a dar vueltas alrededor de la mesa.

Emeline lanzó un suspiro.

—Muy bien, no puedo darte ninguna razón para que confíes en el señor March, aparte de que se ocupó de que regresáramos sanas y salvas a Inglaterra después del desastre de Roma. Debió de costarle una fortuna.

—Quería quitarnos de en medio. Además, dudo mucho que March pagara los gastos de ese viaje. Seguro que le envió la cuenta a su cliente.

—Es posible. Pero insisto en que no tienes otra alternativa. Sin duda es mejor trabajar con él que fingir que no existe. De esa forma, al menos podrás enterarte de qué es lo que descubre.

—Y viceversa.

Emeline se tensó. Una extraña angustia destelló en su mirada.

—¿Acaso tienes un plan más ingenioso?

—Todavía no. —Lavinia se detuvo y se llevó una mano al bolsillo. Sacó el trozo de papel que había caído de *La educación de una dama*. Se quedó mirando la dirección allí apuntada—. Pero me propongo tenerlo.

—¿Qué es eso?

—Una pequeña pista que tal vez no conduzca a ninguna parte. —Volvió a guardar el papel—. Pero, en ese caso, siempre puedo pensar en los beneficios de asociarme con Tobias March.

—Ella encontró algo importante en el dormitorio. —Tobias se levantó de la silla y rodeó el enorme escritorio, que quedó a sus espaldas. Se echó hacia atrás y apoyó las manos en los costados—. Sé que es así. Me di cuenta enseguida. Vi algo en sus ojos, un aire demasiado inocente, me dio la impresión. Un gesto muy poco común en ella.

Anthony Sinclair, su cuñado, levantó la vista de un voluminoso libro sobre antigüedades egipcias. Se repantigó en la silla con la despreocupación que sólo puede permitirse un saludable joven de veintiún años.

Anthony se había ido a vivir solo el año anterior. Durante un tiempo, Tobias se preguntó si la casa no quedaría demasiado vacía tras su marcha. Después de todo, convivían allí desde que Anthony era niño y su hermana Ann se había casado con él. Después de la muerte de Ann, Tobias se había esforzado por continuar con la educación del muchacho. Se había acostumbrado a tenerlo bajo su ala, pensó. La casa se le haría extraña sin él.

Pero una quincena después de instalarse en su nueva vivienda, a pocas manzanas de distancia, quedó claro que Anthony seguía pensando que esa casa era una prolongación de la suya. Por eso solía aparecer a la hora de comer.

—¿Muy poco común? —repitió Anthony en tono neutro.

—Lavinia Lake es cualquier cosa menos inocente.

—Bueno, dijiste que es viuda.

—Vete a saber cuál fue el destino de su esposo —dijo Tobias con cierta compasión—. No me sorprendería enterarme de que pasó sus últimos días encadenado a una cama en algún manicomio.

—Te has pasado toda la mañana hablando de tus sospechas sobre la señora Lake —dijo Anthony sin mala intención—. Si estás tan seguro de que ella encontró algo, ¿por qué no se lo dijiste?

—Porque, sin duda, ella lo habría negado. La dama no tiene la menor intención de cooperar conmigo en este asunto. A menos que la hubiera puesto cabeza abajo para vaciarle los bolsillos y el bolso, no tenía modo alguno de demostrar que había descubierto una pista.

Anthony guardó silencio. Observó a Tobias con expresión inquisitiva.

Tobias tensó la mandíbula.

—No digas lo que estás pensando.

—Creo que no puedo evitarlo. ¿Por qué no pusiste a la dama cabeza abajo y le quitaste de los bolsillos lo que suponías que había encontrado?

—Maldita sea. Lo dices como si poner cabeza abajo a damas respetables fuera el modo en que acostumbro a tratar al sexo opuesto.

Anthony alzó las cejas.

—Yo he observado en más de una ocasión que tus modales con las mujeres dejan mucho que desear. Sin embargo, por lo general, están dentro de lo que se espera de un caballero. Salvo en el caso de la señora Lake. Te resulta inevitable: cada vez que se menciona su nombre, te muestras desconsiderado.

—La señora Lake es una criatura absolutamente excepcional —replicó Tobias—. Excepcionalmente resuelta, excepcionalmente terca, y excepcionalmente difícil. Sacaría de sus casillas a cualquier hombre.

Anthony asintió con aire comprensivo.

—Siempre es exasperante ver los propios rasgos reflejados con tanta claridad en otra persona, ¿verdad? Sobre todo cuando esa persona pertenece al bello sexo.

—Te advierto que no estoy de humor para soportar que te burles de mí, Anthony.

Anthony cerró con delicadeza el voluminoso libro que había estado leyendo.

—Estás obsesionado con esa dama desde lo que ocurrió en Roma hace tres meses.

—Obsesionado es mucho decir, y tú lo sabes bien.

—No estoy de acuerdo. Whitby me contó todas tus divagaciones y delirios, que pudo escuchar mientras intentaba bajarte la fiebre que te habían causado las heridas. Dijo que mantuviste varias conversaciones, más bien largas, unilaterales y bastante incoherentes con la señora Lake. Desde que regresaste a Inglaterra, todos los días has encontrado algún motivo para mencionarla. Yo diría que eso roza la obsesión.

—Cuando estuve en Roma me vi obligado a pasar casi un mes tras esa maldita mujer, vigilando todos sus movimientos. —Tobias se aferró al borde tallado de su escritorio—. Tratas de seguir a una mujer todo ese tiempo, de tomar nota de todas las personas a las que saluda en la calle y de cada vez que sale a hacer compras, y te preguntas una y otra vez si tiene algo que ver con los asesinos o si, en realidad, es ella la que corre peligro de muerte. Te aseguro que ese tipo de cosas puede acabar con un hombre.

—Es lo que yo digo. Estás obsesionado.

—Obsesión es un término demasiado fuerte. —Tobias se frotó mecánicamente el muslo izquierdo—. Sin embargo, ella te deja una impresión imborrable, te lo aseguro.

—Parece obvio. —Anthony cruzó una pierna sobre la otra y alisó con pulcritud los pliegues de su elegante pantalón—. ¿Te duele mucho la pierna hoy?

—Está lloviendo, no sé si te has dado cuenta. Y con la humedad me molesta un poco más.

—No es necesario que seas brusco conmigo, Tobias. —Anthony sonrió burlonamente—. Guárdate el mal genio para la dama que lo inspira. Si vosotros dos os asociáis para encontrar el diario, espero que tengas más de una ocasión para descargar tu mal humor en ella.

—La sola idea de una sociedad con la señora Lake es suficiente para dar escalofríos a cualquier hombre. —Hizo una pausa al oír un enérgico golpe en la puerta del estudio—. Adelante, Whitby. ¿Qué sucede?

La puerta se abrió y dejó ver la figura menuda y atildada del hombre que se desempeñaba como fiel mayordomo, cocinero, encargado de la casa y, cuando era necesario, hacía las veces de médico. A pesar de la momentánea precariedad de las finanzas de la casa, Whitby siempre se las arreglaba para estar impecable. Cuando se comparaba con Whitby y Anthony, Tobias solía sentirse en desventaja en lo referente a moda y elegancia masculinas.

—Lord Neville ha venido a verle, señor —dijo Whitby con el tono ponderado que empleaba cada vez que debía anunciar a una persona de alto rango.

Tobias sabía que Whitby no consideraba realmente que aquellos seres fueran superiores en virtud de su posición social, sino que más bien le divertía la posibilidad de ejercitar su talento para el melodrama. Whitby había visto frustrada su vocación: había deseado ser actor.

—Dígale que pase, Whitby.

Whitby se retiró.

Anthony se puso de pie muy despacio.

—Maldita sea —murmuró Tobias—. No me gusta tener que dar malas noticias a mis clientes. Siempre se enfadan. Uno nunca sabe cuándo decidirán dejar de pagarte.

—No me parece que Neville tenga muchas posibilidades de elegir —dijo Anthony en el mismo tono de voz—. No puede recurrir a nadie más.

Un hombre alto y de complexión robusta, cercano a la cincuentena, entró a grandes zancadas en la sala, sin molestarse en ocultar su impaciencia. Todo en Neville daba cuenta de su riqueza y su linaje aristocrático, desde sus rasgos aguileños hasta el modo en que portaba su costosa chaqueta y sus relucientes botas.

—Buenos días, señor. No lo esperaba tan temprano.

—Tobias se enderezó y le señaló una silla—. Por favor, tome asiento.

Neville no respondió a las formalidades. Entrecerró los ojos y miró fijamente a Tobias.

—¿Y bien, March? Recibí su mensaje. ¿Qué diablos pasó anoche? ¿No hay rastro de ese diario?

—Por desgracia, cuando llegué ya había desaparecido —dijo Tobias.

Neville tensó los labios en una mueca que reveló el desagrado que le producía la noticia.

—Maldición. —Se quitó un guante. La piedra negra de su pesado anillo de oro centelleó cuando se pasó los dedos por el pelo—. Tenía la esperanza de que esta cuestión se resolviera con rapidez.

—Encontré algunas pistas útiles —prosiguió Tobias, esforzándose por presentar una imagen de pericia profesional y seguridad en sí mismo—. Espero localizarlo pronto.

—Debe encontrarlo lo antes posible. Es mucho lo que está en juego.

—Lo sé muy bien.

—Sí, claro que lo sabe. —Neville se acercó a la mesa de las bebidas y tomó la licorera—. Discúlpeme. Sé muy bien que tenemos un mutuo interés en encontrar ese maldito diario. —Hizo una pausa antes de servirse y miró a Tobias—. ¿Le importa?

—Por supuesto que no. Siéntase como si estuviera en su casa. —Tobias trató de no crisparse al ver la enorme cantidad de brandy que Neville vertía en el vaso. Aquella bebida era cara. Pero por lo general era una buena táctica ser generoso con el cliente.

Neville tomó dos tragos rápidos y dejó el vaso. Estudió a Tobias con expresión adusta.

—Debe encontrarlo, March. Si cae en otras manos,

tal vez nunca sepamos quién era Azure. Peor aún, tal vez ni siquiera lleguemos a conocer el nombre del único superviviente de la Blue Chamber.

—Un par de semanas más, como mucho, y tendrá usted el diario, señor —dijo Tobias.

—¿Un par de semanas más? —Neville se quedó mirándolo, consternado—. Imposible. No puedo esperar tanto.

—Haré todo lo que esté en mi mano por descubrirlo lo más pronto posible. Es todo lo que puedo prometerle.

—Maldición. Cada día que pasa, más cerca está la posibilidad de que ese diario se pierda o sea destruido.

Anthony se movió y carraspeó discretamente.

—Me permito recordarle, señor, que de no ser por el empeño de Tobias, usted ni siquiera sabría que ese diario existe y que se encuentra en algún lugar de la ciudad. Es bastante más que lo que sabía el mes pasado.

—Sí, sí, por supuesto. —Neville, nervioso, recorrió la sala a grandes zancadas, frotándose las sienes—. Deben disculparme. Desde que me enteré de la existencia del diario no he podido dormir bien. Cuando pienso en los que murieron en la guerra por culpa de esos criminales, apenas puedo controlar mi furia.

—Nadie está tan interesado como yo en encontrar esa maldita cosa —dijo Tobias.

—Pero ¿qué pasará si el que lo tiene lo destruye antes de que podamos hacernos con él? Perderemos la oportunidad de conocer esos dos nombres.

—Dudo mucho que el poseedor del diario decida destruirlo —dijo Tobias.

Neville dejó de frotarse las sienes y arrugó el entrecejo.

—¿Por qué está tan seguro de que no corre peligro?

—La única persona que querría hacerlo desaparecer es ese miembro superviviente de la Blue Chamber, y es muy poco probable que sea él quien lo tenga en su poder. Para cualquier otra persona representa un valioso instrumento de chantaje que le permitiría ganar mucho dinero. ¿Por qué privarse de semejante ganancia?

Neville se quedó pensando.

—Su razonamiento parece sólido —reconoció por fin, aunque a regañadientes.

—Concédame un poco más de tiempo —insistió Tobias—. Encontraré ese diario. Tal vez después, tanto usted como yo podamos dormir mejor.

4

El artista trabajaba siempre junto a la chimenea. El calor de las llamas, el agua caliente de un cazo y el calor natural de la mano ablandaban la cera, lo que permitía esculpirla y darle forma.

La mayor parte del modelo inicial estaba hecha con el pulgar y el índice. El moldeado de la cera, gruesa y maleable, requería una mano fuerte y segura. Al iniciar su creación, el artista solía trabajar con los ojos cerrados, confiando al delicado tacto la formación de la figura. Luego utilizaba una herramienta pequeña, afilada y calentada, para añadir los fundamentales y delicados detalles que imprimían vigor, energía y autenticidad a la figura de cera.

Según el artista, el efecto final de la pieza acabada dependía de los detalles más imperceptibles: la curva de la mandíbula, los detalles del traje, la expresión de los rasgos.

Aunque la mirada del espectador rara vez se centraba en esos minúsculos elementos, aquellos pequeños fragmentos de realidad eran los factores que provocaban ese conmovedor acto de comprensión inmediata, señal distintiva de todo gran arte.

En las manos del artista, la cera caliente parecía latir como si la sangre fluyera bajo la lisa superficie.

No había ningún material tan perfecto como la cera para imitar cabalmente la vida. Ninguno tan ideal para eternizar el instante de la muerte.

5

Lavinia se detuvo bajo las frondosas ramas de un árbol para verificar la dirección escrita en el pequeño trozo de papel. El número catorce de Hazelton Square se encontraba en medio de una hilera de bellas casas que daban a uno de los costados del exuberante parque. Elegantes columnatas y flamantes farolas de gas señalaban la entrada de cada residencia.

Una inesperada sensación de incomodidad se apoderó de ella cuando vio los dos brillantes carruajes que esperaban en la calle, tirados por armoniosas parejas de caballos de pelo lustroso. Los cocheros que llevaban las riendas vestían costosas libreas. Mientras ella los observaba, una dama salió del número dieciséis y bajó los peldaños que la separaban de la acera. Su vestido rosa pálido y la capa a juego eran obra, sin lugar a dudas, de una modista dedicada a una clientela acaudalada y elegante.

Éste no era exactamente la clase de vecindario que ella había imaginado encontrar cuando había emprendido la búsqueda. Lavinia reflexionó durante un rato.

Le resultaba difícil creer que Holton Felix hubiera estado relacionado, o que hubiera tratado de chantajear, a una persona que vivía en un lugar tan distinguido.

Observó con atención aquellas casas y sus columnatas. No le resultaría fácil convencer a los habitantes de alguna de ellas de que le abrieran la puerta. De todos modos, no le quedaba más alternativa que intentarlo. La dirección escrita en el papel era la única pista que poseía en ese momento. Tenía que empezar por algo.

Se armó de valor, cruzó la calle y subió los escalones de mármol blanco del número catorce. Tiró del pesado llamador de bronce y dio un golpe seco, con la esperanza de que sonara convincente.

Desde el vestíbulo llegó el sonido amortiguado de unos pasos. Un momento después se abrió la puerta. Un mayordomo de aspecto imponente, con la complexión de un toro, la miró desde arriba. Por la expresión de sus ojos, Lavinia comprendió que el hombre ya estaba empezando a barajar la posibilidad de cerrarle la puerta en las narices. Sin perder un segundo le extendió una de las flamantes tarjetas que había hecho imprimir el mes anterior.

—Tenga la amabilidad de entregar esto a su señora —dijo ella con resolución—. Es muy urgente. Mi nombre es Lavinia Lake.

El mayordomo miró la tarjeta con desdén. No parecía muy convencido de la conveniencia de aceptarla.

—Entréguela y comprobará que me esperan —dijo Lavinia con la mayor frialdad que pudo. Era una mentira descarada pero fue lo único que se le ocurrió en ese momento.

—Muy bien, señora —retrocedió para que ella pudiera entrar—. Espere aquí.

Suspiró aliviada y se apresuró a subir los escalones hasta el umbral. Había superado el primer obstáculo, pensó. Ya tenía un pie dentro.

El mayordomo se alejó por un oscuro pasillo. Lavinia aprovechó la oportunidad para examinar el lugar. Los mosaicos negros y blancos y los espejos, con sus trabajados marcos dorados, hablaban de un gusto a la moda y de opulencia.

Lavinia oyó los pasos del mayordomo y contuvo la respiración. Cuando el hombre se detuvo frente a ella, supo de inmediato que la tarjeta había surtido efecto.

—La señora Dove la atenderá. Por aquí, por favor, señora.

Lavinia respiró de nuevo. La primera fase había resultado sencilla. Ahora debía enfrentar la más delicada tarea de convencer a una desconocida de que le hablara de chantaje y asesinato.

Fue conducida a una sala enorme decorada en tonos amarillos, verdes y dorados. Los muebles estaban cubiertos con telas de seda rayada. Las pesadas cortinas de terciopelo verde recogidas por alzapaños amarillos dejaban ver el parque. Sus pasos eran silenciados por una gruesa alfombra tejida en los mismos tonos.

Una elegante mujer ocupaba uno de los sofás dorados. Vestía una bata muy refinada, de seda gris muy pálida, ribeteada en negro. Llevaba el pelo recogido en la nuca y el armonioso peinado destacaba sutilmente su largo cuello. Desde lejos aparentaba no tener más de treinta años. Pero a medida que se acercaba, Lavinia advirtió las delgadas líneas que prolongaban aquellos inteligentes ojos, y una inequívoca flaccidez en torno a una garganta y una mandíbula que sin duda habían sido antaño muy firmes. El pelo color miel estaba veteado de canas. La dama estaba más cerca de los cuarenta y cinco que de los treinta y cinco.

—La señora Lake, señora —el mayordomo se inclinó con brusquedad.

—Adelante, señora Lake. Por favor, tome asiento.

La voz sonó refinada y fría, pero Lavinia pudo percibir la tensión que la dominaba. Esta mujer había estado viviendo bajo una enorme presión.

Lavinia se sentó en uno de los sillones a rayas doradas, e intentó dar la impresión de que estar acostumbrada a mantener una conversación rodeada por un mobiliario tan refinado.

Temía que su sencillo vestido de muselina —cuyo vívido castaño rojizo había, a todas luces, perdido gran parte de su color— la traicionara. El último intento de teñirlo para devolverle su matiz original no había surtido efecto.

—Gracias por recibirme, señora Dove —dijo Lavinia.

—¿Cómo podía negarme después de recibir una tarjeta tan misteriosa? —Joan Dove arqueó las cejas—. ¿Puedo preguntarle cómo sabe mi nombre? Estoy segura de que no nos conocemos.

—Muy sencillo. Se lo pregunté a una de las criadas que pasean por el parque. Me informó que usted es viuda, y que vive aquí con su hija.

—Sí, por supuesto —murmuró Joan—. A la gente le gusta hablar.

—Mi nueva profesión me ha llevado a servirme de esa tendencia.

Joan golpeteó el brazo del sofá con la pequeña tarjeta.

—¿En qué consiste exactamente su profesión, señora Lake?

—Se lo explicaré más adelante, si sigue interesada en saberlo. Antes permítame decirle cuál es el motivo de mi visita. Creo que tenemos, o más bien que tuvimos, un conocido en común, señora Dove.

—¿De quién se trata?

—Se llamaba Holton Felix.

Joan arrugó el entrecejo en un gesto de cortés perplejidad. Sacudió la cabeza.

—No conozco a nadie con ese nombre.

—¿De veras? Encontré sus señas en un libro que él tenía en su mesilla de noche.

Advirtió que Joan la observaba con inconmovible atención. No estaba segura de que eso fuera algo bueno.

Pero parecía interesada, se dijo Lavinia. No podía echarse atrás. Dada su profesión, debía estar preparada para emprender el camino más audaz.

—¿En su mesilla de noche, dice? —Joan estaba muy quieta en el sofá, con la mirada fija en un punto lejano—. Qué extraño.

—En realidad, no tan extraño como su ocupación. Era chantajista.

Se produjo un breve silencio.

—¿Era? —repitió la señora Dove con sutil énfasis.

—Anoche, cuando vi por primera vez al señor Felix, estaba muerto. Asesinado, para ser exactos.

Al oír esas palabras, Joan se tensó levemente. No hizo más que soltar un imperceptible e involuntario suspiro y entrecerrar apenas los ojos, pero Lavinia se dio cuenta de que estaba impresionada.

Joan se recuperó con rapidez, tanto que Lavinia se preguntó si no habría malinterpretado su reacción ante la noticia de la muerte de Felix.

—Asesinado, dice —repitió Joan, como si Lavinia hubiera hecho un intrascendente comentario sobre el tiempo.

—Sí.

—¿Está segura?

—Absolutamente segura. No es fácil confundirse en un caso así. —Lavinia cruzó sus dedos enguantados—. Señora Dove, seré franca. Sé muy poco sobre Holton Felix, pero lo que sé no dice mucho en su favor. Intentó chantajearme. Y vine a verla para saber si usted era otra de sus víctimas.

—Qué pregunta tan ofensiva —se apresuró a responder Joan—. Como si yo estuviera dispuesta a pagar un chantaje.

Lavinia inclinó la cabeza en señal de asentimiento.

—A mí también me pareció repugnante ese intento de extorsión. De hecho, estaba tan indignada que me tomé el trabajo de averiguar la dirección del señor Felix. Por eso fui anoche a su casa. Y tuve buen cuidado de elegir un momento de la noche en el que, supuestamente, él no estuviera.

A su pesar, Joan pareció fascinada.

—¿Por qué hizo una cosa así?

Lavinia se encogió de hombros.

—Fui allí con la intención de recuperar cierto diario que el señor Felix aseguraba poseer. Después de todo, resultó que esa noche estaba en casa. Pero cuando llegué comprobé que ya le habían hecho una visita.

—¿El asesino?

—Sí.

Se produjo otro breve y tenso silencio. Joan parecía cavilar acerca del episodio.

—Qué arriesgada, señora Lake.

—Pensé que no tenía más remedio que actuar.

—Bien —dijo Joan finalmente—. Entonces su problema ha quedado resuelto. El chantajista está muerto.

—Todo lo contrario, señora Dove —dijo Lavinia con una gélida sonrisa—. El asunto se ha complicado aún más. Verá, el diario que yo esperaba recuperar no estaba en la casa del señor Felix. Así que llegué a la conclusión de que, ahora, es el asesino —hizo una breve pausa—, o la asesina, quien lo tiene en su poder.

Lavinia se dio cuenta de que Joan no era tonta, de que había pescado al vuelo su insinuación. Y, al parecer, le resultaba divertido.

—¿No creerá usted que fui yo quien mató al señor Felix y se llevó el diario? —replicó Joan.

—En cierto modo, esperaba que lo fuera. Eso simplificaría mucho las cosas.

Una extraña expresión iluminó los ojos de Joan.

—Es usted una mujer de lo más extraordinaria, señora Lake. Esa profesión que mencionó hace un momento, ¿no estará relacionada por casualidad con las tablas? ¿Actúa usted en algún teatro de Drury Lane o de Covent Garden?

—No, señora Dove, nada de eso. Aunque a veces siento la tentación de actuar.

—Comprendo. Bueno, esto ha sido bastante entretenido, pero le aseguro que no sé nada de asesinatos ni de chantajes. —Con claras muestras de impaciencia Joan miró el reloj—. Querida, es un poco tarde, ¿no le parece? Creo que tendré que pedirle que se marche. Esta tarde tengo una cita con mi modista.

Las cosas no estaban saliendo bien. Lavinia se inclinó ligeramente hacia delante.

—Señora Dove, si fue usted chantajeada por Holton Felix y no es la persona que lo asesinó, se encuentra en una situación bastante delicada. Tal vez yo podría ayudarla.

Joan la miró con desconcierto.

—¿Qué quiere decir?

—Debemos considerar la posibilidad de que la persona que asesinó a Holton Felix y robó el diario se proponga ganarse la vida como chantajista.

—¿Espera usted alguna nueva amenaza?

—Aunque no hay nuevas cartas de extorsión, es evidente que alguien tiene ese diario en su poder. Y eso me intranquiliza mucho. ¿A usted no?

Joan parpadeó, pero no dio muestras de estar alarmada por el panorama que le pintó Lavinia.

—No quiero ofenderla, señora Lake, pero tengo la impresión de que si sigue así acabará en Bedlam.

Lavinia se apretó las manos con fuerza.

—Seguramente Holton Felix sabía algo sobre usted, señora. No veo por qué otra razón tendría sus señas guardadas entre las páginas de una espantosa novela dedicada al tema de la perversión de una inocente jovencita.

Los ojos de Joan destellaron de ira.

—¿Cómo se atreve a insinuar que yo tenía tratos con semejante individuo? Por favor, retírese de inmediato, señora Lake, o tendré que pedir a uno de mis lacayos que la acompañe.

—Señora Dove, por favor, escúcheme. Si usted es una de las víctimas del chantaje de Holton Felix, tal vez sepa algo que, sumado a lo que yo ya sé, me permita descubrir la identidad de la persona que se ha quedado con el diario. Seguramente tenga usted tanto interés como yo en recuperarlo, señora.

—Ya me ha hecho perder demasiado tiempo.

—Por una módica suma, sólo lo suficiente para compensar los gastos y el tiempo que he dedicado, estoy dispuesta a hacer algunas averiguaciones.

—Basta. Al parecer se ha vuelto usted loca. —Joan la miró con ojos fríos como el hielo—. Insisto en que se retire, o haré que la echen a la calle.

El método directo es un fracaso, pensó Lavinia. No siempre era fácil encontrar clientes en su nueva profesión.

Con un leve suspiro de frustración, se puso en pie.

—Ya me marcho, señora Dove. Pero tiene usted mi tarjeta. Si llegara a cambiar de opinión, no dude en llamarme. En cualquier caso, le sugiero que no demore mucho. En estas cuestiones el tiempo es esencial.

Caminó a paso rápido hasta la puerta y abandonó la sala. En el vestíbulo, el mayordomo le dedicó una temible mirada y abrió la puerta de la calle.

Lavinia se ató los lazos del sombrero y bajó los escalones. El cielo estaba encapotado. A juzgar por la suerte que había tenido ese día, sin duda comenzaría a llover antes de que llegara a casa.

Cruzó la calle y atravesó a toda prisa el parque. Se resistía a admitirlo, pero Emeline tenía razón. Su sobrina le había advertido que nadie que tuviera su residencia en Hazelton Square estaría dispuesto a admitir que era víctima de chantaje, y mucho menos le encargaría a una desconocida que hiciera discretas averiguaciones al respecto.

Tendría que concebir otro plan, pensó Lavinia. Dobló en una esquina y recorrió una angosta calle flanqueada por dos hileras de casas adosadas. Tenía que haber un modo de convencer a Joan Dove de que confiara en ella. Estaba segura de que aquella mujer sabía mucho más de lo que había dejado traslucir durante su breve entrevista.

De repente, las sombras que se cernían sobre el pequeño pasaje se hicieron más densas.

Lavinia sintió un escalofrío que no tenía nada que ver con la inminente lluvia. Percibió una presencia a su espalda.

Tal vez se había equivocado al tomar este atajo. Pero lo había aprovechado para ir hasta Hazelton Square y en ese momento no había encontrado en él nada ominoso. Se detuvo y se volvió con rapidez.

La enorme e imponente silueta de un hombre arrebujado en un pesado abrigo obstaculizaba el paso de gran parte de la poca luz que se filtraba en el estrecho pasaje.

—Me imaginé que la encontraría aquí, señora Lake. —Tobias March caminaba hacia ella—. He estado buscándola por todas partes.

Más tarde, cuando entró en el pequeño vestíbulo de la casa de Claremont Lane, Lavinia aún echaba chispas. Tras ella iba Tobias March.

Enseguida apareció la señora Chilton secando sus enormes y hacendosas manos en su delantal.

—Por fin, señora. Tenía miedo de que le pillara la lluvia. —Observó a Tobias sin disimular su curiosidad.

—Por suerte logré llegar sin que me calara hasta los huesos. —Lavinia se quitó el sombrero y los guantes—. Ésa es toda la buena suerte que he tenido hoy. Como ve, tenemos un huésped no deseado, señora Chilton. Creo que lo mejor será que prepare una bandeja y la lleve al estudio.

—Está bien, señora. —Con una última e inquisitiva mirada a Tobias, la señora Chilton se volvió, dispuesta a bajar la escalera que conducía a la cocina.

—No desperdicie el té chino que compré la semana pasada —le recomendó Lavinia mientras se iba—. Estoy segura de que en la alacena todavía queda un poco del otro, el más viejo y barato.

—Su gentileza y hospitalidad son abrumadoras —murmuró Tobias.

—Mi gentileza y mi hospitalidad las reservo para mis invitados. —Colgó el sombrero de un perchero y se volvió para mirar en dirección al pasillo—. No para los que se invitan solos.

—Señor March. —Desde el piso superior, Emeline se asomó apenas por encima de la baranda de la escalera—. Qué alegría volver a verle, señor.

Tobias miró hacia arriba y sonrió por primera vez.

—Le aseguro que el placer es mío, señorita Emeline.

La joven bajó con garbo la escalera.

—¿Usted también fue a Hazelton Square? ¿Es allí donde se encontró con Lavinia?

—Por así decirlo —dijo Tobias.

—Me siguió a Hazelton Square. —Lavinia traspuso la puerta del pequeño estudio—. Estaba otra vez espiándome, igual que en Roma. Es una costumbre de lo más irritante.

Tobias entró en la acogedora habitación.

—Sería una costumbre totalmente innecesaria si usted se dignara a mantenerme informado de lo que se propone hacer.

—¿Por qué diablos habría de hacer semejante cosa?

Él se encogió de hombros.

—Porque de lo contrario seguiré sus pasos por todo Londres.

—Esto es demasiado. Absolutamente intolerable. —Lavinia se apresuró a sentarse tras su escritorio—. Usted no tiene ningún derecho a entrometerse en mis asuntos personales, señor.

—Diga lo que diga, eso es precisamente lo que me propongo hacer —Tobias se instaló en la silla más grande de la habitación sin esperar a que se lo sugirieran—. Al menos, hasta que el asunto del diario haya concluido. Le aconsejo seriamente que coopere conmigo, señora Lake. Cuanto antes unamos nuestras fuerzas, más pronto llegaremos a un final satisfactorio.

—El señor March tiene razón, Lavinia. —Emeline entró en el estudio y ocupó la silla que quedaba—. A los dos os conviene trabajar juntos para resolver esta cuestión. Te lo dije esta mañana antes de que salieras rumbo a Hazelton Square.

Lavinia les miró con furia. Estaba atrapada y lo sabía. La idea de unir sus fuerzas era del todo razonable. ¿Acaso no le había planteado esa misma posibilidad a Joan Dove poco antes?

Miró a Tobias entrecerrando los ojos.

—¿Cómo sabemos que podemos confiar en usted, señor March?

—No hay modo de saberlo. —En los labios de Tobias se dibujó una sonrisa cargada de sorna y despojada de toda calidez, muy diferente a la que le había dedicado a Emeline—. Tampoco yo dispongo de posibilidad de saber si puedo confiar en usted. Pero veo que no hay otra alternativa sensata.

Emeline estaba a la expectativa.

Lavinia vaciló, con la esperanza de que se le ocurriera una idea genial. Pero la idea no apareció.

—Maldición. —Hizo tamborilear los dedos sobre el escritorio—. Maldición.

—Sé muy bien cómo se siente —dijo Tobias en tono neutro—. La palabra que me viene a la mente es frustración. ¿Me equivoco?

—En realidad, la palabra frustración no expresa ni remotamente la profundidad de lo que siento en este momento. —Se echó hacia atrás y apretó con fuerza los brazos de la silla—. Muy bien, señor, ya que todo el mundo parece coincidir en que eso es lo más sensato y razonable que podemos hacer, estoy dispuesta a considerar los términos de una posible sociedad.

—Excelente. —Los ojos de Tobias mostraron un brillo triunfal que no se molestó en disimular—. Eso simplificará las cosas y podremos ser más eficientes.

—Lo dudo mucho —dijo inclinándose hacia delante—. De todas maneras, lo probaré. Empiece usted.

—¿Empezar qué?

—A dar muestras de buena fe, por supuesto. —Le dedicó la sonrisa más encantadora que pudo esbozar dadas las circunstancias—. Dígame qué sabe de Joan Dove.

—¿Quién es Joan Dove?

—Bah. Lo sabía. —Lavinia se volvió hacia Emeline—. ¿Te das cuenta? Es inútil. El señor March posee aún menos información que nosotras. No logro comprender en qué puede beneficiarme formar sociedad con él.

—Vamos, Lavinia. Dale al señor March una oportunidad.

—Acabo de hacerlo. Es un inútil.

Tobias la miró con una expresión de profunda humildad.

—Me atrevo a creer que tengo algo que ofrecerle, señora Lake.

Ella no se molestó en ocultar su desconfianza.

—¿Por ejemplo?

—Supongo que Joan Dove es la persona que vive en Hazelton Square.

—¡Qué brillante deducción, señor!

Emeline se crispó al oír el sarcástico comentario, pero Tobias no se inmutó.

—Reconozco que no sé nada de ella —dijo—, pero no llevaría mucho tiempo ni resultaría demasiado difícil reunir la suficiente información.

—¿Y cómo se propone hacerlo? —preguntó Lavinia, sin poder reprimir su curiosidad. Aún tenía mucho que aprender sobre esta profesión, se dijo.

—Tengo una red de informantes que abarca toda la ciudad —le informó Tobias.

—¿Quiere decir espías?

—No, se trata tan sólo de un grupo de colegas de confianza que están dispuestos a vender cualquier información que llegue a sus oídos.

—A mí eso me parece una banda de espías.

Él pasó por alto el comentario.

—Puedo hacer averiguaciones, pero sin duda usted estará de acuerdo en que, en este caso, sería una pérdida de tiempo. Si me cuenta qué averiguó hoy, avanzaremos mucho más rápido.

—Nuestra conversación fue un poco limitada.

Sorprendida, Emeline dio un respingo.

—Lavinia, no me dijiste que llegaste a hablar con Joan Dove.

Lavinia hizo un gesto displicente con la mano.

—Bueno, sí, casualmente, se presentó la oportunidad y la aproveché.

—Me aseguraste que sólo pretendías localizar la residencia y a quedarte un rato vigilando para ver si descubrías algo útil. —Emeline arrugó el entrecejo, preocupada—. No dijiste que tratarías de hablar con alguien de la casa.

Por primera vez, Tobias se mostró algo más que irritado. Mostraba una temible expresión.

—No, señora Lake, en ningún momento dijo que había hablado con Joan Dove.

—Para mí estaba claro que ella era otra de las víctimas de Holton Felix. —Lavinia notó la fría desaprobación de Tobias, pero se esforzó por no darle importancia—. A la ocasión la pintan calva, me dije.

—Pero, tía Lavinia...

—¿Qué demonios le dijo? —la interrumpió Tobias con la mayor tranquilidad.

—Es evidente —dijo Emeline, irritada— que mi tía vio la oportunidad de conseguir información sobre este misterio, pero también de ganarse una clienta.

—¿Clienta? —Tobias estaba anonadado.

—Basta, Emeline —dijo Lavinia con firmeza—. No hay ninguna necesidad de hablarle al señor March de mis asuntos personales. Estoy segura de que no le interesan.

—Todo lo contrario —dijo Tobias—. Le aseguro que ahora me interesa todo lo que tenga que ver con usted, señora Lake. Hasta el más nimio detalle me preocupa.

Emeline miró a Lavinia con el ceño fruncido.

—Dadas las circunstancias, no veo cómo puedes

ocultarle información acerca de este asunto al señor March. Tarde o temprano, descubrirá la verdad.

—Tenga la seguridad —dijo Tobias— de que será más temprano que tarde. ¿Qué diablos está sucediendo, señora?

—Tan sólo, que me estoy esforzando por ganarme la vida y mantener a mi sobrina de un modo que no me obligue a venderme en las calles —dijo.

—¿Y qué es exactamente lo que está haciendo para ganarse la vida?

—El hecho de que me viera obligada a dedicarme a una nueva profesión es culpa suya, señor March, y de nadie más. Fue por usted, señor, por lo que me vi forzada a embarcarme en una nueva actividad, una actividad que, por otra parte, todavía no me ha producido un ingreso aceptable.

Tobias se puso de pie.

—Maldición, ¿se puede saber cuál es esa nueva profesión?

Emeline le dedicó una mirada de amable reprobación.

—No tiene por qué alarmarse, señor. Debo admitir que la nueva profesión de Lavinia es un poco inusual. En cualquier caso, no tiene nada de ilícito. De hecho, fue usted quien la inspiró.

—Maldita sea. —Tobias dio dos zancadas hacia el escritorio y apoyó las palmas de las manos en él—. Dígame de qué se trata.

Lo dijo en un tono de voz tan bajo que Lavinia se sintió impresionada y perturbada. Vaciló, se encogió de hombros y abrió el pequeño cajón central de su escritorio. Sacó de allí una de sus nuevas tarjetas. Sin una palabra, la colocó sobre la pulida superficie de caoba, frente a él, para que pudiera leerla.

Tobias clavó la vista en la tarjeta. Ella siguió su mirada y leyó en silencio al mismo tiempo que él.

INVESTIGACIONES PRIVADAS
DISCRECIÓN ASEGURADA

Ella se preparó para lo peor.

—¡Qué increíble desfachatez! —Tobias recogió la tarjeta de un manotazo—. Está invadiendo mi territorio. ¿Qué demonios le hace pensar que está capacitada para esto?

—Por lo que he podido ver, esta profesión no requiere ninguna capacitación especial —replicó Lavinia—. Lo único que hace falta es estar dispuesto a hacer preguntas, muchas preguntas.

Tobias entrecerró los ojos.

—Intentó inducir a Joan Dove a que la contratara para buscar el diario, ¿verdad?

—Le sugerí que contemplara la posibilidad de pagarme una comisión por llevar a cabo averiguaciones al respecto, sí.

—Está usted más loca de lo que creía.

—Me resulta curioso que ponga en duda mi cordura, señor March. Hace tres meses, cuando nos cruzamos en Roma, yo tenía serias dudas acerca de la suya.

Tobias tiró con displicencia la tarjeta, que revoloteó en el aire y aterrizó justo delante de ella.

—Y si no está loca —dijo en un tono monocorde—, sin duda es usted una idiota cabeza hueca. No tiene idea del daño que puede estar causando, ¿verdad? Ni se imagina lo peligroso que es todo este asunto.

—Claro que sé que es peligroso. Anoche vi el cráneo del señor Felix.

A pesar de su cojera, Tobias rodeó el escritorio con

sorprendente rapidez. Se inclinó un poco, la tomó de los brazos, la alzó de la silla y la mantuvo suspendida en el aire.

Emeline se puso en pie de un salto.

—Señor March, ¿qué le está haciendo a mi tía? Por favor, déjela.

Tobias no se inmutó. Toda su atención estaba concentrada en Lavinia.

—Es usted una estúpida entrometida, señora Lake. ¿Se da cuenta de que lo está echando todo a perder? Me he pasado semanas enteras planificando las cosas paso a paso, y ahora llega usted y echa todo por la borda en una sola tarde.

A Lavinia se le hizo un nudo en la garganta ante la no disimulada furia de Tobias. Sabía que él tenía el don de ponerla nerviosa, y eso la enfurecía.

—Suélteme, señor.

—No pienso hacerlo hasta que acepte asociarse conmigo.

—¿Por qué quiere trabajar conmigo si tiene tan mala opinión de mí?

—Vamos a trabajar juntos, señora Lake, porque lo que ha ocurrido hoy me demuestra que no puedo correr el riesgo de dejar que actúe por su cuenta. Hay que estar encima todo el tiempo.

No le pareció una perspectiva muy tentadora.

—Vamos, señor March. No puede tenerme en el aire indefinidamente.

—No esté tan segura de eso, señora.

—No se está portando como un caballero, señor.

—Eso ya me lo dijo en otra ocasión. ¿Estamos de acuerdo en trabajar juntos en el asunto del diario?

—No tengo ningún interés. No quiero tener nada que ver con usted. Sin embargo, vaya donde vaya me voy a tropezar con usted, así que estoy dispuesta a que compartamos lo que tenemos e intercambiemos información.

—Me parece una sabia decisión, señora Lake.

—De todas maneras, insisto en que deje de ser tan grosero. —No la estaba lastimando, pero ella percibía con toda claridad la fuerza de sus manos—. Ahora suélteme, señor.

Sin decir una sola palabra, Tobias la bajó hasta tocar el suelo con los pies y la soltó.

Ella se sacudió la falda y se pasó una mano por el pelo. Estaba nerviosa, furiosa, y lo más extraño de todo era que le faltaba el aliento.

—Esto es indignante. Espero una disculpa, señor March.

—Le ruego que me disculpe, señora. Hay algo en usted que hace brotar lo peor de mí.

—Oh, cielos —murmuró Emeline—. Esta sociedad no está empezando con muy buen pie, ¿no?

Lavinia y Tobias se volvieron y la miraron. Antes de que pudieran decir nada se abrió la puerta. Era la señora Chilton, portando la bandeja con el té.

—Yo lo serviré —se apresuró a decir Emeline. Se acercó a toda prisa a la señora Chilton y le tomó la bandeja.

Después de la tercera taza, Lavinia logró dominar su mal humor. Tobias, de pie junto a la ventana y con las manos cruzadas a la espalda, contemplaba el jardín. En su postura aún podía apreciarse algo del estado de ánimo amenazante e imprevisible de un rato antes. Lavinia pensó que el hecho de que no hubiera vuelto a llamarla idiota cabeza hueca era buena señal.

Cuando la señora Chilton salió del estudio, Lavinia tomó un reconfortante sorbo de té, y luego dejó la taza con delicadeza sobre el plato.

El tictac del reloj de pie retumbaba en el silencio sepulcral del estudio.

—Volvamos a empezar desde el principio —dijo Tobias con desgana—. ¿Qué es exactamente lo que le dijo a la señora Dove?

—Fui muy franca con ella.

—Maldición.

Lavinia carraspeó.

—Le dije que yo había sido víctima de un chantaje, que le había seguido el rastro hasta su guarida, y que había descubierto que alguien se me había adelantado. Le conté que el diario que Holton Felix mencionaba en sus cartas había desaparecido, y que yo había encontrado la dirección de ella entre las páginas de una asquerosa novela que él tenía en la mesilla de noche.

Tobias se volvió rápidamente y la miró.

—De modo que eso es lo que encontró en la habitación... Sabía que había encontrado algo. Maldita sea. ¿Por qué no me lo dijo?

—Señor March, si va a regañarme todo el tiempo, no avanzaremos demasiado.

Él apretó los dientes, pero no le replicó.

—Continúe.

—Lo lamento, pero eso es todo lo que puedo contarle. Ella dijo que no sabía nada de ese asunto del chantaje, pero yo estoy segura de que ella fue una de las víctimas de Felix. Le ofrecí mis servicios profesionales, pero los rechazó. —Se encogió de hombros—. Así que me fui.

No tenía por qué mencionar que la señora Dove la había despedido amenazando con echarla por la fuerza, pensó Lavinia.

—¿Le dijo que aquella noche yo estaba con usted? —preguntó Tobias.

—No. No le dije nada de su participación en este asunto.

Tobias repasó la información en silencio. Luego se acercó a la mesa y tomó su taza de té.

—Usted dijo que ella es viuda, ¿verdad?

—Sí. Una de las criadas que pasean por el parque me contó que su esposo murió hace cosa de un año, poco después de que anunciaran la boda de su hija en una gran fiesta.

Tobias no alcanzó a dejar la taza en el plato. La curiosidad teñía su rostro.

—¿La criada le dijo cómo murió el hombre?

—De una enfermedad repentina, mientras visitaba una de sus propiedades, creo. No le pedí detalles.

—Entiendo. —Tobias colocó la taza con cuidado sobre el plato—. ¿Y según usted no admitió haber sido chantajeada?

—No... —Lavinia vaciló—. En realidad, ella no dijo que hubiera recibido cartas en las que la extorsionaran. Pero su actitud me convenció de que sabía muy bien de qué le estaba hablando. Creo que está bastante desesperada, y no me sorprendería tener noticias de ella en cualquier momento.

6

Ese mismo día, al atardecer, Tobias entró en el club. La atmósfera de recogimiento apenas se veía perturbada por el débil crujir de las páginas de los periódicos, por el entrechocar de tazas y platos y por el ocasional tintineo de una botella de oporto contra un vaso. La mayor parte de las cabezas que asomaban por encima de los respaldos de las cómodas sillas con cojines estaban cubiertas de canas.

La mayoría de los hombres que visitaban el club a esa hora solían encontrarse en ese momento de la vida en que se siente más interés en los juegos de naipes y en las inversiones que en las amantes y en la moda. Los miembros más jóvenes del club disparaban sus pistolas contra las dianas instaladas en Manton, o visitando a sus sastres.

Tobias pensó que las esposas y amantes de aquellos hombres sin duda estaban ocupadas yendo de compras. Unas y otras solían frecuentar las mismas modistas y sombrereras. No era extraño que una esposa se encontrara frente a frente con su rival, delante de una pieza de tela. Por supuesto, en esos casos se suponía que la esposa pasaría por alto la presencia de la fulana.

Pero si la esposa en cuestión resultaba tener el fiero e insensato temperamento de Lavinia, pensó Tobias, la pieza de muselina en cuestión sin duda quedaría hecha jirones antes de finalizar el encuentro. Por alguna razón, y aunque estaba de mal humor, la idea le divirtió. Luego se le ocurrió que cuando Lavinia hubiera terminado con la fulana, con toda probabilidad acorralaría a su esposo, que a todas luces se llevaría la peor parte. La sonrisa desapareció de su rostro.

—Vaya, March, me alegro de verte. —Lord Crackenburne bajó el periódico y observó a Tobias por encima de la montura de sus gafas—. Me imaginaba que hoy pasarías por aquí.

—Buenos días, señor. —Tobias se sentó en una silla que había al otro lado de la chimenea. Se frotó distraídamente el muslo derecho—. Sentarse aquí, junto al fuego, ha sido una magnífica idea. No es una tarde agradable para andar por la ciudad. La lluvia ha embarrado las calles.

—Hace más de treinta años que no hago algo tan agotador como andar recorriendo la ciudad. —Crackenburne alzó sus grises cejas y dejó caer sus gafas—. Prefiero que el mundo venga a mí.

—Sí, lo sé.

Crackenburne se había instalado más o menos de manera permanente en el club desde la muerte de su amada esposa, unos diez años atrás. Tobias se había acostumbrado a visitarlo a menudo.

La amistad se remontaba a hacía unos veinte años, al día en que Tobias, recién graduado en Oxford y sin un céntimo, se había propuesto trabajar en la empresa de Crackenburne. Después de tanto tiempo, seguía sin saber por qué el conde, un hombre de impecable linaje, abundantes recursos y contactos personales con algunos de los miembros más conspicuos de la alta sociedad, se había dignado a emplear a un joven sin experiencia, sin referencias y sin familia. Aun así, Tobias sabía que debía estar eternamente agradecido a Crackenburne por la confianza que había depositado en él.

Habían pasado cinco años desde que dejara de manejar los negocios y las finanzas de Crackenburne para convertirse en investigador privado, pero seguía apreciando los consejos y la sabiduría del anciano. Por añadidura, la inclinación de Crackenburne a pasar la mayor parte de su tiempo en el club lo convertía en una provechosa fuente de rumores y chismorreos. Siempre parecía estar enterado del último «se dice que...».

Crackenburne sacudió el periódico y volteó una página.

—Vamos a ver, me he enterado de que cierto tahúr fue asesinado anoche... ¿Estabas al tanto?

—Caramba —replicó Tobias con una sonrisa irónica—. ¿Cómo lo ha sabido? ¿Sale en los periódicos?

—No. Esta mañana pasé junto a una mesa en la que se jugaba una partida de cartas y oí que alguien lo mencionaba. Y reconocí el nombre de Holton Felix, naturalmente, porque hace dos días me preguntaste por él. ¿Es cierto que ha muerto?

—No cabe duda alguna. Le destrozaron el cráneo con un objeto contundente.

—Vaya. —Crackenburne retornó a su periódico—. ¿Y qué hay de ese diario que Neville te pidió que encontraras?

Tobias estiró las piernas hacia el fuego.

—Cuando llegué a la escena del crimen había desaparecido.

—Ya veo. Mala suerte. No creo que a Neville le haya hecho mucha gracia.

—No.

—¿Qué harás ahora? ¿Se te ha ocurrido algo?

—Todavía no, pero les he hecho saber a mis informantes que sigo en el mercado y a la espera de cualquier información que pueda conducirme a la maldita cosa. —Tobias vaciló un segundo—. Ha sucedido algo nuevo.

—¿De qué se trata?

—Me he visto obligado a formar una sociedad que seguirá en pie hasta que este asunto se resuelva. Mi nuevo socio ha encontrado una prueba que puede sernos útil.

Crackenburne alzó la vista; sus ojos entrecerrados dejaron ver un destello de sorpresa.

—¿Un socio? ¿Te refieres a Anthony?

—No. Anthony me echa una mano de vez en cuando, pero prefiero no asignarle ninguna otra responsabilidad. Le he explicado que no quiero que se involucre demasiado en este negocio.

Crackenburne parecía divertirse con sus palabras.

—¿Aunque el trabajo le guste?

—Eso no tiene nada que ver. —Tobias cruzó los dedos y clavó la vista en el fuego—. Este negocio no es apropiado para un caballero. Uno está siempre a un paso de convertirse en espía, y los ingresos son, como mínimo, imprevisibles. Yo le prometí a Ann que me ocuparía de que su hermano tuviera una profesión sólida y respetable. Lo que ella más temía era que el muchacho terminara en los garitos, como su padre.

—¿Ha mostrado el joven Anthony algún interés en llegar a tener una profesión sólida y respetable? —preguntó con sequedad Crackenburne.

—Aún no —admitió Tobias—. Pero apenas tiene veintiún años. De momento sus intereses cambian caprichosamente de un día para otro, y pasa de la ciencia a las antigüedades, al arte y la poesía de Byron.

—Y si todo eso falla, siempre puedes sugerirle que pruebe a convertirse en un cazafortunas.

—Temo que las posibilidades que tiene Anthony de conocer a una mujer rica, por no hablar de casarse con ella, son más que escasas —dijo Tobias—. Incluso en el caso de que tropezara con alguna, la poca estima en que tiene a las jóvenes cuya conversación se limita a los trapos y el chismorreo, sin duda mandaría a pique la empresa antes de que diera comienzo.

—Bueno, en tu lugar yo no me preocuparía demasiado por su futuro —comentó Crackenburne—. Según mi experiencia los jóvenes suelen tomar sus propias decisiones. Al final, es muy poco lo que uno puede hacer, salvo desearles mucha suerte. Ahora háblame de ese nuevo socio que te has echado.

—Es la señora Lake. No sé si recuerda usted que la mencioné en otra ocasión.

Crackenburne abrió la boca, la cerró y volvió a abrirla.

—Santo cielo, hombre. No me digas que es la misma señora Lake que conociste en Italia...

—Sí, señor. Al parecer se encontraba en la lista de las víctimas de chantaje de Felix. —Tobias observó las llamas por encima de sus dedos cruzados—. Y me culpa a mí.

—No me digas. —Crackenburne se acomodó las gafas y parpadeó varias veces—. Bueno, bueno, bueno... Esto se está poniendo interesante.

—En mi opinión, es una maldita complicación. Pretende ganarse la vida aceptando una paga a cambio de sus investigaciones privadas. —Hizo tamborilear las yemas de los dedos unas contra las otras—. Creo que se inspiró en mí.

—Sorprendente, totalmente sorprendente. —Crackenburne meneó la cabeza. No lograba discernir si aquello lo divertía o lo asombraba—. Una dama tratando de abrirse paso en esa extraña profesión que te buscaste. Te aseguro que eso es para sorprender a cualquiera.

—Le aclaro que la sorpresa es apenas uno de los muchos efectos desagradables que causó en mí. Sin embargo, como está empeñada en seguir la pista del diario por su cuenta, no me queda otra alternativa que asociarme con ella.

—Sí, por supuesto —Crackenburne asintió mostrando su comprensión—. Ésa es la única manera de tenerla vigilada y controlar sus movimientos.

—No estoy tan seguro de que alguien pueda controlar a la señora Lake. —Tobias hizo una pausa—. Pero la verdad es que no vine a contarle los problemas que tengo con mi nueva socia. Lo buscaba para hacerle una pregunta.

—Tú dirás.

—Usted está vinculado con la alta sociedad y está al corriente de los rumores. ¿Qué puede decirme de una mujer llamada Joan Dove, que vive en Hazelton Square?

Crackenburne se quedó pensativo. Luego dobló el periódico y lo dejó a un lado.

—No demasiado, en realidad. El señor y la señora Dove no solían alternar con la gente de la alta sociedad. No son muchos los chismes que puedo contarte. Hace casi un año, creo, la hija se comprometió con el heredero de Colchester. Y al poco tiempo, Fielding Dove murió.

—¿Eso es todo lo que sabe sobre esa mujer?

Crackenburne estudió las temblorosas llamas.

—Estuvo casada con Dove unos veinte años. Había una diferencia de edad considerable entre ellos. Él debía de tener al menos veinticinco años más, quizá treinta. No sé de dónde venía ella, y tampoco sé nada de su familia. Pero hay algo que sí puedo decirte con absoluta certeza.

Tobias alzó una ceja, intrigado.

—Cuando Fielding Dove murió —dijo Crackenburne con mucha parsimonia—, Joan Dove heredó todos sus bienes. Ahora es una mujer sumamente rica.

—Y con la riqueza viene el poder.

—Así es —coincidió Crackenburne—. Y cuanto más rico y poderoso es uno, más inclinado se siente a hacer lo que sea para mantener ocultos sus secretos.

Aún llovía torrencialmente cuando el elegante carruaje se detuvo frente al número siete de Claremont Lane. Lavinia espió a través de la cortina y vio a un musculoso lacayo de elegante librea verde que bajó de un salto, abrió la portezuela y desplegó un paraguas.

Un tupido velo ocultaba los rasgos de la mujer que descendió del coche, pero Lavinia sabía que sólo una de sus conocidas podía darse el lujo de trasladarse en un vehículo tan costoso; y ninguna otra tenía motivo suficiente para salir con un tiempo tan espantoso.

Joan Dove llevaba consigo un paquete envuelto en tela. Subió con rapidez los escalones. A pesar de la actitud solícita del lacayo, y del paraguas, cuando entró en el acogedor vestíbulo sus botas de cabritilla y los bordes de su elegante capa gris oscura estaban empapados.

Lavinia se apresuró a ofrecerle una silla junto a la chimenea y se sentó frente a ella.

—Té, por favor, señora Chilton —ordenó de modo enérgico, tratando de dar la impresión de que en Claremont Lane recibir a una visitante tan distinguida era habitual—. El último que compramos.

—Sí, señora, enseguida, señora. —La señora Chilton, a todas luces intimidada, hizo tantas reverencias mientras se marchaba que estuvo a punto de caer al suelo.

Lavinia se volvió hacia Joan mientras pensaba cómo iniciar la conversación.

—Parece que esta lluvia va a durar un buen rato. —Se sonrojó. Era evidente que había dicho una estupidez. Ésa no era la mejor forma de impresionar a una posible cliente, pensó.

—Así es. —Joan alzó una mano enguantada y se levantó el velo.

Si Lavinia pensaba hacer algún otro comentario sobre el tiempo, se le quedó atragantado al ver la palidez de Joan y su desencajada mirada. Se asustó. Se puso en pie de un salto y agarró la campanilla de la repisa de la chimenea.

—¿Se siente bien, señora? ¿Le hago traer unas sales?

—Las sales no me servirán de nada. —La voz de Joan parecía serena comparada con el pavor que brillaba en sus ojos—. Más bien espero que usted me ayude, señora Lake.

—¿De qué se trata? —Lavinia se reclinó en su silla—. ¿Qué ha ocurrido desde la última vez que hablamos?

—Hace una hora recibí esto en la puerta de mi casa. —Con mucha parsimonia, Joan desenvolvió el paquete cuadrado que llevaba consigo.

La tela cayó y dejó a la vista una obra esculpida en cera y enmarcada en una caja de madera de unos treinta centímetros de lado. Sin decir palabra, Lavinia volvió a levantarse y tomó la caja de manos de Joan.

La llevó hasta la ventana, donde podía examinarla mejor, y la estudió: la obra había sido ingeniosamente tallada y tenía abundantes detalles.

En el centro de la escena representada se veía una figura de cera, pequeña pero muy elaborada: una mujer ataviada con un vestido verde en el que resaltaban hasta los más mínimos pliegues. Estaba acurrucada en el suelo de una habitación y no se le podía ver la cara. El canesú del vestido era alto y tenía un profundo escote en la espalda. Tres hileras de pequeños volantes adornados con pequeñas rosas ribeteaban la falda.

Pero lo que más llamó la atención de Lavinia fue el color de los mechones de pelo verdadero empleados en la cabeza de la minúscula escultura. Eran rubios, veteados de plata. Igual que el pelo de Joan, pensó. Levantó la vista.

—Éste es un trabajo en cera bastante poco común y muy bien hecho, pero no entiendo por qué me lo ha traído.

—Mire bien la imagen de la mujer. —Joan juntó sus manos con fuerza sobre su regazo—. ¿Ve esa mancha roja en el suelo, debajo de la figura?

Lavinia miró de cerca la escena.

—Parece como si estuviera echada sobre una bufanda carmesí, o tal vez sea un trozo de seda roja. —Al apartarse lentamente, la realidad de lo que veía se hizo evidente—. Santo cielo.

—Sí —dijo Joan—. Hay una pincelada de pintura roja bajo la figura. Es obvio que está puesta para que parezca sangre. No cabe duda de que la mujer está muerta. Es la representación de un asesinato.

Lavinia bajó aquella horrible y minúscula escena y miró a Joan a los ojos.

—Se supone que la dama representada en esta obra es usted —dijo—. Es una amenaza de muerte.

—Eso creo. —Joan observó la figura que Lavinia todavía sostenía en sus manos—. Ese vestido verde es el que yo me puse la noche de la fiesta de compromiso de mi hija.

Lavinia permaneció pensativa durante unos segundos.

—¿Lo ha usado en alguna otra ocasión? —preguntó.

—No. Me lo hicieron expresamente para esa fiesta. No he vuelto a ponérmelo.

—El que haya hecho esta obra debe de haber visto el vestido. —Lavinia estudió la figura—. ¿Cuánta gente asistió a la fiesta de compromiso de su hija?

Joan torció la boca en una forzada sonrisa.

—La lista de invitados tenía más de trescientos nombres.

—Caramba. Eso nos da una larga lista de sospechosos, ¿no es cierto?

—Sí. Gracias a Dios, mi hija se encuentra fuera de la ciudad. Esto la perturbaría mucho. No ha terminado de recuperarse del golpe que significó la muerte de su padre.

—¿Dónde está?

—Maryanne está de visita en la casa de unos parientes de su novio, en Yorkshire. Quiero que esta cuestión quede resuelta antes de que ella regrese a Londres. Confío en que usted comience a investigar ya mismo.

Había que tener mucho cuidado cuando se trataba con personas de alcurnia, recordó Lavinia. Podían pagarle a uno sus honorarios, pero también tenían la costumbre de no saldar sus cuentas.

—¿Está dispuesta a pagarme para que descubra la identidad de la persona que le envió esta obra? —preguntó con prudencia.

—¿Por qué otra razón habría venido hoy aquí?

—Sí, por supuesto. —Las personas de alcurnia también podían ser bruscas y muy exigentes, reflexionó Lavinia.

—Señora Lake, usted me dijo que ya estaba realizando investigaciones sobre este asunto. Sus palabras y su tarjeta me dieron a entender que usted estaría dispuesta a aceptar que yo le encargara algo. ¿La oferta sigue en pie?

—Sí —se apresuró a responder Lavinia—. Desde luego que sí. Me encantará aceptar su encargo, señora Dove. Tal vez debamos convenir mis honorarios.

—No es necesario entrar en detalles. No me importa lo que usted cobre por sus servicios, siempre que el problema quede solucionado. Cuando el asunto haya concluido, envíeme la cuenta, la cantidad no importa. No se inquiete, recibirá su dinero. —Joan sonrió con frialdad—. Si lo desea puede preguntarle a cualquiera de las personas que tienen tratos comerciales conmigo, o a mis proveedores. Ellos le dirán que siempre reciben su paga con puntualidad

Sería bastante fácil descubrir si era cierto, pensó Lavinia. Por ahora, lo último que quería era poner en peligro el trabajo irritando a su cliente con una discusión por los honorarios. Se aclaró la garganta.

—Bueno, entonces, manos a la obra. Debo hacerle varias preguntas. Espero que no crea que estoy entrometiéndome sin motivo en su vida privada.

Lavinia oyó que se abría la puerta de la calle y se interrumpió.

Joan se tensó y miró hacia la puerta de la sala, que estaba cerrada.

—Parece que tiene usted otra visita. Debo insistir en que no le cuente a nadie por qué he venido hoy aquí.

—No se preocupe, señora Dove. Debe de tratarse de mi sobrina que vuelve de visitar a una nueva conocida, Priscilla Wortham. Lady Wortham la invitó a tomar el té esta tarde. Y tuvo la amabilidad de enviarle a Emeline su carruaje.

Lavinia abrigaba la esperanza de no dar la impresión de estar alardeando. Sabía muy bien que una invitación de lady Wortham no significaría demasiado para una persona como Joan Dove, que se movía en los círculos más exclusivos. Pero para ella, aquella invitación a tomar el té que había recibido Emeline era un verdadero éxito social.

—Entiendo. —Joan no apartaba la mirada de la puerta.

Una voz masculina demasiado confiada retumbó desde el vestíbulo.

—Está bien, señora Chilton, no es necesario que me anuncie.

—Maldita sea —murmuró Lavinia—. El mismo inoportuno de siempre.

Joan se volvió hacia ella.

—¿Quién es?

La puerta de la sala se abrió y Tobias entró en la habitación. Se detuvo al ver a Joan Dove y le dedicó una sorprendente y elegante reverencia.

—Señoras. —Se irguió y miró a Lavinia alzando una ceja—. Veo que ha hecho algunos progresos en mi ausencia, señora Lake. Excelente.

—¿Quién es este caballero? —volvió a preguntar Joan, ahora con brusquedad.

Lavinia le lanzó a Tobias una mirada de profunda desaprobación.

—Permítame presentarle a mi socio, señora Dove.

—No me había hablado de ningún socio.

—Estaba a punto de hacerlo —dijo Lavinia en tono contemporizador—. El señor Tobias March me está ayudando en mis investigaciones.

Joan buscó la mirada de Tobias y luego se volvió hacia Lavinia.

—No entiendo.

—En realidad es muy sencillo. —Con parsimonia, Lavinia le dio la espalda a Tobias—. El señor March y yo somos socios en este caso. Hará un buen negocio, créame. Usted es mi cliente, pero contará con los servicios de ambos sin coste adicional.

—Dos al precio de uno —agregó Tobias con sentido práctico.

Lavinia esbozó lo que intentaba ser una sonrisa tranquilizadora.

—El señor March tiene cierta experiencia en este tipo de trabajos. Le aseguro que es sumamente discreto.

—Entiendo. —Joan vaciló. No parecía del todo satisfecha, pero estaba claro que no tenía alternativa—. Muy bien.

Lavinia se volvió hacia Tobias y le alcanzó la caja con la escultura.

—La señora Dove vino a verme porque hace un rato recibió esto. Ella cree que es una amenaza de muerte y yo estoy de acuerdo. El vestido de la figura es igual a uno de la señora Dove y, como puede ver, el pelo es del mismo color que el de ella.

Tobias examinó la obra con detenimiento.

—Qué extraño. Lo habitual es que un chantajista amenace con revelar algún antiguo secreto, no suelen enviar amenazas de muerte. No parece muy lógico querer matar a la fuente de sus ingresos.

Se produjo un silencio breve y ominoso. Lavinia intercambió una mirada con Joan.

—El señor March ha dado en el clavo —musitó Lavinia de mala gana.

—Así es —coincidió Joan en tono reflexivo.

Lavinia advirtió que su nueva cliente observaba a Tobias con mayor interés que el que había mostrado momentos antes.

Tobias dejó la escultura sobre una mesa.

—Por otra parte, debemos tener presente que ahora nos enfrentamos a un nuevo maleante, alguien que ya ha cometido un asesinato. Este asesino tal vez piense que la amenaza de muerte es un método más eficaz para obligar a sus víctimas a pagar.

Joan asintió con la cabeza.

Ya era hora de recuperar el control de la situación, pensó Lavinia; Tobias estaba empezando a llevar la voz cantante.

Miró a Joan.

—Debo hacerle una pregunta muy personal, señora Dove.

—Usted quiere saber qué encontró Holton Felix en el diario que le hizo pensar que yo pagaría por su silencio.

—Sería útil saber en qué se basaba su amenaza, sí.

Joan volvió a estudiar a Tobias con la mirada. Luego miró durante un segundo a Lavinia.

—Seré lo más breve posible —dijo finalmente—. Quedé sola en el mundo a los dieciocho años, y me vi obligada a emplearme como gobernanta. A los diecinueve, cometí el error de entregarle mi corazón a un hombre que solía visitar la casa en la que yo trabajaba. Creía estar enamorada y di por sentado que mis sentimientos eran correspondidos. Era tan tonta que me dejé seducir.

—Comprendo —dijo Lavinia.

—Me trajo a Londres y me instaló en una pequeña casa. Todo fue bien los primeros meses. Ingenuamente, di por sentado que nos casaríamos. —Joan hizo una mueca irónica—. Descubrí que estaba en un error cuando supe que él ya estaba comprometido en matrimonio con una rica heredera. Jamás había tenido la menor intención de casarse conmigo.

Lavinia cerró los puños.

—Un individuo despreciable.

—Sí —asintió Joan—. Pero es una historia bastante común. Al final, por supuesto, me abandonó. Yo estaba desesperada y sin un céntimo. Él dejó de pagar el alquiler. Sabía que a fin de mes me vería obligada a mudarme. Mientras duró nuestro idilio, mi amante no me regaló nada de valor, nada que pudiera empeñar o vender, y nunca se me ocurrió pedirle nada. Sólo pude arrancarle alguna que otra promesa. No podía emplearme otra vez como gobernanta, pues no tenía referencias.

—¿Qué hizo entonces? —preguntó Lavinia con discreción.

—Me cuesta pensar en eso ahora —Joan respondió con la vista fija en la ventana, como si en aquella lluvia persistente hubiera algo que la fascinaba—, además en ese momento estaba muy deprimida. Durante una semana, caminé todas las noches hasta la orilla del río con la idea de poner fin a aquella pesadilla. Pero todas las noches regresaba a casa antes del amanecer. Supongo que me faltó coraje.

—Todo lo contrario —dijo Lavinia con firmeza—. Más bien demostró una fuerza de voluntad extraordinaria para resistir esa tentación. Cuando uno está tan deprimido, a veces no se siente capaz de seguir viviendo un día más; no hablemos ya de toda una vida.

Sintió que Tobias la miraba fijamente, pero no se dio por aludida.

Joan le dedicó una mirada fugaz e indescifrable, y volvió a clavar la vista en la lluvia.

—Una de esas noches, cuando regresaba a casa, encontré a Fielding Dove esperándome en la puerta. Me había cruzado con él en alguna ocasión mientras todavía me veía con mi amante, pero no lo conocía bien. Él me dijo sin tapujos que le interesaba entablar una relación conmigo. Me dijo que había pagado el alquiler y que no debía preocuparme por eso. —Joan sonrió con ironía—. Interpreté que pretendía convertirse en mi nuevo protector.

—¿Y qué hizo? —preguntó Lavinia.

—Ahora casi no puedo creerlo. Pero en un abrir y cerrar de ojos recuperé mi orgullo. Le aclaré que no estaba en venta, pero que estaba dispuesta a aceptar un préstamo. Le prometí devolvérselo lo antes posible. Para mi asombro, él se limitó a asentir, y me preguntó cómo pensaba invertir el dinero.

Pendiente de sus palabras, Tobias se dejó caer como un autómata en una silla.

—¿Dove le dio el dinero?

—Sí. —Joan sonrió con aire nostálgico—. Y también me aconsejó cómo invertirlo. Lo coloqué en una empresa constructora que él me recomendó. Nos encontramos varias veces para conversar mientras las casas y los locales estaban en construcción. Llegué a ver a Fielding como un amigo. Algunos meses más tarde, cuando las propiedades se vendieron, recibí lo que en aquel momento podía considerarse una fortuna. Enseguida le envié una nota diciéndole que estaba en condiciones de devolverle el dinero.

—¿Y él qué le respondió? —preguntó Lavinia.

—Me llamó y me pidió que me casara con él. —Aquel recuerdo puso un tinte sombrío en los ojos de Joan—. Por supuesto, a esas alturas yo ya estaba profundamente enamorada. Así que acepté su ofrecimiento.

Lavinia sintió que se le llenaban los ojos de lágrimas. Intentó en vano reprimir el llanto. Tobias y Joan la miraron.

—Lo siento, señora Dove, pero su historia es muy conmovedora —se disculpó Lavinia.

Sacó un pañuelo del bolsillo y se enjugó las lágrimas. Cuando terminó, se sonó la nariz con la mayor discreción.

Al apartar el pequeño cuadrado de lino bordado, vio que Tobias la observaba con expresión burlona. Ella le devolvió una mirada furiosa. Este hombre no tenía la menor sensibilidad; aunque eso ya lo sabía, se recordó.

Estrujó con rabia el pañuelo y lo introdujo en el bolsillo.

—Discúlpeme, señora Dove, pero ¿podemos deducir que Holton Felix la amenazó con revelar la relación que mantuvo usted antes de su matrimonio?

Joan bajó la mirada y asintió.

—Sí.

—Qué individuo tan repugnante —comentó Lavinia.

—Cierto —exclamó Tobias.

Lavinia le dedicó otra mirada de desaprobación, pero él no se inmutó.

—No quiero ofenderla, señora, pero no entiendo cómo esa amenaza podría haber desatado un escándalo —dijo—. Después de todo, la aventura terminó hace más de veinte años.

Joan se puso rígida.

—Mi hija está comprometida con el heredero de Colchester, señor March. Si sabe usted algo de esa familia, estará al corriente de que su abuela, lady Colchester, controla gran parte de la fortuna familiar. Es una mujer muy quisquillosa. El menor indicio de escándalo bastaría para convencerla de que debe obligar a su nieto a anular el compromiso.

Tobias se encogió de hombros.

—Jamás se me habría ocurrido que un episodio ocurrido hace tanto tiempo pudiera causar tanto alboroto.

—Soy yo la que decide cuál es el riesgo en todo este asunto —replicó Joan impasible—. Mi esposo estaba tan entusiasmado por la alianza con Colchester... Jamás olvidaré lo feliz que se le veía mientras bailaba con Maryanne en la fiesta de compromiso. Y en cuanto a mi hija, está muy enamorada. No permitiré que nada impida este matrimonio, señor March. ¿Ha quedado claro?

Lavinia se volvió hacia Tobias antes de que él pudiera responder.

—Está muy bien que usted tenga sus dudas, señor, pero le agradecería que se las callara. ¿Qué sabe usted de las alianzas matrimoniales que se celebran en círculos tan elevados? Lo que está en juego es el futuro de una jovencita. Su madre tiene todo el derecho a tomar precauciones.

—Sí, por supuesto. —En los ojos de Tobias brilló una expresión entre divertida e irónica—. Le pido disculpas, señora Dove. La señora Lake tiene razón. No tengo demasiada experiencia en el tema de las alianzas matrimoniales que se celebran en... eh... círculos tan elevados.

Para sorpresa de Lavinia, Joan sonrió.

—Comprendo —musitó Joan.

—Le aseguro que aunque el señor March no se mueve en círculos exclusivos, eso no le impedirá llevar a cabo sus investigaciones —se apresuró a decir Lavinia, mirando a Tobias con expresión elocuente—. ¿Verdad, señor?

—Por lo general me las arreglo para averiguar lo que quiero —dijo Tobias.

Lavinia se volvió hacia Joan.

—Quédese tranquila. Empezaremos a investigar de inmediato.

—¿Por dónde piensan empezar? —preguntó Joan sin disimular su curiosidad.

Lavinia se puso en pie y se acercó a la mesa en la que Tobias había colocado la figura de cera, esculpida para amenazar de muerte. Volvió a examinarla, escudriñando cada uno de sus detalles.

—Es evidente que no se trata de la obra de un aficionado —dijo—. Creo que deberíamos empezar por pedir ayuda a algún especialista. Los artistas suelen tener estilos y métodos muy personales. Con un poco de suerte, podríamos encontrar a alguien que nos dijera algo acerca de los rasgos más peculiares de esta escultura.

Tobias la miró sin ocultar demasiado su sorpresa.

—No es mala idea.

Lavinia apretó los dientes.

—¿Cómo averiguarán los nombres de esos expertos? —preguntó Joan; no estaba prestando atención a lo que sucedía entre ellos.

Lavinia deslizó un dedo a lo largo del marco de la figura.

—Le pediré ayuda a mi sobrina. Desde que regresamos a Londres, Emeline ha estado frecuentando toda clase de galerías y museos de arte. Es muy probable que sepa en cuáles de ellos se exhiben esculturas de cera.

—Excelente. —Joan se puso en pie con elegancia y se ajustó los guantes—. Dejo el asunto en sus manos, entonces. —Y, tras una breve pausa, agregó—: A menos que tengan alguna otra pregunta que hacerme.

—Sólo una —dijo Lavinia, armándose de valor—. Aunque temo que pueda parecerle una impertinencia.

Joan adoptó una expresión sarcástica.

—Lo cierto, señora Lake, es que no imagino qué puede ser más impertinente que preguntarme por qué se me está chantajeando.

—La cuestión es que, gracias a lady Wortham, mi sobrina ha recibido alguna que otra invitación. Pero si sale de paseo con Priscilla va a necesitar vestidos nuevos. Me pregunto si tendría usted la amabilidad de darme las señas de su modista.

No necesitó mirar a Tobias para darse cuenta de que había puesto los ojos en blanco. Sin embargo, él tuvo el buen tino de no abrir la boca.

Joan observó a Lavinia con indulgencia.

—Madame Francesca es muy cara.

—Sí, bueno. En realidad estaba pensando en encargarle sólo uno o dos vestidos.

—Lamento decirle que no acepta nuevos clientes, a menos que tengan una recomendación.

—Entiendo —dijo Lavinia descorazonada.

Joan se encaminó a la puerta.

—Con mucho gusto la recomendaré.

Poco después le mostraron a Emeline la siniestra escultura.

—Yo empezaría por la señora Vaughn, de Half Crescent Lane. —Emeline examinó la pequeña obra de arte con cierto desasosiego—. En Londres no hay un solo modelador en cera más competente que ella.

—Nunca la había oído nombrar —dijo Lavinia.

—No acostumbra a recibir muchos encargos.

—¿Por qué no? —preguntó Tobias.

Emeline alzó la vista de la escultura.

—Lo entenderán cuando vean su obra.

7

—Felicitaciones. Ha conseguido una cliente que se hará cargo de sus gastos. —Tobias se arrellanó en el asiento del coche de alquiler—. Siempre es agradable saber que cuando uno ha terminado su tarea puede pasarle la cuenta a alguien.

—Estuve a punto de perderla gracias a usted, señor. —Lavinia se arrebujó aún más en su capa de lana para protegerse del húmedo frío de la calle—. Creo que ni proponiéndoselo habría podido ser más desconsiderado.

Él apenas sonrió.

—Al menos no cometí la impertinencia de pedirle las señas de su modista.

Lavinia pasó por alto el comentario y dedicó toda su atención a mirar por la ventanilla.

Londres ofrecía ese día un paisaje con mil matices de gris. Bajo el cielo encapotado, el empedrado de las calles exhibía un brillo húmedo. La lluvia había ahuyentado a la mayoría de los transeúntes. Aquellos que desafiaban el mal tiempo se refugiaban en los carruajes o corrían a toda prisa de un portal a otro. Los cocheros se acurrucaban en sus pescantes, envueltos en sus abrigos, con los sombreros encasquetados hasta las orejas.

—¿Aceptaría un consejo? —preguntó Tobias con afabilidad.

—¿De usted? No precisamente.

—De todos modos, le diré algunas sabias palabras, que hará usted bien en tener en cuenta si decide perseverar en su nueva profesión.

De mala gana, ella apartó los ojos de las sombras de la calle. Él era un experto, se recordó a sí misma.

—¿Qué consejo piensa darme, señor?

—No es bueno llorar cuando los clientes cuentan sus penas. Eso les da la impresión de que uno creerá todo lo que digan. Según mi experiencia, los clientes tienden a mentir con bastante asiduidad. No hay motivo para alentarlos con lágrimas.

Ella le miró con los ojos muy abiertos.

—¿Está diciendo que la señora Dove nos mintió?

Él se encogió de hombros.

—Los clientes siempre mienten. Si sigue usted en esta profesión, no tardará en darse cuenta de que las cosas son así, sin más.

Ella apretó con fuerza los bordes de su capa.

—No creo que la señora Dove haya inventado su historia.

—¿Cómo lo sabe?

Ella alzó la barbilla.

—Tengo una intuición muy aguda.

—No me cabe duda.

Lavinia pensó que Tobias siempre se las arreglaba para fastidiarla.

—Permítame decirle, señor, que mis padres eran expertos hipnotizadores. Yo me convertí en su asistente cuando todavía era una niña. Después de su muerte, seguí ganándome la vida durante un tiempo llevando a cabo tratamientos terapéuticos. En esa profesión, para prosperar, hace falta intuición. Y mi padre me dijo muchas veces que yo tenía talento para el negocio.

—Demonios. Tengo una socia que se dedica al

magnetismo animal. ¿Qué he hecho para merecer esto?

Ella le dedicó una leve sonrisa.

—Me alegro de que le haga gracia, señor, pero eso no influye para nada en el hecho de que yo crea la historia de la señora Dove. —Hizo una breve pausa—. O, en todo caso, la mayor parte de ella.

Él se encogió de hombros.

—Admito que tal vez no la haya inventado al completo. Sospecho que es bastante astuta, y que sabe que cuando la verdad se mezcla con la ficción las historias resultan más verosímiles.

—Es usted muy cínico, señor March.

—Es una ventaja en este trabajo.

Ella entrecerró los ojos.

—Le diré una cosa de la que estoy segura; no mentía cuando habló del amor que sentía por su difunto esposo.

—Si logra perseverar en esta profesión, con el tiempo aprenderá que todos los clientes mienten cuando hablan de amor.

El coche de alquiler se detuvo antes de que ella pudiera replicar. Tobias abrió la portezuela y descendió. No lo hizo con agilidad, según advirtió ella. Más bien salió del coche con la cautela de un hombre que experimenta cierto sufrimiento. Pero cuando se volvió para ayudarla no lo demostró.

Un breve estremecimiento recorrió su cuerpo cuando sintió la fuerza de la mano de Tobias. Le permitió que la cobijara hasta que llegaron al abrigo de un portal. Trató de disimular su turbación fingiendo que estaba de lo más interesada por el lugar en que se encontraban.

Half Crescent Lane era un callejón estrecho y sinuoso. Se extendía a lo largo del angosto y sombreado valle que formaban las imponentes paredes de piedra.

Nunca recibía la luz del sol, pero en un día como ése parecía sumido en una tenebrosa oscuridad.

Tobias golpeó la puerta con aspereza. Se oyeron unos pasos provenientes del interior de la casa. Un momento después, apareció una anciana ama de llaves. La mujer miró a Tobias de reojo.

—¿Qué es lo que quiere? —preguntó en voz muy alta, con ese tono característico de las personas que son duras de oído.

Tobias puso mala cara y dio un paso atrás.

—Hemos venido a ver a la señora Vaughn.

El ama de llaves ahuecó una mano tras la oreja.

—¿Qué dice?

—Que estamos aquí para ver a la modeladora en cera —dijo Lavinia modulando despacio sus palabras.

—Tendrán que comprar una entrada —anunció el ama de llaves en tono destemplado—. La señora Vaughn ya no permite que nadie entre en su galería sin pagar la entrada. Hay muchos aprovechados, ¿saben? Aseguran que le van a hacer un encargo pero cuando están dentro se dedican a mirar las esculturas y luego se largan.

—No hemos venido a ver sus obras —dijo Lavinia en voz bien audible—. Queremos hablar con ella sobre otro asunto.

—Conozco todas las excusas habidas y por haber. Así que conmigo no les darán resultado, ténganlo por seguro. Nadie puede pasar sin entrada.

—Muy bien. —Tobias le entregó a la mujer unas cuantas monedas—. ¿Esto es suficiente para dos entradas?

El ama de llaves examinó las monedas.

—Es suficiente, señor, es suficiente.

Dio un paso atrás. Lavinia entró en el vestíbulo, pequeño y mal iluminado. Tobias la siguió. Cuando la puerta se cerró tras ellos, el lugar se hizo aún más oscuro.

El ama de llaves avanzó por un tenebroso pasillo.

—Por aquí, por favor.

Lavinia le echó una mirada a Tobias. Él apenas movió la mano, dándole a entender que lo precediera.

Sin abrir la boca, siguieron al ama de llaves hasta el final de aquel corredor. La anciana abrió una pesada puerta con ademán teatral.

—Adelante —gritó—. La señora Vaughn estará con ustedes dentro de un momento.

—Gracias. —Lavinia entró en la habitación apenas iluminada y se detuvo bruscamente al ver un grupo de personas reunidas—. No sabía que la señora Vaughn tuviera invitados.

El ama de llaves lanzó una aguda risotada y cerró la puerta, dejando a Lavinia y Tobias en el atestado cuarto.

Unas pesadas cortinas echadas sobre las dos angostas ventanas impedían el paso de la poca luz que podría haberse colado desde el exterior. La única iluminación provenía de dos finas velas que llameaban en lo alto de un gran candelabro instalado sobre el piano. Reinaba allí una atmósfera glacial que parecía emanar de las espesas sombras que rodeaban a los visitantes. Lavinia notó que en la chimenea no había fuego.

Los otros invitados estaban de pie, o sentados, en las posturas más diversas. Un hombre que llevaba una corbata anudada con gran elegancia leía tan tranquilo arrellanado en un sillón, aunque no había vela alguna cerca de él que iluminara las páginas de su libro. Tenía las piernas cruzadas a la altura de los tobillos. Una mujer regordeta, ataviada con un vestido de mangas largas adornado con una gorguera blanca con crespones, ocupaba el banco del piano. Portaba un gran delantal blanco. Su espesa cabellera gris, recogida y sujeta con horquillas formando un moño, estaba cubierta por una cofia. Sus dedos, suspendidos en el aire, se cernían sobre el teclado como si hubiese concluido una pieza y se dispusiera a comenzar otra.

Cerca de la chimenea apagada estaba sentado un hombre que sostenía en su mano una copa de brandy casi vacía. Próximos a él, otros dos caballeros jugaban al ajedrez.

Reinaba una misteriosa inmovilidad en aquella habitación alargada y angosta. Ninguno de los presentes se había vuelto para mirar a los recién llegados. Nadie se había movido. Nadie hablaba. El piano seguía mudo. Daba la impresión de que todos los que estaban en la habitación habían quedado congelados en un momento de civilizado solaz.

—Dios mío —susurró Lavinia.

Tobias pasó junto a ella y se aproximó al lugar en el que los dos jugadores de ajedrez se concentraban en una partida que nunca llegaría a su fin.

—Asombroso —dijo él—. Había visto otras esculturas en cera, pero ninguna tan vívida como éstas.

Lavinia se acercó muy despacio a la figura que, sentada en el sillón, leía un pequeño libro. La inclinación de la cabeza de cera le daba un aire en extremo realista. Los ojos de vidrio parecían estar absortos en la letra impresa. Tenía el entrecejo ligeramente fruncido, y el dorso venoso de las manos estaba salpicado de vello.

—Da la impresión de que estuvieran a punto de hablar o de moverse —murmuró—. Juraría que hay un matiz azul en las venas. Fíjese en la palidez de las mejillas de esa mujer. Es inquietante, ¿no le parece?

—Su sobrina nos dijo que la mayoría de los escultores en cera utilizan ropas, joyas y otros accesorios para lograr el efecto de una imagen vívida. —Tobias se aproximó a una mujer ataviada con un vestido a la moda. Los dedos de la mano de aquella figura parecían jugar descuidadamente con un abanico. Su sonrisa tenía un deje de timidez—. Pero la señora Vaughn domina su profesión como nadie, es una verdadera artista y no necesita recurrir a artimaña alguna. El modelado de estas esculturas es brillante.

La figura con delantal y cofia sentada ante el piano se inclinó un poco hacia delante.

—Gracias, señor —dijo con una risa jovial.

Lavinia reprimió un chillido y dio un paso atrás. Se topó con un dandy que la miró, ceñudo, a través de sus impertinentes. Se apartó también de un salto, como si la figura hubiera intentado tocarla. El paquete que llevaba con ella estuvo a punto de caérsele de las manos.

Recuperó el equilibrio, avergonzada. Luego alisó los pliegues de su capa, se armó de valor y adoptó una forzada sonrisa cortés.

—La señora Vaughn, supongo —dijo con vivacidad.

—Sí, así es.

—Soy la señora Lake, y él es el señor March.

La señora Vaughn se puso en pie. Sonrió y se le formaron hoyuelos en las mejillas.

—Bienvenidos a mi sala de exposiciones. Los invito a examinar mis esculturas. Pueden tomarse el tiempo que quieran.

Tobias inclinó la cabeza.

—Mis felicitaciones, señora. Es una colección asombrosa.

—Su admiración me resulta gratificante, señor. —La señora Vaughn miró a Lavinia y en sus vivaces ojos brilló una chispa de picardía—. Pero algo me dice que la opinión de la señora Lake no es tan entusiasta como la suya.

—En absoluto —se apresuró a replicar Lavinia—. Es simplemente que el impacto de su obra es... imprevisto. Sorprendente, diría yo. Quiero decir que es como si esta habitación estuviese llena de gente que está... bueno... eh...

—Gente que no está del todo viva y sin embargo tampoco está del todo muerta. ¿Se refiere a eso?

Lavinia esbozó una sonrisa.

—Su habilidad es impresionante.

—Gracias, señora Lake. Pero me doy cuenta de que usted es una de esas personas que no se sienten del todo cómodas con mi arte.

—Oh, no, créame. Lo que sucede es que estas figuras parecen seres vivos. —Parecen cadáveres habría sido una descripción más exacta, pensó. Pero no quería mostrar desaprobación. Después de todo, la mujer era una artista. Todo el mundo sabía que los artistas eran excéntricos y temperamentales.

En las mejillas de la señora Vaughn reaparecieron los hoyuelos. Agitó una mano con gesto tranquilizador.

—No se preocupe, señora Lake, no me siento ofendida. Soy muy consciente de que mis obras no son del agrado de todo el mundo.

—Son muy interesantes —dijo Tobias.

—De todos modos, tengo la impresión de que no va a encargarme un retrato de familia.

—Es usted una mujer muy astuta, señora Vaughn. —Tobias estudiaba la modelada garganta de la mujer con el abanico—. Tal vez ésa sea la razón por la cual sus figuras parecen tan reales.

La señora Vaughn soltó otra espontánea carcajada.

—Me enorgullece tener un cierto talento para percibir la verdad que se oculta bajo la superficie. Tiene usted mucha razón, esa capacidad es clave para lograr un retrato fiel al original. Pero la intuición no basta para dar vida a una escultura: hace falta algo más. Hay que trabajar con minuciosidad, prestando atención a todos los detalles. Las pequeñas arrugas que se forman en los bordes de los ojos, por ejemplo. El lugar exacto en que se deben modelar las venas para que parezca que la sangre las hace palpitar. Esa clase de cosas.

Tobias asintió.

—Entiendo.

Lavinia pensó en el extraordinario nivel de detalle de la escultura en cera que llevaba consigo y sintió que el miedo la paralizaba. ¿Los habría conducido el destino directamente a la asesina? Buscó la mirada de Tobias. Él meneó la cabeza de modo apenas perceptible.

Lavinia respiró hondo, tratando de tranquilizarse. Él tenía razón, por supuesto. Habría sido una coincidencia demasiado grande el haber llegado a la asesina simplemente buscando respuestas acerca de una amenaza de muerte que ella había enviado. Sin embargo ¿cuántos modeladores en cera sobresalientes había en Londres? No podían ser muchos. Emeline había colocado a la señora Vaughn en lo más alto de la lista de los mejores sin la menor vacilación.

Como si hubiera leído los pensamientos de Lavinia, la señora Vaughn la miró con expresión cómplice y le sonrió abiertamente.

Lavinia apartó de su mente aquella telaraña de inquietud que había trastornado su juicio. ¿Qué le estaba pasando? Estaba dejando que la confusión se apoderara de sus pensamientos. Era imposible imaginar a esa mujer menuda y risueña como una asesina.

—Hemos venido a consultarle acerca de esa cuestión, señora Vaughn —dijo.

—¿Los detalles artísticos? —preguntó la señora

Vaughn con una radiante sonrisa—. Qué fascinante. No hay nada que me guste más que hablar de mi arte.

Lavinia colocó el paquete sobre la mesa más cercana.

—Si tuviera la amabilidad de examinar esta obra en cera y decirnos lo que pueda acerca del artista que la creó, le estaríamos muy agradecidos.

—¿No está firmada? —La señora Vaughn se acercó a la mesa—. Qué extraño.

—Creo que cuando vea la escena comprenderá por qué el artista no la firmó —dijo Tobias de manera adusta.

Lavinia desató la cuerda con la que estaba atado el paño que cubría la escultura. La tela cayó hacia los costados y dejó a la vista la desagradable escena.

—Madre mía. —La señora Vaughn buscó un par de gafas en el bolsillo de su delantal y se las acomodó en la nariz. Clavó la vista en la escultura—. Madre mía.

Una línea de preocupación se dibujó en sus cejas. Alzó la obra, cruzó la habitación para llevarla hasta la tapa del piano y la depositó allí. Lavinia la siguió. Se quedó detrás de la señora Vaughn y vio cómo las velas del candelabro proyectaban su luz sobre la miniatura que representaba un salón de fiestas en el que resaltaba la figura de la mujer muerta ataviada con su vestido verde.

—¿Debo suponer que esto no se propone ilustrar una escena de una novela o de una obra de teatro? —preguntó la señora Vaughn sin apartar la vista de la obra.

—Su suposición es correcta. —Tobias estaba ya junto a Lavinia—. Creemos que esta escena fue concebida con la intención de trasmitir una amenaza. Queremos encontrar al artista que la hizo.

—Desde luego —murmuró la señora Vaughn—. Desde luego. Entiendo su interés. Esta pequeña pieza es muy malévola. Hay mucha ira y mucho odio en ella. ¿Le fue enviada a usted, señora Lake? No, imposible. El pelo es rubio, pero hay señales de que está encaneciendo. Usted es más joven, y bastante pelirroja, ¿no?

Tobias echó una enigmática mirada al pelo de Lavinia.

—Muy pelirroja.

Ella lo miró frunciendo el entrecejo.

—No hay ninguna necesidad de hacer referencias personales, señor.

—Era un simple comentario.

Era más que un comentario, pensó Lavinia. Se preguntaba si Tobias era uno de esos hombres a quienes les disgustaban las pelirrojas. Tal vez creyera en todas esas estupideces que las pintaban como de temperamento vehemente y carácter intratable.

La señora Vaughn alzó la vista.

—¿Cómo llegó a sus manos esta miniatura?

—Alguien la dejó en el portal de una conocida nuestra —dijo Tobias.

—Qué raro —dijo la señora Vaughn intrigada—. Debo decir que, a pesar de lo desagradable que resulta, la pieza está muy bien realizada.

—¿Alguna vez ha visto una obra tan bien hecha? —preguntó Lavinia.

—¿Que no fuera mía, quiere decir? No. —Con movimientos pausados, la señora Vaughn se quitó las gafas—. Diría que no. Siempre me he preocupado por recorrer las galerías y exposiciones de mis competidores. Si hubiera visto algo tan bueno lo recordaría.

—¿Diría entonces que podemos dar por sentado que el artista no expone sus obras en público? —preguntó Tobias.

La señora Vaughn frunció el entrecejo.

—No lo daría por sentado, señor. A alguien con tanto talento le resultaría muy difícil no exponer sus creaciones. Un artista necesita que sus trabajos sean vistos y apreciados.

—De otro modo, le sería difícil ganarse la vida —dijo Lavinia.

La señora Vaughn meneó la cabeza con convicción.

—No se trata sólo del dinero, señora Lake. De hecho, si el artista es rico el dinero es lo menos importante.

Lavinia echó un vistazo a uno de aquellos fascinantes trabajos en cera expuestos en la galería de la señora Vaughn.

—Comprendo —dijo.

—La verdad es que no hay tantos buenos modeladores en cera —agregó la señora Vaughn—. Es triste, pero el arte de la escultura en cera está dejando rápidamente de ser verdadero arte para convertirse en una especie de entretenimiento destinado a atraer a estudiantes y jóvenes de todo tipo sedientos de sangre. Yo le echo la culpa a los últimos trabajos que se han realizado en Francia, que son de muy mal gusto. Sobre todo a esas máscaras mortuorias que se vio obligada a producir madame Tussaud después de que la guillotina hiciera su trabajo. Eso alimentó el apetito del público por un arte que produce cierto horror en el espectador.

Como si sus propias obras no provocaran escalofríos, pensó Lavinia.

—Muchas gracias por darnos su opinión sobre esta obra. —La tomó con ambas manos y luego empezó a envolverla—. Tenía la esperanza de que nos diera alguna pista. Pero, al parecer, tendremos que buscar en otro lado.

La cara redondeada de la señora Vaughn se ensombreció.

—Espero que tengan mucho cuidado.

Un frío interés brilló en la mirada de Tobias.

—¿Qué quiere decir, señora?

La señora Vaughn tenía puesta su atención en Lavinia, que estaba anudando la cuerda.

—Es evidente que quien modeló esa escena se proponía aterrar a la persona que debía recibirla.

Lavinia pensó en el indudable espanto que había apreciado en los ojos de la señora Dove.

—Si eso fue lo que el artista se propuso, le aseguro que lo logró.

La señora Vaughn torció los labios.

—Lamento no poder decirles el nombre del artista que realizó esta pieza. Lo que sí puedo decirles es que la persona que están buscando está imbuida por el deseo de venganza, o tal vez de infligir algún castigo. Por lo que sé, sólo una cosa puede convertirse de modo tan brutal en odio.

Lavinia se quedó mirándola.

—¿Y de qué se trata, señora Vaughn?

—Del amor. —La señora Vaughn volvió a sonreír. Sus ojos recobraron la jovialidad—. De todas las emociones humanas, el amor es la más peligrosa, ¿lo sabía?

Hoy en día, todo el mundo tiene una opinión formada acerca del amor, reflexionó Lavinia.

8

—No sé usted, señor March —comentó Lavinia poco más tarde mientras trasponía la puerta de su estudio—, pero le aseguro que yo necesito algún tipo de calmante para los nervios. La señora Vaughn y su museo de cera me han dejado una sensación de lo más desagradable.

Tobias cerró la puerta con la mayor parsimonia y la miró.

—Por una vez, señora Lake, estamos de acuerdo.

—No creo que una taza de té caliente dé resultado. En un caso así se necesita un tónico más fuerte.

Cruzó la habitación y abrió un armario de roble en cuyo interior guardaba una licorera de cristal tallado. Estaba casi llena.

—Estamos de suerte —dijo tomando la licorera—. Creo que he encontrado una medicina para la dolencia que nos aflige. Ocúpese del fuego, señor, y yo serviré las copas.

—Gracias. —Tobias se dirigió a la chimenea y, con cierta dificultad, se acuclilló frente a ella. Su expresión se tensó.

Lavinia frunció el ceño mientras vertía jerez en una de las copas.

—¿Se lastimó la pierna, señor?

—Un pequeño traspié —respondió él, concentrado en avivar las brasas—. La pierna no tardó en curarse, pero en días como estos suelo tomar conciencia de mi error.

—¿Error?

—No se preocupe, señora Lake, hágame el favor.
—Concluyó su tarea, se aferró al borde de la repisa y se puso en pie. Cuando se volvió hacia ella, su expresión era cortés pero inescrutable—. No es nada, créame.

Lavinia comprendió que él no quería dar más explicaciones, y que el estado de su pierna era algo que a ella no le incumbía. Además, no tenía motivos para sentir la más mínima simpatía por Tobias March. De todos modos, no pudo dejar de sentir cierto remordimiento.

Él debió de haber visto algo en los ojos de Lavinia, porque los suyos se endurecieron a causa del enfado.

—El jerez será suficiente para resolver el problema.

—No es necesario que me gruña, señor —dijo ella, mientras llenaba la segunda copa—. Sólo trataba de ser cortés.

—Entre nosotros, señora, esas delicadezas están de más. Somos socios, ¿lo recuerda?

Ella le tendió una de las copas.

—¿Hay alguna regla en la profesión del investigador privado que diga que los socios no deben tratarse de modo cortés entre ellos?

—Sí. —Él bebió casi todo el licor de un solo trago—. Acabo de inventarla.

—Comprendo.

Ella tomó un buen sorbo de su jerez. La calidez del licor tuvo un efecto vivificante sobre su ánimo y su humor. Si él no apreciaba su cortesía, ella no se tomaría la molestia de abrumarlo con esa clase de atenciones.

Con paso majestuoso, se acercó a uno de los sillones que estaban frente a la chimenea y se dejó caer en él con un pequeño suspiro de alivio. Gracias al calor de las llamas, el frío húmedo que la había invadido después de que se marcharan del museo de la señora Vaughn pronto desapareció.

Tobias se sentó en un sillón grande, frente a ella, sin esperar a que se lo sugiriera. Permanecieron en silencio varios minutos, bebiendo, sin dirigirse la palabra. Tobias empezó a frotarse la pierna izquierda.

Después de un rato, Lavinia notó cómo crecía su impaciencia.

—Si le duele mucho la pierna, señor, yo podría aliviar en parte su malestar hipnotizándolo.

—Ni se le ocurra —replicó él—. No se ofenda, señora Lake, pero no estoy dispuesto a permitirle que me ponga en trance.

Ella se envaró.

—Como quiera, señor. No tiene por qué irritarse.

Tobias torció la boca.

—Perdóneme, señora, pero no creo en los supuestos poderes del hipnotismo. Mis padres eran personas dedicadas a la ciencia. Ellos estaban de acuerdo con las conclusiones de la investigación llevada a cabo por el doctor Franklin y Lavoisier.

»Todo ese asunto de la inducción de trances terapéuticos mediante el poder de la mirada, o con imanes, es un absoluto disparate. Esas demostraciones son un espectáculo más apropiado para los crédulos que están dispuestos a dejarse engañar.

—Bah. Esa investigación se llevó a cabo hace más de treinta años. Y además, téngalo en cuenta, en París. Yo, en su lugar, no le daría demasiado crédito. Se habrá dado cuenta de que no consiguió disminuir el interés del público por el magnetismo animal.

—Me he dado cuenta —replicó Tobias—. Eso no habla muy bien de la inteligencia del público.

Si tuviera un poco de sensatez daría por terminada la

conversación en este mismo momento, pensó ella. Pero no podía resistir a la tentación de exponer sus argumentos.

—¿Sus padres se dedicaban a la ciencia? —preguntó.

—Mi padre investigaba todo lo relacionado con la electricidad, entre otras cosas. A mi madre le apasionaba la química.

—Qué interesante. ¿Siguen haciendo experimentos?

—Murieron a causa de una explosión, en su laboratorio.

Lavinia se quedó sin respiración.

—Qué horror.

—Por lo que pude deducir de la última carta que me enviaron, creo que se les había ocurrido la idea de combinar sus dos campos de investigación. Así que decidieron realizar una serie de experimentos en los que iban a utilizar ciertas sustancias químicas volátiles y un aparato eléctrico. El resultado fue desastroso.

Ella sintió cómo un escalofrío recorría su cuerpo.

—Gracias a Dios, a usted no le pasó nada.

—Yo estaba en Oxford en ese momento. Volví a casa para enterrarlos.

—¿Regresó a Oxford después de la muerte de sus padres?

—Me fue imposible —Tobias entrelazó los dedos en torno a la copa—. La explosión destruyó la casa, y no teníamos dinero. Mis padres habían invertido todo lo que tenían en su último experimento.

—Entiendo. —Lavinia apoyó la cabeza en el respaldo del sillón—. La suya es una historia muy trágica, señor.

—Todo sucedió hace mucho tiempo. —Bebió otro sorbo de jerez y bajó la copa—. ¿Y sus padres?

—Fueron invitados a viajar a Norteamérica para presentar una serie de demostraciones de hipnotismo. Aceptaron. El barco naufragó. No hubo supervivientes.

Tobias tensó la mandíbula.

—Lamento su pérdida —dijo mirándola—. Usted dijo que los asistía en sus demostraciones. ¿Cómo fue que no viajó con ellos?

—Hacía poco que me había casado. El caballero que había invitado a mis padres no estaba dispuesto a pagar dos pasajes más. De todos modos, a John no le gustaba la idea. Era poeta, ¿sabe? Sentía que Estados Unidos no era un lugar apropiado para la práctica rigurosa de la contemplación metafísica.

Tobias asintió.

—No cabe duda de que tenía razón al pensar eso. ¿Cuándo murió su esposo?

—Dieciocho meses después de que nos casáramos. A causa de una fiebre.

—Mi más sentido pésame.

—Gracias.

Tras los casi diez años transcurridos desde su muerte, los cálidos y dulces recuerdos que tenía de John habían adquirido la tenue consistencia de un antiguo sueño.

—Perdón por la pregunta —dijo Tobias—, pero ¿su esposo publicó alguna vez alguno de sus poemas?

Ella suspiró.

—No. Su obra era brillante, se lo aseguro.

—No lo dudo.

—Pero, como suele suceder con el verdadero genio poético, no fue apreciada.

—Tengo entendido que ocurre a menudo. —Hizo una pausa—. ¿Puedo preguntarle cómo se las arreglaban para sobrevivir? ¿Su esposo tenía algún otro ingreso?

—Mientras estuvimos casados nos mantuvimos gracias a lo que yo ganaba con los tratamientos basados en la hipnosis. Después de la muerte de John, seguí ejerciendo la profesión algunos años más.

—¿Por qué la abandonó?

Lavinia bebió un sorbo de jerez y bajó la copa.

—Fue a causa de un desafortunado episodio que tuvo lugar en un pequeño pueblo, en el norte.

—¿Qué clase de episodio?

—Prefiero no hablar de eso. Digamos que pensé que lo mejor era cambiar de profesión.

—Entiendo. ¿Y Emeline? ¿Cuándo empezó a vivir con usted?

—Hace seis años, después de que sus padres murieron en un accidente. —Era el momento de cambiar de tema, pensó Lavinia—. Emeline dijo que después de que viéramos las obras en cera de la señora Vaughn comprenderíamos por qué apenas le encargan esculturas. Creo que ahora entiendo qué fue lo que quiso decir.

—¿De veras?

—Creo que existe un cierto arte que imita con demasiada precisión la realidad. Sus estatuas me parecieron... —Vaciló un momento, buscando la palabra apropiada—. Perturbadoras.

—Tal vez sea la misma naturaleza de la cera. —Tobias examinó el jerez que aún quedaba en su copa con expresión pensativa—. No es intrínsecamente fría como la piedra o la arcilla. Tampoco permite crear una imagen en dos dimensiones como ocurre con la pintura. Nada se parece tanto a la piel humana como la cera, cuando está bien modelada y pintada como es debido.

—¿Se dio cuenta de que la señora Vaughn se tomó la molestia de usar pelo verdadero para el vello de las manos, y para las cejas y las pestañas?

—Sí.

—El suyo es un trabajo extraordinario, pero no querría tener una de sus esculturas en esta habitación. —Lavinia se estremeció—. Una cosa es tener un retrato del abuelo colgado sobre la chimenea, pero tener una réplica de tamaño natural en tres dimensiones ocupando una silla del estudio es algo muy distinto.

—Desde luego. —Tobias estaba absorto en la contemplación del fuego.

Hubo un largo silencio durante el cual sólo se oyó el crepitar de los leños.

Después de un rato, Lavinia se puso en pie para ir hasta el armario en busca de la licorera. Llenó las copas y volvió a sentarse. Esta vez dejó la licorera sobre la mesa próxima a su sillón.

Pensó en lo que significaba que Tobias estuviese allí, en su estudio. No tenían nada en común, se dijo. Salvo un chantajista asesinado, un diario del que se desconocía el paradero y una sociedad comercial que tarde o temprano llegaría a su fin.

Era difícil no tener en cuenta esas tres cosas, comprendió.

Un momento después Tobias estiró su pierna izquierda, en lo que pareció ser un intento de ponerse más cómodo.

—Sugiero que retomemos el problema que tenemos entre manos —dijo—. He estado pensando en cómo deberíamos proceder en este asunto. Me llama la atención que la señora Vaughn no haya podido ayudarnos. Toda esa tontería acerca del amor que se convierte en odio no nos sirve para nada.

—Eso está por verse.

—Lo cierto es que no nos aportó pista alguna. No estoy en absoluto convencido de que entrevistar a los directores de los museos de cera nos lleve a buen puerto.

—¿Tiene alguna idea mejor? —preguntó ella con aspereza.

Él recapacitó durante unos segundos.

—He avisado a mis informantes que les pagaré bien por cualquier dato acerca del diario. Pero debo admitir que hasta el momento no he tenido noticias de ninguno de ellos.

—Dicho de otro modo, no tiene una idea mejor acerca de cómo proceder.

Él tamborileó los dedos sobre el brazo del sillón. Se puso en pie de un salto.

—No —dijo—. No tengo una idea mejor.

Ella lo miró con cautela.

—Entonces podemos hablar con otros directores de museos.

—Supongo que sí. —Aferró el borde de la repisa y la miró con expresión enigmática—. Pero sería mejor que del resto de las entrevistas me ocupara yo solo.

—¿Qué? —Lavinia dejó violentamente la copa sobre la mesa y se puso también en pie—. Ni se le ocurra hacer nada sin mí, señor. Ni hablar del asunto.

—Lavinia, cada hora que pasa esta situación se vuelve más complicada y peligrosa. Para mí es evidente que no la vamos a resolver con facilidad. No me gusta la idea de que se involucre más en esto.

—Ya estoy involucrada, señor. A menos que haya usted olvidado que además de tener una clienta que me ha encargado investigar el asunto, fui una víctima del chantaje de Holton Felix.

—Por supuesto, seguiría consultándola y aconsejándola.

—Tonterías. Sé muy bien lo que tengo que hacer. —Se llevó las manos a la boca—. Está tratando de robarme mi clienta, ¿no es así?

—Maldición, Lavinia, me importa un cuerno su clienta. Quiero estar seguro de que usted no corre peligro.

—Soy muy capaz de cuidarme sola, señor March. Lo

he hecho bastante bien durante años. Esto no es más que una estratagema para quedarse con mi clienta, y no voy a permitir que se salga con la suya.

Él retiró la mano de la repisa y le tomó suavemente la barbilla.

—Es usted la mujer más obstinada y difícil que he conocido en mi vida.

—Viniendo de usted, señor, debo tomarlo como un cumplido.

La calidez de sus dedos la inmovilizó como podría haberlo hecho un trance hipnótico.

Una sensación de intensidad casi dolorosa la estremeció. De pronto se sintió mareada.

Lo tenía demasiado cerca, pensó. Debería dar un paso atrás y poner alguna distancia entre ellos. Pero, por extraño que pareciese, no podía reunir las fuerzas necesarias para hacerlo.

—Hay algo que he querido preguntarle desde hace tiempo —dijo él con suavidad.

—Si está pensando en convencerme de que abandone a mi clienta, olvídelo.

—Mi pregunta no tiene nada que ver con Joan Dove —dijo él sin soltarle la barbilla—. Quiero saber si realmente usted me desprecia por lo que ocurrió en Italia.

Ella pensó que, de no haber sido porque él la tenía agarrada con fuerza, su mandíbula se habría desencajado.

—¿Qué ha dicho, señor?

—Lo que ha oído.

—No entiendo qué se propone —murmuró ella.

—Entonces estamos en la misma situación. —Con delicadeza, Tobias tomó entre sus manos la cara de Lavinia—. ¿Me desprecia usted por lo de Roma?

—Estoy segura de que habría podido manejar las cosas de una manera menos escandalosa.

—No había tiempo. Y se lo expliqué: acababan de avisarme que Carlisle se proponía asaltar su tienda esa misma noche.

—Excusas, señor. Nada más que excusas.

—¿Me desprecia por lo que pasó?

Ella alzó las manos.

—No, no le desprecio. En realidad, creo que se podrían haber manejado las cosas de una manera más civilizada, pero me doy cuenta de que los buenos modales no son su punto fuerte.

Él le acarició el labio inferior con el pulgar.

—Dígame una vez más que no me desprecia.

—Oh, muy bien. No le desprecio, señor. Soy consciente de que esa noche, en Roma, estaba usted sobreexcitado.

—¿Sobreexcitado?

Ella sintió un ligero vahído. Demasiado jerez con el estómago vacío, sin duda.

Se humedeció los labios.

—Me doy cuenta de que, con su alocado estilo, llegó usted a la conclusión de que Emeline y yo estábamos en peligro. Reconozco que ése era su estado de ánimo en ese momento —dijo.

—¿Y qué piensa de mi estado de ánimo en este preciso momento?

—¿Cómo?

—Esta tarde debo de estar tan loco como aquella noche en Italia. —Tobias se acercó aún más—. Pero por razones que son diferentes por completo.

La besó en la boca.

Debería de haber dado aquel paso atrás, pensó ella. Pero ahora era demasiado tarde.

Las recias manos de Tobias ciñeron sus mejillas. Ella sintió que el beso hacía estallar sus sentidos. Él estrechó

116

aún más el abrazo. Una oleada de intensas sensaciones la estremeció. Estaba a punto de desfallecer. Se sentía como una escultura de cera que hubiera sido arrimada al fuego. Algo en su interior amenazaba con derretirse. Para recuperar el equilibrio sus dedos revolotearon en busca de apoyo y terminaron aferrándose a las espaldas de él.

Cuando sintió que ella se asía a él, Tobias jadeó, la estrechó entre sus brazos y la atrajo hasta que sus pechos quedaron apretados contra su torso.

—Dios me asista, no sé por qué, pero he deseado hacer esto desde aquella noche en Italia —murmuró él sin apartar sus labios de los de ella.

No eran palabras muy poéticas, pensó Lavinia. Pero, por alguna razón, le resultaron conmovedoras. Estaba aturdida por la intensidad y la violencia de las emociones que la inundaban.

—Esto es una locura. —Si no se hubiera aferrado a él habría caído al suelo—. Una verdadera locura.

—Sí. —Hundió los dedos en su pelo y le inclinó la cabeza hacia atrás para poder mordisquear su oreja—. Pero acabamos de coincidir en que tal vez yo esté loco.

Ella jadeó cuando él la besó en el cuello.

—No, no, creo que es el jerez.

—No es el jerez. —Él deslizó una rodilla entre sus piernas.

—Debe de ser el jerez. —Ella tembló al percibir la oleada de hambrienta voracidad que lo consumía—. Estoy segura de que ambos lamentaremos esto cuando nos hayamos recuperado de los efectos del vino.

—No es el jerez —repitió él.

—Sí, por supuesto que sí. ¿Qué otra cosa podría ser? ¡Ay! —Una mueca de dolor torció su gesto cuando los dientes de Tobias juguetearon lenta y delicadamente con el lóbulo de su oreja—. Por Dios, señor. ¿Qué cree que está haciendo?

—No es el maldito jerez.

Lavinia ya casi no podía respirar.

—No se me ocurre ninguna otra razón para que nos estemos comportando de una manera tan extraña. No me parece que haya una verdadera atracción entre nosotros.

Él alzó la cabeza bruscamente. En sus ojos, la irritación luchaba con una emoción que se asemejaba a la pasión.

—¿Debes discutirlo todo, Lavinia?

Finalmente, ella dio el paso atrás que debería haber dado minutos antes, esforzándose por recuperar el aliento. Sintió en la nuca el contacto de algunos mechones de pelo que caían desordenados hasta cubrirle el cuello. Su esclavina estaba ladeada.

—Por lo que parece, señor, usted y yo no podemos hacer ni siquiera esta clase de cosas de manera amable y civilizada —murmuró.

—¿Esta clase de cosas? ¿Así es como llamas a lo que acaba de ocurrir entre nosotros?

—Bueno. —Volvió a colocar una horquilla en su pelo—. ¿Usted cómo lo denominaría?

—En algunos sitios se lo conoce como pasión.

Pasión. La palabra la dejó una vez más sin aliento. En ese momento, la realidad se abrió paso en su mente.

—¿Pasión? —Le lanzó una mirada cargada de furia—. ¿Pasión? ¿Pensaba seducirme únicamente para que abandonara a mi clienta? ¿A eso se reduce todo?

Un silencio ominoso invadió el estudio.

Por un momento, pensó que él no respondería. La contempló con una mirada indescifrable que pareció durar una eternidad.

Por fin, se puso en movimiento.

Se acercó a la puerta del estudio y la abrió. Se detuvo un instante al llegar al umbral.

—Créeme, Lavinia —dijo—, nunca se me habría ocurrido emplear la pasión y la seducción para influir en ti de alguna manera. Es evidente que sitúas los negocios por encima de todo.

Salió al vestíbulo y cerró la puerta con la mayor suavidad.

Ella oyó el taconeo de sus botas en el suelo de madera. No pudo moverse hasta que estuvo segura de que él se había marchado. Cuando la puerta de la calle se cerró tras él, se sintió como si acabara de salir de un trance hipnótico.

Fue hacia la ventana y permaneció allí un largo rato, mirando el jardín mojado por la lluvia.

En una cosa Tobias había tenido razón, pensó instantes después. No había sido culpa del jerez.

El beso había sido un error, pensó Tobias mientras subía las escaleras de su club. ¿En qué demonios había estado pensando?

Esbozó una mueca de contrariedad.

El problema era que no había pensado con claridad. Había dejado que aquella efervescente mezcla de ira, frustración y deseo perturbara su sentido común.

Entregó su sombrero y sus guantes al portero y se abrió paso hacia el salón principal.

Neville estaba hundido en un sillón, cerca de la ventana. Tenía una copa de clarete en una mano. La botella estaba a su lado. Al verlo, Tobias se detuvo, preguntándose si no sería demasiado tarde para volver sobre sus pasos. Aquel día, Neville era la última persona con la que quería encontrarse. No tenía ninguna buena noticia para él, y a Neville no le gustaban las malas noticias.

En ese momento, Neville alzó la cabeza para beber otro trago y vio a Tobias. Sus espesas cejas se juntaron.

—Bienvenido, March. Me preguntaba cuándo aparecería. Quiero hablar con usted.

Sin mucho entusiasmo, Tobias cambió de rumbo, atravesó la sala y fue a sentarse frente a Neville.

—Un poco temprano para encontrarlo por aquí, señor —dijo—. ¿Huía de la lluvia?

Neville torció la boca.

—Vine para fortificarme. —Echó una significativa mirada a la copa—. Esta noche tengo por delante una desagradable tarea.

—¿De qué se trata?

—He decidido finalizar mi romance con Sally. —Neville bebió de su clarete—. Se ha vuelto demasiado exigente. Con todas pasa lo mismo, tarde o temprano, ¿no es así?

Tobias tuvo que tomarse un momento para pensar, hasta que por fin se acordó de quién se trataba. Luego recordó las ocasionales referencias de Neville a su amante de turno.

—Ah, sí, Sally —dijo con la mirada puesta en la lluvia que seguía mojando las calles—. Por lo que me ha contado de ella, se me ocurre que un par de bonitas chucherías alisarían su encrespado plumaje.

Neville resopló con fastidio.

—Harán falta chucherías muy bonitas y costosas para convencerla para poner fin a nuestro asunto sin una escena desagradable. Es una muchacha codiciosa.

La curiosidad hizo que Tobias apartara la vista de la lluvia para estudiar la expresión de Neville.

—¿Por qué va a terminar la relación? Pensé que lo pasaba bien con Sally.

120

—Oh, ella es una criatura encantadora. —Neville le hizo un guiño de complicidad—. Dinámica y muy creativa, no sé si me entiende.

—Creo que usted mencionó esas cualidades alguna vez.

—Por desgracia, todo ese dinamismo y creatividad hacen estragos en un hombre. —Neville suspiró profundamente—. Odio tener que admitirlo, pero ya no soy tan joven. Además, en los últimos tiempos se ha excedido en sus demandas. El mes pasado le regalé unos pendientes y tuvo el descaro de decirme que las gemas eran muy pequeñas.

Sally era una profesional, pensó Tobias. Sin duda había adivinado que Neville se estaba impacientando. Consciente de que la relación estaba tocando a su fin, trabajaba a toda prisa para arrancarle a su admirador todo lo posible antes de que éste la abandonara.

Tobias sonrió sin ganas.

—Una mujer que se gana la vida como Sally debe planear con tiempo su retiro. No existen las pensiones para las damas de vida alegre.

—Puede volver al burdel en el que la conocí. —Neville entrecerró los ojos—. ¿Le gustaría reemplazarme? A partir de esta noche Sally estará en busca de un nuevo benefactor, y yo puedo dar fe de sus habilidades en la cama.

No tenía ningún interés en heredar la amante de otro hombre, por muy dinámica y creativa que fuese, pensó Tobias. En todo caso, dudaba de que Sally estuviera sola por mucho tiempo. A juzgar por los comentarios que Neville había hecho sobre ella durante las semanas anteriores, era una muchacha lista.

—Por lo que yo sé, es un lujo que no puedo permitirme —dijo Tobias secamente.

—Es mercadería de la mejor calidad, pero no tan cara como las verdaderas ambiciosas. —Neville bebió su vino y bajó la copa—. Discúlpeme, March. No quise molestarle. Estoy mucho más interesado en saber qué progresos ha hecho. ¿Alguna noticia de ese maldito diario?

Tobias eligió las palabras con cuidado.

Sabía por experiencia que los clientes solían apreciar las metáforas de la caza y la pesca.

—Todo lo que puedo decirle —repuso—, es que he encontrado el rastro y que se lo huele cada vez más cerca.

Una excitación febril encendió la mirada de Neville.

—¿Qué quiere decir? ¿Qué ha averiguado?

—Preferiría no darle demasiados detalles, dadas las circunstancias. Pero puedo decirle que tengo varios anzuelos en el agua y que ha habido algunos tirones. Deme unos días más y podré recoger carrete para cobrar nuestra pieza.

—Caray, hombre, ¿por qué se demora tanto? Debemos encontrar ese maldito diario, y pronto.

Era el momento de subir la apuesta, pensó Tobias.

—Si no está satisfecho con mi trabajo, señor, nada le impide contratar a otro investigador.

El gesto de Neville puso en evidencia su frustración.

—No conozco a nadie más en quien pueda confiar para manejar este asunto con absoluta discreción. Usted lo sabe tan bien como yo.

Tobias respiró aliviado; no se había dado cuenta de que había estado conteniendo el aliento.

—Quédese tranquilo, señor. Pronto le traeré novedades.

—Espero que así sea. —Neville dejó a un lado la copa vacía y se levantó del sillón—. Ahora debo marcharme. Tengo cita con un joyero.

—¿El regalo de despedida para Sally?

—Así es. Un bonito collar, puedo decirlo con fundamento. Me costó una buena suma, pero se supone que uno debe pagar por sus placeres, ¿no es cierto? Le dije al joyero que iría a elegirlo y pagarlo hoy mismo. No quiero correr el riesgo de llegar tarde.

—¿Por qué? ¿Llegar tarde supondría un riesgo?

Neville volvió a resoplar.

—Barton me contó que encargó un broche con zafiros en la misma joyería para su querida el mes pasado. Pero se olvidó de ir a buscarlo y pagarlo en la fecha convenida, y el joyero se lo envió a su casa, donde le fue entregado a lady Barton en lugar de a su dulce meretriz.

Tobias esbozó una sonrisa.

—Un accidente, sin duda.

—Eso dijo el joyero. —Neville se estremeció—. De todos modos, no estoy en condiciones de desafiar a la suerte. Que tenga un buen día, March. Cuando tenga información sobre el diario hágamela llegar de inmediato. Puede venir a verme a cualquier hora del día o de la noche.

—De acuerdo.

Neville lo saludó con una inclinación de cabeza y se encaminó a la puerta de la calle.

Tobias permaneció sentado un rato, observando el paso de los carruajes por la calle mojada. La lobreguez exterior parecía colarse en el salón a través de la ventana, envolviéndolo todo en una gris neblina.

Le habría gustado pensar que una amante era la solución para el desasosiego que lo invadía cada vez que pensaba en Lavinia Lake. Pero conocía la verdad. El beso de esa tarde había puesto al descubierto sus más recónditos temores. Una cama cómoda y una mujer voluntariosa cuya pasión hubiera sido comprada no bastarían para calmar las punzadas de ese intenso apetito.

Un rato después se levantó para ir a la cafetería. En el camino tomó un ejemplar de periódico que había quedado abandonado en una mesa.

Crackenburne estaba en su sitio habitual, cerca de la chimenea.

—Noté que Neville acechaba en la otra sala. ¿Pudo interceptarte? —preguntó sin levantar la vista de su ejemplar del *Times*.

—Sí. —Tobias se dejó caer en un sillón—. Si no es molestia, le agradecería que se abstuviera de utilizar el lenguaje de la caza. Me recuerda la conversación que acabo de mantener con Neville.

—¿Y bien? ¿Tenías alguna noticia para darle?

—Digamos que le di a entender que las cosas están bien encaminadas.

—¿Y lo están?

—No. Pero no tenía ningún motivo para hacérselo saber.

—Hmmm. —Las hojas del periódico crujieron en manos de Crackenburne—. ¿Neville quedó satisfecho con tus supuestos progresos?

—Creo que no. Pero por suerte para mí, tenía otras cosas en mente. Esta noche se propone informarle a su amante de que ya no demandará más sus servicios. Está en camino de una joyería, donde recogerá una pieza que, así lo espera, mitigue la angustia de la separación.

—Ya veo. —Crackenburne bajó el periódico. Sus ojos mostraban una especulativa expresión—. Esperemos que su actual mantenida no corra la misma suerte que la anterior.

Tobias se quedó con el periódico a medio abrir.

—¿Qué quiere decir con eso?

—Meses atrás Neville abandonó a otra pequeña aventurera. Creo que le puso una casa en Curzon Street y la mantuvo durante casi un año antes de cansarse de sus encantos.

—¿Y qué? No es nada raro que un hombre de la posición social y la fortuna de Neville mantenga una amante. Más raro sería que no lo hiciera.

—Es cierto, pero es un poco extraño que una amante se arroje al río pocos días después de haber sido abandonada.

—¿Suicidio?

—Así dicen. Al parecer la mujer no pudo soportar el dolor que le causó la separación.

Tobias dobló despacio el periódico que no había alcanzado a abrir y lo dejó sobre el brazo de un sillón.

—Eso es un poco difícil de creer. Neville me ha dicho más de una vez que elige a sus amantes entre las habituales de los burdeles. Profesionales, por así decirlo.

—Ya lo creo.

—Las mujeres de esa calaña no suelen ser muy dadas al sentimentalismo. No creo que cometan el error de enamorarse de los hombres que pagan sus cuentas.

—Soy de tu misma opinión. —Crackenburne volvió a enfrascarse en su periódico—. De todos modos, lo que se decía hace unos meses era que su última amante se había quitado la vida.

9

El día siguiente, por la tarde, Tobias llegó a Claremont Lane poco antes de las dos. Cuando el coche se detuvo frente a la casa, no le resultó fácil bajar de él. El dolor que le agarrotó el muslo izquierdo le obligó a aferrarse al borde la puerta. Respiró hondo y el dolor cedió.

Recuperó el equilibrio y enseguida logró apearse.

—Estamos de suerte. —Anthony saltó ágilmente detrás de Tobias—. Ha dejado de llover.

Tobias miró el cielo encapotado.

—No por mucho tiempo.

—¿Alguna vez te dije que uno de los rasgos que más admiro en ti es tu optimismo? Caramba, con ese temperamento llevas el sol a donde vas.

Tobias no se molestó en responder. La verdad era que estaba de mal humor, y lo sabía. La causa no era aquel molesto dolor en la pierna, sino la sensación de desasosiego que lo embargaba.

Se había despertado envuelto en esa extraña sensación y le resultaba muy inquietante. Un hombre de su edad y su experiencia debía dominar mejor sus sentimientos, se dijo. Su ansiedad por volver a ver a Lavinia era más propia de un joven de la edad de Anthony.

La inquietud se convirtió en sorpresa, y después en irritación, al ver el otro coche de alquiler ante la puerta de la pequeña casa.

Tobias se detuvo.

—¿Qué demonios se propone ahora?

Anthony sonrió burlonamente.

—Al parecer, tu nueva socia tiene sus propios planes para el día de hoy.

—Por todos los diablos, esta mañana le hice saber que estaría aquí a las dos.

—Tal vez a la señora Lake no le gusta someterse a tus caprichos —comentó Anthony con un deje de condescendencia.

—Fue idea suya que visitáramos otros museos de cera —repuso Tobias mientras subía los escalones de la entrada—. Si cree que voy a permitirle que vaya por su cuenta a entrevistar a los directores está muy equivocada.

La puerta del número siete se abrió de par en par en cuanto Tobias y Anthony llegaron al último escalón.

Allí estaba Lavinia, con su consabida capa de paño de lana de color castaño y sus botas, de espaldas a la calle, hablando con alguien que estaba dentro de la casa.

—Ten cuidado, Emeline. Éste es el mejor de todos.

Sin volverse, Lavinia retrocedió con cautela hasta llegar a los escalones. Tobias notó que cargaba de uno de los extremos de un voluminoso paquete envuelto en tela.

Un segundo después, apareció Emeline. Su pelo reluciente y oscuro estaba cubierto en parte por un sombrero azul claro que enmarcaba su bonito rostro.

Luchaba con el otro extremo de aquel objeto alargado que parecía una mortaja.

—Es muy pesado —dijo, mirando donde pisaba—. Tal vez deberíamos haber vendido algún otro.

Anthony se quedó sin aliento. Tobias advirtió que estaba como paralizado.

Sin reparar en la presencia de los dos hombres que acababan de llegar, Lavinia siguió retrocediendo.

—Ningún otro nos hará ganar tanto —replicó—. Tredlow me dio a entender que conocía a un coleccionista dispuesto a pagar una buena suma por un Apolo en excelente estado.

—Insisto. No deberíamos vender esta estatua sólo para poder comprar algunos vestidos.

—Debes pensar en los vestidos nuevos como si se tratara de una inversión, Emeline. Ya te lo he dicho varias veces. Ningún joven que valga la pena se fijará en ti si vas al teatro con un vestido viejo y pasado de moda.

—Y yo te he dicho que no me interesan los hombres que no saben ver a la persona que hay debajo de la ropa.

—Tonterías. Sabes muy bien que llevas las de perder si permites que un hombre vea a la persona que hay debajo de tu ropa antes de haberte casado como Dios manda.

Emeline se echó a reír.

—Es como un arroyo cantarín que serpentea bajo un cielo soleado —susurró Anthony.

Tobias refunfuñó. Estaba seguro de que Anthony no se refería a Lavinia.

Contempló a las dos mujeres mientras bajaban los escalones. El contraste físico entre tía y sobrina no podría haber sido más marcado. Emeline era alta, grácil y muy esbelta. Lavinia era bastante más baja y menuda. Recordó que la había mantenido suspendida en el aire sin esfuerzo.

—¿Adónde van? —preguntó Tobias.

Con un ahogado chillido de sorpresa Lavinia se volvió hacia él. El envoltorio en forma de momia que sostenía entre los brazos se balanceó peligrosamente.

Anthony dio un decidido salto hacia delante y agarró el envoltorio antes de que se estrellara contra el suelo.

Lavinia fulminó a Tobias con la mirada.

—¡Mire lo que ha estado a punto de conseguir! Si hubiera soltado esta estatua habría sido por su culpa.

—Como siempre —respondió él con cortesía.

—Señor March. —Emeline le dedicó una cálida sonrisa—. Qué alegría verle.

—Es un placer, señorita Emeline. Permítanme que les presente a mi cuñado, Anthony Sinclair. Anthony, ella es la señorita Emeline, y ella es su tía, la señora Lake. Creo que ya te había hablado de ellas.

—Encantado. —Anthony logró hacer una pequeña reverencia sin soltar la estatua—. Permítame, señorita Emeline —dijo, y acomodó el envoltorio entre sus brazos liberándola de la carga.

—Es usted muy ágil, señor —lo miró con simpatía—. Vaya, de no haber sido por usted, a estas alturas Apolo estaría hecho añicos.

—Siempre es un placer ayudar a una dama —le aseguró Anthony.

Observó a Emeline como si la muchacha fuera un ángel posado sobre un pedestal.

Lavinia se volvió hacia Tobias.

—Estuvo a punto de provocar una catástrofe, señor —protestó—. Cómo se atreve a aparecer así, de repente.

—No aparecí de repente. Esta mañana le hice avisar a qué hora vendría. Recibió el mensaje, supongo.

—Sí, sí, recibí su orden, majestad. Pero como no se molestó en averiguar si yo podría recibirlo a esa hora, no me molesté en responderle que no me encontraría.

Él dio una zancada hacia ella, amenazante.

—Por lo que recuerdo, señora, fue usted la que insistió en que fuéramos juntos a visitar otros museos de cera.

—Sí, de acuerdo, pero la cuestión es que surgió algo más importante.

Él se acercó aún más.

—¿Qué puede ser más importante que avanzar en la investigación?

Ella no se amedrentó.

—Lo que está en juego es nada menos que el futuro de mi sobrina, señor March.

Emeline hizo una mueca.

—Me parece que exageras.

Anthony le dedicó una mirada de profunda preocupación.

—¿Qué ha ocurrido, señorita Emeline? ¿Puedo ayudarla en algo?

—Lo dudo, señor Sinclair. —Hizo un mohín. Una chispa de ironía brilló en sus ojos—. Tendremos que sacrificar a Apolo.

—¿Por qué?

—Por dinero, obviamente —respondió ella, riendo—. El problema radica en que lady Wortham y su hija me invitaron a acompañarlas al teatro mañana por la noche. Tía Lavinia considera que ésta es una buena oportunidad para que desfile ante algunos buenos partidos que, pobres tontos, no tienen la menor idea de que ella los vigila.

—Comprendo. —El rostro de Anthony se ensombreció.

—Lavinia está convencida de que necesito un vestido caro y a la moda para exhibir como es debido la mercancía. Y ha llegado a la conclusión de que para obtener el dinero necesario debemos sacrificar a Apolo.

—Perdóneme, señorita Emeline —dijo Anthony con formal galantería—, pero el hombre que no perciba que usted no necesita ningún vestido para desplegar sus singulares encantos, no puede ser más que un idiota y un necio.

Se hizo un breve silencio. Todos miraron a Anthony, que se ruborizó al instante.

—Quise decir que sus encantos resultan... eh... encantadores, con o sin vestido —balbuceó.

Nadie abrió la boca.

A esas alturas, Anthony estaba atribulado por completo.

—Es decir, usted estaría maravillosa aunque sólo llevara un delantal, señorita Emeline.

—Gracias —murmuró ella. Le brillaban los ojos.

Anthony hubiera deseado que se lo tragara la tierra.

Tobias se apiadó de él.

—Bien. Si ya hemos terminado con el tema de los encantos de la señorita Emeline, sugiero que volvamos a lo más importante: ¿cómo nos arreglaremos para hacer tantas cosas esta tarde? Propongo que la señorita Emeline y Lavinia cumplan con su misión de sacrificar a Apolo. Anthony, tú y yo entrevistaremos a los directores de los museos de cera.

—De acuerdo —dijo Anthony.

—Un momento. —Lavinia se interpuso en el camino de Tobias. Un profundo aire de sospecha destelló en su mirada—. Yo no he dicho en ningún momento que no quisiera participar en las entrevistas.

Tobias sonrió.

—Discúlpeme, señora Lake, pero me pareció que tenía hoy cosas más importantes que hacer.

—No hay ningún motivo para que no podamos ocuparnos de la estatua y también de las entrevistas —dijo ella con elocuencia—. Emeline quiere asistir a una conferencia sobre antigüedades egipcias con su amiga Priscilla Wortham.

»Yo pensaba llevarla al Instituto y luego pasar por la tienda del señor Tredlow para cerrar el trato por el Apolo. Una vez hecho esto, usted y yo podemos dedicarnos a las entrevistas. Cuando hayamos concluido, regresaremos al Instituto a buscar a Emeline.

El entusiasmo encendió la mirada de Anthony.

—Para mí sería un enorme placer acompañarlas a usted y a su amiga a la conferencia, señorita Emeline. Me interesan mucho las antigüedades egipcias.

—¿En serio? —Emeline bajó los escalones como flotando en una nube y se acercó al coche de alquiler—. ¿Por casualidad ha leído el artículo del señor Mayhew que acaban de publicar?

—Sí, por supuesto. —Anthony iba junto a ella—. En mi opinión, Mayhew hace varias observaciones excelentes, pero creo que se equivoca cuando habla del significado de las escenas representadas en las paredes de los templos que él estudió.

—Estoy de acuerdo con usted. —Emeline se apartó para que él pudiera cargar el Apolo en el coche—. Para mí también es evidente que la clave está en los jeroglíficos. Hasta que alguien pueda traducirlos como es debido no podremos comprender el significado de esas pinturas.

Sin subir, Anthony metió medio cuerpo para acomodar la estatua en el suelo del coche.

—Nuestra única esperanza es que pueda llegar a entenderse la esencia de la piedra roseta. —Su voz sonaba ligeramente apagada—. Me han dicho que el señor Young está haciendo algunos progresos en ese sentido.

Lavinia observó a la pareja mientras intercambiaban impresiones acerca de las antigüedades egipcias. Sus cejas se unieron en una línea que puso en evidencia su preocupación, y dibujaron finas arrugas en su delicada nariz.

—Hmm —dijo.

—Puedo responder por Anthony —dijo Tobias en

voz baja—. Quédese tranquila. Con él, su sobrina no corre peligro.

Ella carraspeó.

—Supongo que no hay ninguna posibilidad de herencia por ese lado. ¿Alguna propiedad abandonada en Yorkshire, tal vez?

—Ni siquiera una modesta casa de campo en Dorset —dijo Tobias con forzada jovialidad—. Las finanzas de Anthony son como las mías.

—¿O sea? —preguntó ella con la mayor delicadeza.

—Precarias. Me pasa lo mismo que a usted, señora. Mi subsistencia depende de mi capacidad para atraer clientes. De vez en cuando, Anthony me echa una mano.

—Entiendo.

—Así pues —dijo Tobias—, ¿nos ponemos en marcha o piensa quedarse toda la tarde aquí, en medio de la calle, preguntándome por mis finanzas?

Ella no le quitaba el ojo de encima a Emeline, que seguía conversando animadamente con Anthony. Por un momento, Tobias pensó que ella no había oído la pregunta. Lavinia pareció entonces desembarazarse de los pensamientos que la distraían. Cuando se volvió hacia él, la llamarada de férrea determinación que la caracterizaba brilló una vez más en sus ojos.

—No deseo perder ni un minuto más hablando de sus finanzas, señor. No me incumben. Con las mías tengo suficiente.

—Es un Apolo muy hermoso, señora Lake. —Edmund Tredlow le dio una palmada a uno de los abultados músculos de piedra de uno de los bellamente esculpidos muslos—. Muy hermoso. Quizá pueda conseguirle tanto como lo que pagaron por la Venus que me trajo el mes pasado.

—Este Apolo vale bastante más que la Venus, señor Tredlow. —Lavinia dio unos pasos en torno a la figura desnuda y se detuvo al otro lado—. Los dos lo sabemos. No cabe duda de que es auténtico, y está en perfecto estado.

Tredlow meneó la cabeza varias veces. Tras los cristales de sus gafas, una chispa de astucia iluminó sus ojos. Lavinia sabía que el hombre estaba disfrutando a más no poder. A ella no le pasaba lo mismo. Era mucho lo que dependía de ese regateo.

Tredlow era un hombre menudo, encorvado, siempre arrugado, de edad indefinida, que sólo usaba pantalones pasados de moda y cuellos sin almidonar. Parecía tan viejo y polvoriento como las estatuas de su tienda. El pelo gris brotaba en desorden de su calva. Sus bigotes se erizaban como setos sin recortar.

—Por favor, querida, no me malinterprete. —Tredlow dio otro suave golpe en las nalgas de Apolo—. No cabe duda de que la escultura se encuentra en perfecto estado. Lo que ocurre es que últimamente los Apolos no están muy solicitados. No será fácil encontrar un coleccionista interesado. Quizá tenga que quedarse aquí conmigo varios meses hasta que logre venderlo.

Lavinia apretó los dientes y esbozó una fría sonrisa. Era comprensible que Tredlow disfrutara con el regateo. Para él ese juego formaba parte del oficio. Para ella, en cambio, la tensa danza a la que se entregaban cada vez que acudía a la tienda, estaba cargada de una desesperación que, bien lo sabía, debía empeñarse en ocultar.

Tobias observaba la negociación desde el otro extremo del polvoriento local. Estaba apoyado en un pedestal de mármol, aparentemente bastante aburrido. Pero Lavinia sabía que escuchaba cada palabra con sumo interés. Y eso la exasperaba. Después de todo, era por culpa suya que se había visto obligada a acudir a Tredlow y regatear como una verdulera.

—Por supuesto, no pretendo aprovecharme de su amabilidad y su generosidad —dijo Lavinia con diplomacia—. Si le parece que no logrará atraer a un comprador que sepa valorar la calidad de esta estatua, supongo que tendré que llevarla a otra parte.

—En ningún momento dije que no pueda venderla, querida mía. Tan sólo le comenté que podría llevarme mucho tiempo. —Tredlow hizo una pausa—. Por supuesto, si desea dejármela en consignación...

—No. Mi intención es venderla hoy. —Se ajustó los guantes con gesto teatral, como si estuviera dispuesta a marcharse—. La verdad es que no puedo permitirme el lujo de perder más tiempo con usted. Iré a ver a Prendergast. Tal vez su clientela tenga más criterio.

Tredlow agitó una mano.

—No es necesario, querida mía. Como le decía, en este momento el mercado no demanda Apolos, pero en honor a una relación tan prolongada como la nuestra, me comprometo a encontrar un coleccionista que acepte este ejemplar.

—En verdad, señor, no desearía causarle problemas.

—Ningún problema. —Le dedicó su sonrisa de gnomo—. Usted y yo hemos hecho algunos buenos negocios en los últimos tres meses. Estoy dispuesto a obtener una ganancia menor que la habitual con este Apolo, tan sólo para beneficiarla a usted, querida mía.

—Ni en sueños me atrevería a pedirle que reduzca sus ganancias. —Se dispuso a atar las cintas de su sombrero—. Señor Tredlow, si por un momento pensara que había usado nuestra sociedad, tan larga y mutuamente beneficiosa, para aprovecharme de su natural bondad, nunca me lo perdonaría.

Tredlow observó al bien dotado Apolo con expresión reflexiva.

—Ahora que lo pienso, creo que conozco a un caballero que pagaría una muy buena suma por esta estatua. Es alguien que no se preocupa demasiado por los precios.

Lavinia disimuló su suspiro de alivio y le dedicó una radiante sonrisa.

—Estaba segura de que usted conocería al coleccionista indicado, señor. Es usted un verdadero experto en la materia.

—Tengo algo de experiencia —dijo Tredlow con modestia—. Bien, hablemos del precio.

No les llevó demasiado tiempo llegar a una cifra aceptable.

Poco después, mientras salían de la tienda, Tobias tomó a Lavinia del brazo.

—Bien hecho —dijo.

—La cantidad que Tredlow me dio por el Apolo debería ser suficiente para pagar los nuevos vestidos que le encargué a madame Francesca.

—Fue una buena negociación.

—Aprendí algunas cosas sobre el arte del regateo durante la época que pasé en Italia. —Lavinia no se molestó en ocultar su satisfacción.

—Dicen que viajar amplía horizontes.

Ella sonrió con frialdad.

—Por suerte, Emeline y yo pudimos salvar algunas de nuestras mejores piezas la noche en que usted saqueó nuestra tienda y nos echó a la calle. Aunque aún lamento haber tenido que dejar aquella hermosa urna.

—Yo, por mi parte, pensé que dejarla y llevarse el Apolo fue una sabia decisión.

A medianoche, los profanadores se afanaban sobre la tumba abierta. Un farol de luz mortecina iluminaba la macabra escena, dejando ver las palas y sogas empleadas para sacar el ataúd nuevo de su sepultura. Un carro esperaba sumido en las sombras.

—Otro cadáver robado que va camino de la facultad de medicina de Escocia —dijo Tobias jovialmente—. Me tranquiliza tanto saber que no hay medio de impedir el avance de la ciencia moderna...

Lavinia se estremeció y observó de cerca las figuras representadas en el retablo. Por su factura, las estatuas de cera del Museo Huggett eran del mismo tipo que las que ella y Tobias habían visto en los otros dos establecimientos que habían visitado esa tarde. Los artistas se habían valido de las bufandas, los sombreros y las capas, largas y sueltas, para ocultar la pobreza con que estaban modelados los rasgos. El efecto de horror se lograba en gran medida gracias al realismo del ataúd y a la fantasmagórica iluminación de la escena.

—Reconozcamos que las piezas que se exhiben aquí son bastante más melodramáticas que todas las que hemos visto hasta ahora —dijo Lavinia.

Se dio cuenta de que había hablado en un susurro, pero no sabía por qué. Ella y Tobias estaban solos en el museo. Pero en aquel retablo había algo truculento y marcadamente melancólico que la perturbaba como ninguna otra de las obras que había visto.

—Es obvio que Huggett tiene un estilo teatral —dijo Tobias. Dio unos pasos por el oscuro pasillo y se detuvo frente al siguiente retablo iluminado. Representaba un duelo—. Y parece que le gusta la sangre.

—Hablando del señor Huggett, parece que se está tomando su tiempo, ¿no? Hace un buen rato que el empleado de la taquilla fue a buscarlo a su oficina.

—Le daremos unos minutos más. —Tobias se aproximó a otra hilera de piezas en exhibición.

Al verse sola, Lavinia corrió tras él. Vislumbró apenas la escena de un asesino en la horca, y al llegar a la esquina giró y estuvo a punto de chocar con el macizo cuerpo de Tobias.

Clavó los ojos en la escena de muerte que a él le había llamado la atención. Representaba a un hombre tumbado en una silla, junto a una mesa de juego.

La cabeza de la figura caía hacia delante, de manera que no sólo transmitía una imagen exacta de la muerte, sino que al mismo tiempo disimulaba, para beneficio del escultor, la poca maestría que evidenciaba a la hora de modelar los rasgos. Uno de los brazos de la estatua colgaba a un costado. La figura del asesino estaba de pie en un extremo de la escena, y su mano de cera empuñaba una pistola. Había unos cuantos naipes desparramados sobre la alfombra.

Lavinia echó un vistazo al rótulo escrito con letra clara: *Una noche en un garito*.

—Algo me dice que aquí no vamos a encontrar mucho más que en los otros dos museos —dijo ella.

—Tal vez tenga razón. —Tobias examinó el rostro del asesino y meneó la cabeza—. Es obvio que la señora Vaughn estaba en lo cierto cuando dijo que a la mayoría de los museos de cera les importa más satisfacer el gusto del público por las emociones fuertes que promover las bellas artes.

Lavinia dejó vagar la mirada por las hileras de espeluznantes escenas que acechaban en las sombras. Profanadores de tumbas, asesinos, prostitutas agonizantes y sanguinarios criminales poblaban la enorme sala. Las piezas podían no ser de la mejor calidad, pensó, pero el artista había logrado sin duda crear una atmósfera de terror. No estaba dispuesta a admitirlo ante Tobias, pero el lugar la ponía nerviosa.

—Me parece que estamos perdiendo el tiempo —dijo ella.

—Sin duda. —Tobias se aproximó a una escena en la que un hombre estrangulaba a una mujer con una bufanda—. De todos modos, ya que estamos aquí y éste es el último museo de la lista, bien podríamos entrevistar a Huggett antes de irnos.

—¿Para qué molestarnos? —Lavinia fue tras él. Hizo una mueca ante uno de los retablos y echó un vistazo al título: *La herencia*—. Tobias, creo que deberíamos marcharnos. Ya mismo.

Él la miró con extrañeza. Ella cayó en la cuenta de que por primera vez lo había llamado por su nombre. Sintió que se ruborizaba sin explicación posible, y agradeció que hubiera poca luz.

No se trataba de que no hubieran compartido algún momento de intimidad, pensó. Después de todo, eran socios. Y el día anterior, en el estudio de ella, se habían besado; aunque se había esforzado por no dar mayor importancia a aquel apasionado interludio.

—¿Qué demonios te ocurre? —En los ojos de Tobias asomó una expresión de regocijo—. No me digas que estos objetos te están poniendo nerviosa. Jamás habría pensado que eras una de esas personas que se dejan impresionar por las figuras tenebrosas de un museo de cera.

No había nada que fortaleciera tanto su espíritu como la indignación.

—Mis nervios están en perfecto estado, gracias. Y,

por supuesto, no soy una de esas personas que se impresionan con esta clase de objetos.

—No, claro que no.

—Lo que pasa es que no encuentro ninguna razón para quedarnos aquí, esperando a un artista desconsiderado que no está dispuesto a hablar unos minutos con dos personas que han pagado el dinero de la entrada a su espantoso espectáculo.

Llegó al final del pasillo y vio una estrecha escalera de caracol que conducía al piso superior.

—Me pregunto qué será lo que el señor Huggett guarda allí arriba.

Oyó que algo se deslizaba en la oscuridad, a sus espaldas, y quedó paralizada.

—La galería del primer piso es sólo para caballeros —dijo una voz baja y sibilante.

Lavinia dio media vuelta y escudriñó en la penumbra.

El débil resplandor de la luz que iluminaba una de las escenas de asesinato le permitió distinguir a un hombre alto y esquelético. Tenía la piel de la cara pegada a los huesos y los ojos hundidos. Si alguna vez había brillado en ellos una chispa de calidez, se había extinguido hacía mucho tiempo.

—Soy Huggett. Me han dicho que querían hablar conmigo.

—Señor Huggett —le saludó Tobias—. Soy March, y ella es la señora Lake. Gracias por atendernos.

—¿Qué quieren de mí? —dijo con aspereza.

—Queríamos pedirle su opinión acerca de cierta escultura en cera —explicó Tobias.

—Estamos tratando de encontrar al artista que hizo esto. —Lavinia le acercó la caja con la funesta escena y retiró la tela que la cubría—. Pensamos que usted podría

140

reconocer el estilo, o alguna otra peculiaridad del trabajo que nos ayudara a saber el nombre del autor.

Huggett echó un vistazo a la obra. Lavinia estudió
con atención aquel rostro cadavérico. Estaba casi segura
de que había visto un fugaz gesto de reconocimiento que
se desvaneció al instante. Cuando Huggett alzó la vista,
no había en su cara la más mínima expresión.

—Un trabajo excelente —dictaminó—. Pero creo
que no reconozco al autor.

—El tema se parece al de las obras que usted tiene
aquí —dijo Tobias.

Huggett agitó sus dedos huesudos.

—Como puede ver, lo que exhibo aquí son estatuas
de tamaño natural, no piezas pequeñas.

—Si en algún momento se le ocurre un nombre, envíeme por favor una nota a estas señas. —Tobias le entregó una tarjeta—. Le aseguro que será recompensado.

Huggett vaciló; finalmente aceptó la tarjeta.

—¿Quién estaría dispuesto a pagar por esa información?

—Alguien que está muy interesado en conocer al artista —repuso Tobias.

—Entiendo. —Huggett pareció empequeñecerse y
se refugió en la oscuridad mientras agregaba—: Pensaré
en ello.

Lavinia dio un paso hacia él.

—Señor Huggett, una cosa más, si no le importa. No
terminó de explicarnos lo de la galería del piso superior.
¿Qué clase de objetos tiene allí?

—Ya se lo dije, sólo se permite la entrada a los caballeros —susurró Huggett—. Esos objetos no son aptos
para las damas.

Antes de que ella pudiera hacerle más preguntas, desapareció en las sombras.

Lavinia echó un vistazo a la escalera de caracol.

—¿Qué crees que guarda allí arriba?

—Tengo el presentimiento de que si subieras esa escalera —dijo Tobias tomándola del brazo—, encontrarías una muestra de desnudos en posturas eróticas.

Lavinia alzó las cejas.

—Oh. —Miró por última vez hacia la escalera, y después dejó que Tobias la guiara hasta la puerta—. Él sabe algo de nuestra escultura —dijo en voz baja—. Por la forma en que reaccionó al verla, me pareció que la reconocía.

—Tal vez tengas razón —dijo Tobias mientras salían—. Hubo algo extraño en su reacción.

Ella sonrió aliviada en medio de la llovizna. El coche de alquiler los esperaba.

—Por suerte el cochero nos esperó —dijo ella, animada—. No me habría importado volver caminando bajo la lluvia.

—A mí tampoco.

—Ha sido una tarde muy productiva, ¿no te parece? Creo que fui yo la que comentó que sería útil hablar con personas familiarizadas con los estilos de diversos escultores en cera. Gracias a mi sugerencia por fin hemos encontrado una pista. Ya es hora de hacer sonar las trompetas.

—Si no te importa, preferiría que evitaras el uso innecesario del vocabulario de la caza. —Tobias abrió la portezuela del coche—. Me resulta aburrido.

—Tonterías. —Lavinia le dio la mano y, eufórica, subió al coche de un salto—. Estás de mal humor porque fui yo quien tuvo la brillante idea que nos permitió llegar a este punto en nuestra investigación. Admítelo. Estás enfadado porque no has logrado que mordieran ninguno de tus anzuelos.

—Tampoco me interesa la jerga de la pesca. —Se

agarró del borde de la puerta para ayudarse a subir—. Si estoy de mal humor es porque no me gusta que haya tantas preguntas sin respuesta.

—Ánimo. A juzgar por el destello que vi en los ojos de Huggett, sospecho que pronto tendremos noticias.

Mientras el coche se ponía en marcha, Tobias contempló el cartel de madera que identificaba el Museo Huggett.

—Ese destello que viste en sus ojos tal vez no signifique que está interesado en nuestro dinero.

—¿Y qué otra cosa podría significar?

—Miedo.

10

La cubierta de cuero estaba agrietada y carbonizada por las llamas. La mayoría de las páginas estaban quemadas. Pero los fragmentos que habían quedado entre las cenizas le bastaron a Tobias para asegurarse de que lo que tenía delante eran los restos del diario del ayuda de cámara.

—Maldita sea.

Removió las cenizas con un atizador. Estaban frías. El que lo había quemado había dejado pasar el tiempo necesario para que el fuego se extinguiera antes de enviar el mensaje.

Estudió la pequeña habitación. Era obvio que nadie vivía allí de manera permanente, pero el desorden era tal que se podía suponer que el sitio era frecuentado por gente que se ganaba la vida en las calles. Se preguntó si el libro habría sido quemado en alguna otra parte y luego llevado hasta aquella chimenea.

No sabía quién lo había citado allí. No creía que fuese uno de sus informadores habituales, porque ninguno de ellos se había presentado a reclamar el dinero que había ofrecido por la información.

De todos modos, alguien había querido que él descubriera el diario esa noche y en ese lugar.

Por suerte, cuando la nota llegó al club, poco antes, él se encontraba allí. Se había puesto en marcha de inmediato, agradecido de que el mal tiempo y lo avanzado de la hora le hubiesen ofrecido la excusa necesaria para no avisar a Lavinia. Sin duda, se enfadaría cuando él la despertara y le contara lo que había encontrado, pero tendría que aceptar que, dadas las circunstancias, no había podido darse el lujo de perder tiempo.

Buscó algo que le permitiera recoger lo que quedaba del diario y en un rincón encontró un viejo saco vacío.

No le llevó mucho tiempo reunir los restos del peligroso diario del ayuda de cámara.

Cuando terminó, apagó la humeante vela de sebo que había encontrado en la habitación. Tomó el saco y se dirigió a la ventana. No había razón alguna para pensar que pudieran surgir problemas. Después de todo, alguien se había esforzado al máximo para asegurarse de que encontrara el diario esa misma noche. Pero él no era el único que lo buscaba. De modo que era prudente tomar algunas precauciones.

La lluvia que había estado cayendo toda la noche había transformado aquel estrecho callejón en un pequeño arroyo. Desde una ventana, al otro lado del callejón, llegaba el débil resplandor de una lámpara. Aquella luz no ayudaba demasiado a atenuar la densa oscuridad.

Observó las sombras del callejón y esperó para ver si alguna de ellas se movía. Después de un rato, llegó a la conclusión de que si alguien estaba vigilando la entrada que él había franqueado al llegar no podría verlo.

Se quitó el abrigo. Después de anudar los lazos del saco, se lo colgó de un hombro. Con la certeza de que así su carga no se mojaría, volvió a ponerse el abrigo y abandonó la pequeña habitación. No había nadie en las escaleras. Bajó hasta el estrecho vestíbulo y llegó al umbral de piedra.

Esperó un momento bajo la mínima protección de la entrada. Ninguna de las sombras de la calle se movió.

Apretó los dientes, y vadeó el pequeño y mugriento

arroyo en que se había convertido el callejón. El empedrado estaba resbaladizo. En esas circunstancias, no podía confiar en su pierna izquierda. Para mantener el equilibrio tuvo que apoyar su mano enguantada en la pared de piedra húmeda que estaba a su izquierda.

El agua aceitosa salpicaba la punta de las botas que Whitby había lustrado con tanto esmero. No sería la primera vez que tendría que devolver su buen aspecto al calzado que él solía maltratar, pensó Tobias.

Caminó con precaución hacia un extremo del callejón. Tenía la esperanza de que el coche que lo había llevado hasta allí estuviera aguardándolo. No le resultaría fácil encontrar otro en una noche tan desapacible.

A mitad de camino, percibió que había alguien más en el callejón. Siguió avanzando, buscó un punto de apoyo para su mano izquierda y se volvió con rapidez.

La silueta de un hombre con un pesado abrigo y la cabeza cubierta se dibujó contra la débil luz de la lámpara que llegaba desde la ventana. La figura le resultó vagamente familiar. Tobias estaba casi seguro de haber visto ese abrigo y ese sombrero aquella misma noche, al salir del club.

El hombre quedó paralizado al ver que Tobias se detenía. Se volvió y echó a correr en dirección contraria, chapoteando en el agua. El sonido retumbó en el callejón.

—Maldición.

Tobias se apartó de la pared y se lanzó a perseguirlo. El dolor laceraba su pierna. Apretó los dientes e intentó no darle importancia.

Mientras luchaba por no caer al suelo, pensó que aquello era una pérdida de tiempo. La pierna podía jugarle una mala pasada en cualquier momento, así que no tenía la más remota posibilidad de alcanzar al fugitivo. Podía darse por satisfecho si no caía de bruces en aquel sucio arroyuelo.

Resbaló sobre el empedrado mojado, pero se las

arregló para mantenerse en pie. En dos ocasiones se agarró a tiempo para evitar la caída.

Pero el fugitivo también tenía problemas. Varias veces se tambaleó y agitó los brazos. Su abrigo pareció flamear mientras intentaba recuperar el equilibrio. Se le cayó algo que, al estrellarse contra el empedrado, produjo un sonido metálico y, de inmediato, otro como de vidrios rotos. Una linterna apagada, pensó Tobias.

El fugitivo tropezó. Tobias ya casi lo había alcanzado. Se lanzó hacia delante y logró aferrar una de sus piernas. Aprovechó el apretón para incorporarse y lanzó a ciegas un puñetazo. El golpe no surtió efecto. El hombre luchaba con furia.

—Quieto o lo apuñalo —dijo Tobias con rudeza. No llevaba cuchillo, pero el hombre no podía saberlo.

Se oyó un gruñido y, a continuación, el hombre se desplomó en un charco.

—Sólo estaba haciendo lo que me dijeron, señor. Se lo juro por mi madre. Sólo estaba cumpliendo órdenes.

—¿Órdenes de quién?

—De mi patrona.

—¿Quién es su patrona?

—La señora Dove.

—Recibí un mensaje. —Joan Dove tomó la delicada tetera de porcelana—. Envié a Herbert a ver de qué se trataba. Evidentemente, él llegó poco después que usted, señor March, y lo vio salir del edificio. En la oscuridad, no logró reconocerlo. Intentó seguirle. Usted lo vio y lo atrapó.

Lavinia estaba tan furiosa que casi no podía hablar. Miró a Joan mientras ésta servía el té. Sus movimientos tenían toda la artificiosa gracia que podía esperarse de una dama rica y pulcra que recibe invitados todas las tardes. Pero no eran las tres de la tarde. Eran las tres de la madrugada. Ella y Tobias no habían ido para cotillear sobre los últimos escándalos de la alta sociedad. Habían ido a pedir explicaciones a la señora Dove.

Hasta ese momento, sólo había hablado ella. Tobias se había repantigado en un sillón, imperturbable, y apenas había abierto la boca. Lavinia estaba preocupada por él. Antes de ir a mostrarle los restos del diario, se había tomado el tiempo necesario para pasar por casa y cambiarse de ropa. Lavinia no dudaba de que su serenidad era aparente. Aquella noche le habían pasado muchas cosas. Estaba segura de que le dolía la pierna.

—¿Qué decía el mensaje? —preguntó Tobias en una de sus contadas intervenciones en la conversación.

Tras una levísima vacilación, Joan dejó la tetera.

—No era un mensaje escrito. Un golfillo apareció ante mi puerta y dijo que yo encontraría lo que estaba buscando en el número dieciocho de Tartle Lane. Por eso envié a Herbert.

—Basta, señora Dove. —Lavinia no pudo contener su furia—. Si no puede contarnos la verdad, haga el favor de decirlo.

Joan apretó los labios.

—¿Por qué duda de mí, señora Lake?

—Usted no recibió ningún mensaje. Usted le ordenó a Herbert que siguiera al señor March, ¿no es así?

Joan la miró con frialdad.

—¿Por qué habría de hacer algo así?

—Porque esperaba que el señor March recuperara el diario, y pretendía que Herbert se lo robara después. Ésa es la verdad, admítalo.

—La verdad, señora Lake, es que no estoy acostumbrada a que se dude de mi palabra.

—¿De veras? —preguntó Lavinia con una fría sonrisa—. Qué curioso. El señor March cree que usted nos mintió desde el principio. Pero yo estaba dispuesta a creer su historia, al menos buena parte de ella. Sin embargo, da la impresión de que usted ha intentado aprovecharse de nosotros, y eso es intolerable.

—No entiendo por qué está tan enfadada. —Las palabras de Joan estaban cargadas de censura—. Nadie le ha hecho nada al señor March.

—No somos piezas de ajedrez que pueda mover en un tablero, señora Dove. Somos profesionales.

—Sí, por supuesto.

—El señor March se arriesgó adentrándose en ese callejón y en ese edificio. Estaba trabajando para usted. Pero yo estoy convencida de que su hombre, Herbert, habría intentado llevarse el diario por la fuerza si hubiese creído que el señor March le había descubierto.

—Le aseguro que yo no pretendía que el señor March ni nadie saliera lastimado. —Ahora la voz de Joan tenía un matiz diferente—. Lo que le dije a Herbert fue que lo vigilara, nada más.

—Lo sabía. Le encargó que espiara al señor March.

Joan vaciló.

—Me pareció lo más prudente.

—Bah —Lavinia se irguió—. El señor March tiene razón. Usted nos mintió desde el principio. Y yo ya he perdido la paciencia. Hemos cumplido con nuestro trabajo, señora. Hemos recuperado el diario. Está bastante ilegible, como puede ver, pero al menos ya no puede causar más daño.

Joan miró los restos chamuscados del diario del ayuda de cámara, ahora desparramados sobre una bandeja, y arrugó el entrecejo.

—Pero no puede abandonar la investigación ahora —dijo—. Quien haya quemado el diario, sin duda lo leyó antes.

—Tal vez —aceptó Lavinia—. Pero para el señor March y para mí está claro que destruirlo fue su manera de decirnos que este asunto ha terminado. Sospechamos que el culpable fue otra de las víctimas de Holton Felix, con toda probabilidad la persona que lo asesinó.

Tobias echó un vistazo a la bandeja.

—Creo que el mensaje intentaba transmitir algo más que la simple tranquilidad de que no habrá más cartas de chantaje.

—¿A qué se refiere? —preguntó Joan, ansiosa.

—Tengo el presentimiento de que nos están diciendo, y de manera clara, que dejemos de investigar este asunto —repuso Tobias sin apartar la mirada del libro achicharrado.

—¿Y qué me dice de la amenaza de muerte que recibí? —le preguntó Joan.

—Ahora eso es asunto suyo —contestó Lavinia—. Quizá pueda encontrar a otro que lo investigue.

—Caramba, Lavinia —murmuró Tobias.

Ella no le prestó atención.

—Dadas las circunstancias, no puedo permitir que el señor March siga arriesgándose por usted, señora Dove. Estoy segura de que me entiende.

Joan se puso rígida.

—Lo único que le importaba a usted era el diario, porque contenía secretos que también le atañían. Ahora que ha aparecido, se contenta con tomar mi dinero y abandonar el asunto.

Furiosa, Lavinia se puso en pie.

—¡Puede guardarse su maldito dinero!

Por el rabillo del ojo vio que Tobias se crispaba. Se

detuvo detrás del sofá y aferró con ambas manos el elegante marco de madera.

—Esta noche, el señor March corrió muchos riesgos por usted —añadió—. A pesar de saberlo, se adentró en una trampa. El asesino podría haber estado esperándolo en la habitación en la que encontró el libro. No permitiré que siga haciendo un trabajo tan peligroso para un cliente que nos miente.

—¿Cómo se atreve? Yo no les he mentido.

—Vamos. Al menos no me negará que no nos ha dicho toda la verdad, ¿no es cierto?

La ira quedó reflejada en el rostro de Joan. Pero enseguida logró dominarla.

—Les he dicho todo lo que consideraba que debían saber.

—Y luego envió a un hombre para que nos espiara. Usted utilizó al señor March. Y no voy a tolerarlo. —Dio media vuelta y clavó la mirada en Tobias—. Es hora de irnos.

Tobias se puso en pie.

—Se hace tarde, ¿verdad?

—Así es. —Abandonó la sala con paso majestuoso y recorrió el pasillo hasta la puerta de entrada. El voluminoso mayordomo los acompañó hasta la calle.

Lavinia se detuvo bruscamente al ver que el coche de alquiler que los había llevado a la mansión había desaparecido. En su lugar los esperaba un reluciente coche de color granate.

—La señora me dio instrucciones de que cuando ustedes llegaran despachara el coche de alquiler. Quiere que regresen en su coche —anunció el mayordomo con voz inexpresiva.

Lavinia pensó en la desagradable conversación que acababan de mantener. Dudaba de que Joan Dove siguiera sintiéndose tan generosa.

151

—Oh, no podemos aceptar semejante...

—Claro que podemos. —Tobias la tomó del brazo con firmeza—. Creo que por hoy ya has hablado lo suficiente, señora Lake. Tal vez tú quieras esperar bajo la lluvia e intentar conseguir un coche, pero espero que me hagas caso. Si no te importa, preferiría viajar en el cómodo coche de la señora Dove. Ha sido una noche muy larga.

Lavinia pensó en todo lo que él había soportado esa misma noche y sintió remordimientos por su reacción.

—Sí, por supuesto. —Bajó los escalones a paso rápido. Pensó que, si se daban prisa, llegarían al coche antes de que Joan se arrepintiera de su ofrecimiento.

Un fornido lacayo ayudó a Lavinia a subir al lujoso coche. Las luces del interior dejaban ver mullidos cojines de terciopelo granate y acogedoras mantas para combatir el frío. Ella tomó una de ellas y se sentó; se dio cuenta de que había sido calentada con un calentador de cama.

Tobias se sentó a su lado. En su manera de moverse se notaba una rigidez que le preocupó. Apartó de su regazo la manta con la que había empezado a taparse y la acomodó sobre las piernas de él.

—Gracias —su voz sonó áspera.

Ella arrugó el entrecejo.

—¿Te has dado cuenta de que varios de los hombres que trabajan para la señora Dove son muy corpulentos?

—Me he dado cuenta —repuso Tobias—. Son como una especie de pequeño ejército.

—Sí. ¿Por qué lo considerará necesario...? —Se interrumpió cuando vio que él metía la mano bajo la manta y se frotaba la pierna—. No te hiciste daño forcejeando con Herbert, ¿verdad?

—No te preocupes, señora Lake.

—Tengo motivos suficientes para preocuparme, dadas las circunstancias.

—Tienes tus propias preocupaciones, señora. —Hizo una pausa significativa—. Dadas las circunstancias.

Ella se acurrucó bajo la manta caliente y se arrellanó sobre los cojines de terciopelo. Entonces tomó clara conciencia de las consecuencias que tendría lo que acababa de suceder.

—Entiendo lo que quieres decir —dijo con aire taciturno.

Tobias no añadió nada.

—Creo que acabo de deshacerme de la clienta más importante que he tenido hasta ahora.

—Me parece que sí. No sólo eso, también rechazaste su ofrecimiento de pagarte por el trabajo realizado hasta ahora.

—Por alguna razón se permite el lujo de enviarnos a casa en un carruaje tan hermoso y cómodo.

—Sin duda. —Tobias se frotó la pierna.

Ambos guardaron silencio.

—Bueno —dijo Lavinia finalmente—. Creo que no podíamos reaccionar de otra manera. No podemos seguir investigando para una persona que se guarda información vital y que nos hace seguir por sus espías.

—No veo por qué no —opinó Tobias.

—¿Qué dices? —preguntó Lavinia mientras se erguía en su asiento—. ¿Estás loco? Esta noche estuviste a punto de que te lastimaran o te causaran una grave lesión. Estoy segura de que Herbert tenía la intención de quitarte el diario por la fuerza.

—Yo no tengo ninguna duda de que ella le ordenó a Herbert que me quitara el diario si yo lograba recuperarlo. Después de todo, su principal objetivo es ocultar sus secretos.

Lavinia reflexionó durante un instante.

—En el diario hay algo que ella no quiere que nadie sepa, ni siquiera nosotros. Algo que podría resultar más dañino que los detalles de un idilio de hace más de veinte años.

—Te lo advertí: todos los clientes mienten.

Ella volvió a acurrucarse bajo la manta y se quedó pensativa.

—Se me ocurre que la señora Dove no es la única que no fue totalmente sincera —murmuró por fin.

—No entiendo.

Lavinia arrugó el entrecejo.

—¿Por qué no me avisaste en cuanto recibiste el mensaje en el club? Yo te habría acompañado a buscar el diario. No tenías por qué ir solo.

—Tenía poco tiempo. No debes ofenderte por eso, Lavinia. La urgencia era tal que ni siquiera intenté avisar a Anthony.

—¿Anthony?

—En general es él quien me ayuda en estas cuestiones. Pero había ido al teatro, y yo sabía que sería muy difícil hacerle llegar un mensaje a tiempo.

—Entonces fuiste solo...

—Si quieres que te dé mi opinión de profesional, la situación exigía actuar de inmediato.

—Tonterías.

—Tenía el presentimiento de que me dirías eso —replicó Tobias.

—Fuiste solo porque no estás acostumbrado a trabajar con una socia.

—Maldita sea, Lavinia. Fui solo porque no había tiempo que perder. Hice lo que consideré mejor, eso es todo.

Ella no se molestó en responder.

Ambos volvieron a guardar silencio.

Unos minutos más tarde, Lavinia se dio cuenta de que él seguía frotándose el muslo.

—Supongo que cuando perseguías al lacayo de la señora Dove te hiciste daño en la pierna.

—Creo que sí.

—¿Puedo hacer algo?

—Te aseguro que no te permitiré que me hipnotices, si te refieres a eso.

—Muy bien. Veo que insistes en ser grosero.

—Así es. Soy muy habilidoso cuando se trata de groserías.

Ella se dio por vencida; volvió a guardar silencio. Pensó que faltaba un largo trecho para llegar a casa. El coche avanzaba lentamente, no sólo porque la lluvia arreciaba sino porque a esa hora las calles estaban llenas de gente. Los bailes y las veladas de la alta sociedad terminaban entonces, y la gente regresaba a sus casas y mansiones de la ciudad. Los borrachos calaveras salían de los garitos, los burdeles y los clubes, y subían al primer vehículo que encontraban para regresar a su casa.

Sin duda, muchos caballeros se hacían llevar hasta Covent Garden. Allí encontraban prostitutas que, a cambio de unas pocas monedas, les proporcionaban unos minutos de desganado placer. Los coches que aceptaban a esos clientes despedían por la mañana un olor agrio.

Lavinia arrugó la nariz al pensar en eso. Sin duda, había muchas razones por las que una clienta podía permitirse enviarlos a casa en un coche tan lujoso.

Tobias se movió un poco en el asiento y se arrellanó aún más en los cojines. Con su pierna sana rozó apenas el muslo de Lavinia. Ella estaba segura de que el leve contacto había sido accidental, pero lo cierto es que encendió sus ya agitados sentidos. El recuerdo de aquel apasionado abrazo la hizo estremecer.

Era una locura.

Se preguntó si Tobias tendría la costumbre de detenerse en Covent Garden de madrugada cuando regresaba a casa. Tenía sus dudas. Pensó que seguramente era más selectivo. Más exigente.

Esa idea suscitó en ella una pregunta aún más turbadora. ¿Qué clase de mujeres eran las que le gustaban a Tobias?

A pesar del beso en el estudio, estaba casi segura de que ella no era el tipo de mujer que él consideraba atractiva. Aquel acercamiento había sido circunstancial. No se trataba de que él se hubiera sentido atraído por el aspecto deslumbrante de ella, ni cautivado por su inteligente conversación. Él no la había visto de pasada en un atestado salón de baile ni había quedado abrumado por su belleza.

En realidad, debido a su baja estatura, con toda probabilidad él ni siquiera podría distinguirla en una sala llena de gente.

—Dejaste ir a tu clienta por mí, ¿no es cierto? —le preguntó Tobias.

La pregunta arrancó a Lavinia del ensueño en el que la había hundido aquel profundo silencio. Le llevó unos segundos recuperarse de la sorpresa.

—Fue por una cuestión de principios —musitó.

—Creo que no. La dejaste por mí.

—Me gustaría que no te repitieras tanto. Es una costumbre muy molesta.

—Estoy seguro de que tengo muchas costumbres que te resultan molestas. No es ésa la cuestión.

—¿Y cuál es?

Él deslizó una mano por la nuca de Lavinia y acercó sus labios a los de ella.

—Me pregunto cómo te sentirás por la mañana, cuando te des cuenta de que por mi causa rechazaste los excelentes honorarios que te habría pagado la señora Dove.

Por la mañana no pensaría precisamente en los honorarios perdidos, reflexionó Lavinia. Lo que ocuparía su mente sería el final de su incómoda sociedad con Tobias. Era el diario lo que los había unido, y ahora el diario ya no existía.

En ese momento Lavinia sintió el impacto de los acontecimientos vividos aquella noche, y se sintió dominada por una espantosa sensación de fatalidad.

Tal vez jamás volviera a ver a Tobias.

Una sensación de pérdida inminente la estremeció con verdadera intensidad. ¿Qué le ocurría? Debía alegrarse de que desapareciera de su vida. Aquella relación le había costado los honorarios de una noche de trabajo.

Pero, por alguna razón, sólo sentía un gran pesar.

Soltó la manta, y dejando escapar un suave llanto le echó los brazos al cuello a Tobias.

—Tobias.

Los labios de él se cerraron sobre los suyos.

El último beso había dejado en su alma un ardiente rescoldo. Ahora, el roce de su boca encendió las llamas en una hoguera abrasadora y deslumbrante. Jamás el abrazo de un hombre había producido semejante efecto en ella. Lo que había sentido con John, tantos años atrás, había sido un dulce soneto formado por sentimientos delicados e incorpóreos que resultaban demasiado etéreos para este mundo. En cambio, lo que experimentaba en brazos de Tobias la inundaba de sensaciones indescriptibles y estremecedoras.

Tobias apartó sus labios de los de ella y los deslizó por su cuello, besándolo sin cesar. Ella se reclinó sobre los cojines de terciopelo, y la capa quedó extendida bajo su cuerpo. Sintió la mano de Tobias sobre su pierna y se preguntó cómo habría hecho él para llegar hasta allí sin que ella se diera cuenta.

—Apenas nos conocemos —musitó.

—Todo lo contrario —dijo al tiempo que deslizaba sus tibios dedos por el interior de los muslos de Lavinia—. Apuesto a que cuando estuvimos en Roma descubrí sobre ti más cosas de las que muchos hombres saben acerca de su propia esposa.

—Me cuesta creerte.

—Te lo demostraré.

Ella le besó con avidez.

—¿Cómo?

—Veamos, ¿por dónde empiezo? —Estiró la mano hasta la espalda de ella y le aflojó las cintas del corpiño—. Sé que te gusta mucho dar largas caminatas. En Roma recorrí muchos kilómetros siguiéndote.

—Es saludable. Las largas caminatas son excelentes.

Le bajó el corpiño del vestido.

—Sé que disfrutas leyendo poesía.

—Aquella noche viste los libros en mi estantería.

Tobias tocó el colgante de plata que ella llevaba y luego le besó un erecto pezón.

—Sé que no le permitiste a Pomfrey que te convirtiera en su amante.

Fue como si le hubieran arrojado un cubo de agua fría a la cara. Se quedó inmóvil, con las manos sobre los hombros de él, y lo miró fijamente.

—¿Conoces a Pomfrey?

—En Roma todos conocen a Pomfrey. Sedujo a casi todas las viudas de la ciudad y a unas cuantas mujeres casadas. —Tobias besó el valle que se formaba entre sus pechos—. Pero tú rechazaste de plano sus insinuaciones.

—Lord Pomfrey es un hombre casado. —Incluso a ella le pareció un comentario remilgado.

Tobias alzó la cabeza. Sus ojos brillaban bajo la débil luz de las lámparas.

—También es muy rico y, según se dice, muy generoso con sus amantes. Podría haberte hecho la vida mucho más agradable.

Lavinia se estremeció.

—No se me ocurre nada más desagradable que ser amante de Pomfrey. Bebe demasiado, y cuando está ebrio no controla su genio. Una vez lo vi golpear a otro hombre que sólo le había tomado el pelo por estar borracho.

—Yo estaba presente el día en que él te encontró en el mercado. Lo oí cuando trataba de convencerte de que le permitieras instalarte en uno de sus apartamentos.

Ella se sintió avergonzada.

—¿Oíste esa desagradable conversación?

—No fue demasiado difícil oír tu respuesta, aunque uno no se lo propusiera. —Tobias esbozó una sonrisa—. Hablabas en voz bastante alta, por lo que recuerdo.

—Estaba furiosa. —Hizo una pausa y añadió—: ¿Y tú dónde estabas?

—En la puerta de una pequeña tienda —respondió mientras deslizaba la mano por el muslo de Lavinia—. Estaba comiendo una naranja.

—¿Recuerdas un detalle tan insignificante?

—Recuerdo todo de ese episodio. Cuando Pomfrey decidió marcharse, absolutamente indignado, me di cuenta de que esa naranja era, con mucho, la más dulce que había probado en toda mi vida. Nunca nada me había parecido tan dulce.

Tobias apretó la palma de la mano contra el punto caliente y húmedo que encontró entre las piernas de Lavinia.

Una ola de calor recorrió el cuerpo de la mujer y le

produjo una tormenta de estremecedoras sensaciones. Al ver la expresión de traviesa satisfacción en los ojos de Tobias se dio cuenta de que sabía perfectamente lo que le estaba haciendo. Era hora de volver las tornas.

—Bueno, al menos ahora sé algo de ti. —Lo tomó firmemente de los hombros—. Te gustan mucho las naranjas.

—Me gustan bastante. Pero en Italia dicen que no hay fruta que puede compararse a un higo maduro. —La acarició muy despacio—. Y creo que estoy de acuerdo.

Lavinia sintió que una mezcla de indignación y risa le anudaba la garganta, y estuvo a punto de ahogarse. Había vivido en casa de la señora Underwood el tiempo suficiente como para saber que en Italia el higo maduro era considerado un símbolo del sexo femenino.

Tobias colocó sus labios sobre los de ella, obligándola a guardar silencio. Sus caricias la llevaron a experimentar una sensación hasta entonces desconocida. Se estremeció y gimió mostrando su deseo. Él se desabotonó el pantalón.

Un instante después estaba entre las piernas de Lavinia, deslizándose lenta e implacablemente dentro de ella, llenándola por completo. La enorme tensión que crecía en el interior de ella estalló de repente en relucientes fragmentos de una intensa sensación que ningún poeta habría podido describir.

—¿Tobias? —Ella le clavó las uñas en la espalda—. Maldita sea, Tobias. Tobias.

Una risa suave y ronca, más parecida a un gruñido, creció en la garganta de Tobias.

Ella rodeó su cuerpo con los brazos y repitió su nombre una y otra vez. Él se hundió aún más en ella.

Lavinia sintió que Tobias tensaba los músculos de la espalda. Supo que estaba al borde del orgasmo. Movida por un impulso, intentó acercarlo aún más.

—No —musitó él.

Para sorpresa de Lavinia, él apartó su boca de la de ella y se separó bruscamente y sin miramientos. Lanzó una sorda exclamación y se sacudió con violencia.

Ella lo abrazó mientras él se acurrucaba entre los pliegues de la capa.

11

Tobias volvió en sí muy despacio. Notó que el coche seguía avanzando. No tenía por qué moverse. Podía quedarse un rato más acurrucado entre los brazos de ella.

—¿Tobias?

—¿Mmm?

Ella sí se movió.

—Creo que estamos a punto de llegar a mi casa.

—Imaginé que me dirías eso. —Cerró la mano sobre un pecho de Lavinia. Era firme y estaba muy bien formado: una manzana perfecta.

Tal vez sería buena idea no insistir esa noche en el tema de la fruta fresca. Ella tenía razón, debían de estar muy cerca de su pequeña casa, en Claremont Lane.

—Date prisa, Tobias. —Se movió, inquieta, debajo de él—. Debemos arreglarnos. Piensa en lo molesto que sería que uno de los lacayos de la señora Dove nos encontrara en esta situación.

La urgencia de su voz pareció divertir a Tobias.

—Cálmate, Lavinia —dijo mientras se incorporaba de mala gana y haciendo una pausa para besar el interior del muslo desnudo de ella.

—Tobias.

—Ya te he oído, señora Lake. Y también te oirán el cochero y el lacayo desde el pescante si no bajas la voz.

—Rápido. —Se incorporó e intentó torpemente

arreglarse el corpiño—. El coche se detendrá en cualquier momento. Santo cielo, espero que no hayamos estropeado los cojines de la señora Dove. ¿Qué pensaría?

—No me preocupa demasiado lo que piense la señora Dove. —Tomó aire y sintió el penetrante olor que la pasión había dejado en el coche—. Ella ya no es tu clienta, ¿recuerdas?

—Por Dios. Es una dama elegante. —Lavinia se arregló el colgante de plata con un movimiento nervioso—. Estoy segura de que no está acostumbrada a que traten su encantador coche como si fuera uno de alquiler.

Tobias la observó y sintió un arrebato de profunda satisfacción. La luz amarilla de la lámpara se reflejaba en el pelo alborotado de Lavinia y lo hacía resplandecer con chispas rojizas y doradas. Tenía las mejillas arreboladas e irradiaba una inconfundible calidez.

Entonces apreció el pánico en sus ojos.

—Te sientes avergonzada, ¿no es así? —le preguntó—. Tienes miedo de que la señora Dove se entere de lo que ocurrió aquí y crea que no eres una dama.

Lavinia libraba una verdadera batalla con su corpiño.

—Probablemente llegará a la conclusión de que no soy mejor que esas mujeres que merodean por Covent Garden a altas horas de la noche.

Él se encogió de hombros: la satisfacción que sentía no le permitía interesarse demasiado en la cuestión.

—¿Por qué te preocupa ahora lo que piense de ti?

—Que piense que soy ligera de cascos no es la impresión que me gustaría causarle a una clienta.

—Ex clienta.

Ella se tensó y arrugó el entrecejo.

—Bueno, sí. Los comentarios de la gente son importantes en esta profesión. Después de todo, uno no

163

puede anunciarse en los periódicos. Debe confiar en las recomendaciones de los clientes satisfechos.

—Por lo que a mí respecta, en este momento estoy absolutamente satisfecho. ¿No te parece suficiente?

—Claro que no. Tú eres mi socio, no mi cliente. No te burles de mí, Tobias. Sabes que no puedo permitirme que la señora Dove les diga a sus selectas amistades que yo soy una... una...

—No lo eres —dijo él con firmeza—. Y los dos lo sabemos. Así que, ¿por qué insistir en el tema?

Ella enarcó las cejas, como si le sorprendiera esa sencilla pregunta.

—Es una cuestión de principios.

Él asintió.

—Ya mencionaste antes tus principios. Entiendo que para ti son importantes. Pero esto no es una cuestión de principios, sino de sentido común. No me gustaría que adquirieras la costumbre de despreciar el dinero de tus clientes. Si la señora Dove decidiera pagarte tus honorarios a pesar de lo que le dijiste esta noche, te sugiero que los aceptes.

Ella dejó de luchar con su corpiño y miró a Tobias con expresión feroz.

—¿Cómo te atreves a considerar que esto es divertido?

—Perdóname, Lavinia. —La tomó de los hombros y le arregló el vestido—. Pero da la impresión de que estás al borde de un ataque de histeria.

—¿Cómo puedes llamarme histérica? Estoy preocupada por mi reputación. Creo que es una preocupación muy razonable. No quiero verme obligada a cambiar de profesión una vez más. Sería un incordio.

Tobias sonrió.

—Señora Lake, te aseguro que si alguien se atreve a

poner en duda tu honor, yo me batiré en duelo para defenderlo.

—Estás decidido a tomar esto a risa, ¿verdad?

—No sé cómo habrá quedado tu capa, pero creo que los cojines están en perfecto estado. Y aunque no fuera así, estoy seguro de que el cochero se ocupará de que por la mañana estén impecables. Su trabajo consiste en mantener el vehículo en excelente estado.

—Mi capa. —La preocupación borró la cálida expresión de su rostro. Se puso pálida. Se levantó del asiento y apartó la capa de los cojines—. Oh, por Dios.

—Lavinia...

Se sentó en el extremo opuesto del asiento y sacudió los pliegues de su capa. Sostuvo la prenda frente a ella y observó horrorizada el forro.

—Oh, no. Esto es espantoso, absolutamente espantoso.

—Lavinia, ¿perder a tu clienta te ha alterado los nervios?

Ella no lo oyó. Hizo girar la capa y dejó a la vista una mancha oscura y húmeda.

—Mira lo que has hecho, Tobias. La has arruinado. No podré justificar esta mancha de ningún modo. Espero poder quitarla antes de que la vean en mi casa.

Tobias pensó que la excesiva preocupación de ella por los cojines y la capa le estaban arruinando el buen humor. Hacer el amor con ella había sido la experiencia más estimulante que había tenido en mucho tiempo. Habría apostado cualquier cosa a que ella también se había sentido muy satisfecha. En realidad, la sorpresa que había teñido su voz cuando llegó al clímax le llevó a pensar que ella no conocía aquella sensación con anterioridad.

Pero en lugar de disfrutar por el placer compartido, armaba un escándalo por una maldita mancha.

—Felicitaciones, Lavinia. Interpretas a una conmovedora lady Macbeth. Pero estoy seguro de que cuando pienses mejor en este asunto, estarás de acuerdo en que es mucho mejor que la prueba de nuestras acrobacias haya quedado plasmada en tu capa y no en otro sitio.

Ella miró los cojines de terciopelo con preocupación.

—Sí, por supuesto. Habría sido terrible que se manchara el asiento. Pero está impecable, como tú dices.

El coche aminoró la marcha. Tobias abrió la cortina y vio que habían llegado a Claremont Lane.

—No me refería a los cojines.

—¿Dónde habría sido más terrible una mancha sino en los cojines de la señora Dove?

Él la miró en silencio.

Lavinia arrugó el entrecejo. En un principio pareció confundida, pero enseguida comprendió.

—Sí, por supuesto —dijo en tono inexpresivo. Evitó su mirada y se concentró en doblar su capa.

—No hay de qué avergonzarse, Lavinia. Los dos hemos tenido algunas experiencias sexuales. No somos criaturas.

Ella miró por la ventanilla.

—Sí, por supuesto.

—Ahora que hablamos del tema, seamos sinceros. Como puedes deducir de la mancha de tu capa, tomé todas las precauciones que pude, dadas las circunstancias —dijo bajando la voz—. Pero los dos sabemos que no hay ninguna garantía de que no haya consecuencias no deseadas.

Ella apretó la capa entre sus manos.

—Sí, por supuesto.

—Y si surge algún problema, no dudarás en hablarlo conmigo, ¿verdad?

—Sí, por supuesto. —Esta vez recitó la letanía en un tono de voz más agudo que antes.

—Reconozco que me dejé llevar por la pasión del momento. La próxima vez, de todas maneras, estaré preparado. Intentaré conseguir ciertos artilugios antes de que volvamos a enredarnos en estos juegos.

—Oh, mira, hemos llegado —dijo ella animadamente—. Por fin en casa.

El fornido lacayo abrió la portezuela del coche y ayudó a bajar a Lavinia. Ella se apeó como si huyera de un edificio en llamas.

—Buenas noches, Tobias.

Él se estiró y la tomó de la mano.

—Lavinia, ¿estás segura de que te encuentras bien? No pareces la misma de siempre.

—¿De veras?

La sonrisa que ella le dedicó tenía el brillo del acero. Una sonrisa normal en Lavinia, pensó Tobias. No supo si era una buena señal.

—Ha sido una noche agotadora —dijo con cautela—. Es evidente que estás bastante nerviosa.

—No veo por qué razón habría de estarlo. Al fin y al cabo, lo único que ha ocurrido es que he perdido a mi única clienta y he echado a perder mi capa. Además, en los próximos días me veré obligada a preocuparme por algunas cuestiones sumamente personales.

Él la miró a los ojos.

—Yo soy el culpable de todo eso.

—Ya lo creo —dijo mientras le daba la mano al voluminoso lacayo—. Evidentemente, mis problemas empezaron en cuanto te conocí. Una vez más, tú eres la causa de mis dificultades.

¿Por qué razón todo lo relacionado con Lavinia resultaba siempre tan complicado? Poco después de separarse de ella, Tobias se encerró en su estudio, se sirvió una saludable medida de brandy y se dejó caer en su sillón favorito. Contempló los restos del fuego con aire taciturno. Ante sus ojos danzaba la imagen de una capa manchada.

La puerta se abrió a sus espaldas.

—Por fin has vuelto. —Anthony, con la corbata floja y la camisa abierta, entró tranquilamente en el estudio—. Entré hace una hora, cuando regresaba a mi casa, para saber si tenías alguna novedad. Me serví un poco del pastel de salmón de Whitby. Debo admitir que echo de menos sus platos.

—No entiendo cómo es posible. Apareces por aquí todos los días a la hora de comer, y muchas veces a tomar un bocado entre las comidas.

—No quiero que te sientas solo —repuso Anthony riendo entre dientes—. No sueles regresar a casa tan tarde. Una noche interesante, supongo.

—Apareció el diario.

Anthony dejó escapar un débil silbido.

—Felicitaciones. Supongo que arrancaste las páginas más importantes para ti, para la señora Lake y para vuestra clienta.

—No fue necesario. Antes de que lo encontrara, alguien lo había tirado al fuego. Estaba lo suficientemente entero como para identificarlo, pero no quedó nada que pudiera interesarle a nadie.

—Entiendo. —Anthony se pasó una mano por el pelo mientras pensaba en lo que había dicho Tobias—. Quien mató a Felix y se llevó el diario quería decirte a las claras que ahora ya puedes dejar de investigar, ¿no es eso?

—Supongo. Sí.

—Cuando empezó todo este asunto dijiste que en el diario aparecía el nombre de unas cuantas personas. Cualquiera de ellas pudo haber matado a Holton Felix y luego destruir ese libro.

—Sí.

—¿Cómo se tomó Neville la noticia?

—No le he informado al respecto —respondió Tobias.

Anthony lo miró con curiosidad.

—¿Y que sucederá ahora?

—¿Ahora? Me voy a la cama. Eso es lo que sucederá ahora.

—Estaba a punto de regresar a mi casa cuando oí cómo se detenía ese coche lujoso ante nuestra puerta. —Anthony rió entre dientes—. Al principio pensé que se habría equivocado. Después vi que tú te apeabas.

—Ese coche es el de la clienta de Lavinia —dijo Tobias y dio un trago de brandy—. Ex clienta, a partir de esta noche.

—¿Porque apareció el diario?

—No. Porque Lavinia decidió no trabajar más para ella. Le dijo a la señora Dove que no podía aceptar los honorarios que se habían acordado.

—No entiendo. —Anthony se quedó de pie ante la chimenea—. ¿Por qué demonios la señora Lake habrá rechazado sus honorarios?

Tobias dio otro trago de brandy y apoyó la copa en el brazo del sillón.

—Lo hizo por mí —anunció.

—¿Por ti?

—Por una cuestión de principios, ¿comprendes?

Anthony lo miró desconcertado.

—No, no comprendo. No pretendo ofenderte, Tobias, pero lo que dices no tiene mucho sentido. ¿Cuánto has bebido esta noche?

—No lo suficiente. —Tobias golpeteó el costado de la copa con un dedo—. Lavinia decidió no trabajar más para la señora Dove porque la culpó de haberme puesto en peligro esta noche.

—Explícate, por favor.

Tobias le explicó lo ocurrido. Cuando concluyó, Anthony le observó con atención.

—Bueno, bueno, bueno —dijo el muchacho por fin.

A Tobias no se le ocurrió ninguna réplica inteligente.

—Bueno, bueno, bueno —repitió Anthony.

—Lavinia tiene carácter. Y esta noche la señora Dove la provocó.

—Evidentemente.

Tobias agitó el brandy que quedaba en la copa.

—Creo que mi socia ya se está arrepintiendo de lo que ha hecho.

Anthony enarcó una ceja.

—¿Por qué lo dices?

—Lo último que me dijo cuando bajó del coche fue que, una vez más, yo tenía la culpa de todos sus problemas.

Anthony asintió.

—Parece una conclusión sensata por su parte.

—Me pareció haber oído que regresabas a tu casa.

—Estás de muy mal humor, ¿verdad?

—Creo que sí —dijo Tobias después de pensarlo.

Anthony lo observó con interés.

—¿Dices que te cambiaste de ropa después del episodio del callejón?

—Así es.

—Entonces puedo suponer que tu desarreglado aspecto se debe a un combate más reciente.

Tobias lo miró entrecerrando los ojos.

—Si crees que ahora no estoy de buen humor, sigue

interrogándome y descubrirás hasta qué extremo puede llegar mi mal carácter.

—Ah, entonces llegamos al quid de la cuestión. Besaste a la señora Lake y ella te abofeteó.

—La señora Lake —dijo Tobias con cierta parsimonia— no me abofeteó.

Anthony lo miró con asombro.

—Por todos los diablos —susurró—. Jamás diría que tú... que en realidad tú... ¿Con la señora Lake? ¿Y en un coche? Pero ella es una dama. ¿Cómo pudiste...?

Tobias lo observó.

La sola expresión de su rostro provocó que Anthony tragara saliva y se concentrara en las cenizas de la chimenea.

El tictac del reloj marcaba la implacable cercanía del amanecer.

Tobias se hundió un poco más en su sillón. Era muy molesto recibir un sermón de un joven que nunca en su vida había tenido una relación seria con una mujer.

Un momento después, Anthony carraspeó.

—Sabes que ella piensa ir al teatro mañana por la noche. —Miró el reloj—. En realidad, esta noche, ¿no? En cualquier caso, podríamos arreglarlo para que fueras tú también. Ella y Emeline irán acompañadas por lady Wortham y su hija. Sería muy oportuno que fueras a visitarlas a su palco.

Tobias lo miró fijamente.

—Sin duda.

—Pero no te preocupes —añadió Anthony con diplomacia—. No te dejaría solo en semejante situación. Necesitas un guía. Estaré encantado de acompañarte al teatro.

—Ah, conque de eso se trata.

Anthony lo miró con expresión inocente.

—¿Perdona?

—Quieres ir al teatro por la noche porque sabes que allí encontrarás a la señorita Emeline. Necesitas una excusa adecuada para acercarte al palco de los Wortham.

El rostro de Anthony se tensó.

—Emeline estará allí expuesta para que la vean los posibles pretendientes. Lavinia espera encontrar para ella un buen partido, ¿recuerdas?

—El Apolo sacrificado. Lo recuerdo.

—Eso es. Y Emeline es tan encantadora y tan inteligente, que creo que los planes de Lavinia darán sus frutos.

Tobias hizo una mueca.

Anthony calló durante un segundo, preocupado.

—¿Te duele la pierna?

—No se trata de mi pierna, sino de la referencia a la fruta.

En realidad, pensó Tobias, la pierna ya no le dolía. Sin duda era gracias al brandy. Pero al pensarlo se dio cuenta de que había dejado de molestarle hacía sólo unas horas. Aproximadamente cuando empezó a hacer el amor con Lavinia.

No había nada mejor que un poco de distracción para que uno olvidara sus achaques, pensó con tristeza.

Anthony lo miró desorientado.

—No entiendo. ¿Qué es eso de la fruta?

—No tiene importancia. Yo, en tu lugar, no me preocuparía por los planes de Lavinia. Emeline es una joven interesante, y es posible que llame la atención. Pero en cuanto se corra el rumor de que no tendrá herencia, las astutas madres de la alta sociedad se asegurarán de que sus hijos no la miren demasiado.

—Tal vez tengas razón, pero ¿qué me dices de los vividores y los seductores profesionales? Sabes tan bien como yo que ninguna dama joven está a salvo de esos individuos. Para ellos, seducir a las jóvenes inocentes es un deporte.

—Lavinia sabe cuidar de Emeline. —Tobias recordó la serenidad que había mostrado Emeline en Roma—. Aunque en realidad, intuyo que la señorita Emeline sabe cuidarse sola.

—De todas maneras, preferiría no correr ningún riesgo. —Anthony se aferró con fuerza a la repisa de la chimenea—. Y como mi objetivo parece encontrarse en la misma dirección que el tuyo, tal vez podríamos trabajar juntos en esto.

Tobias dejó escapar un profundo suspiro.

—Somos un par de tontos.

—Habla por ti mismo. —Anthony caminó en dirección a la puerta—. A primera hora de la mañana iré a reservar las entradas para el teatro.

—¿Anthony?

—¿Sí?

—¿Te conté que Lavinia y sus padres practicaban el hipnotismo?

—No, pero la señorita Emeline lo mencionó, creo. ¿Qué pasa con eso?

—Hace un tiempo te interesaste en ese tema. ¿Crees que es posible que una persona experta en esa técnica haga entrar en trance a un hombre sin que él se dé cuenta?

Anthony esbozó una sonrisa.

—Es posible que un hombre sin carácter sea vulnerable a las habilidades de un hipnotizador muy competente. Pero no logro imaginar ni por un instante que un hombre dotado de una férrea voluntad y de una aguda capacidad de observación pueda jamás caer en trance.

—¿Estás seguro?

—Es imposible, a menos que él lo desee.

Anthony salió a toda prisa y cerró la puerta.

Tobias le oyó reír mientras recorría el pasillo y llegaba a la puerta de calle.

12

—¿Qué es lo que te ocurre esta mañana? —Emeline se estiró para agarrar la cafetera—. Caramba, estás de un humor un tanto extraño.

—Tengo derecho a estar preocupada. —Lavinia puso los huevos en su plato. Se dio cuenta de que estaba hambrienta. Se había despertado con un saludable apetito. Sin duda era por todo ese ejercicio en el coche de la señora Dove—. Te lo dije, en este momento no tenemos ningún cliente.

—Hiciste bien en concluir tu trabajo con la señora Dove. —Emeline se sirvió café—. No tenía por qué enviar a su lacayo a espiar al señor March. Quién sabe qué se proponía.

—Estoy casi segura de que le ordenó a su lacayo que consiguiera el diario antes de que lo encontrara el señor March, o que se lo quitara por la fuerza. Estaba muy, muy interesada en ese diario. No quería que Tobias ni yo leyéramos los fragmentos que contenían sus secretos.

—¿A pesar de que ya os había hablado de ellos?

Lavinia alzó las cejas.

—No tengo más remedio que coincidir con el señor March. Creo que podemos suponer que, fueran cuales fuesen los secretos de la señora Dove, encierran algo más que los detalles de una indiscreción cometida en el pasado.

—Bueno, ahora eso no viene al caso, ¿verdad? El diario ha quedado destruido.

—Tal vez rechazar su dinero fue una decisión precipitada —dijo Lavinia en tono quedo.

—Era una cuestión de principios —dijo Emeline con un brillo en la mirada.

—Por supuesto. El señor March resultó ser un socio difícil, pero socio al fin. Yo no podía permitir que una cliente pensara que podía tratarlo como a un peón de ajedrez y aprovecharse de él. Una tiene su orgullo.

—¿Lo que te importaba era tu orgullo o el del señor March? —preguntó Emeline secamente.

—Ahora eso no importa. La cuestión es que me he quedado sin cliente.

—No te preocupes. Pronto aparecerá otro.

Lavinia pensó que el alegre optimismo de Emeline a veces podía resultar muy irritante.

—Ahora que lo pienso —comentó—, es posible que el señor March no dude en aceptar el dinero. En ese caso debería compartirlo conmigo, ¿no te parece?

—Claro que sí —coincidió Emeline.

—Creo que se lo diré. —Lavinia masticó los huevos y escuchó distraídamente el sonido de las ruedas de los coches y de los cascos de los caballos contra el pavimento—. ¿Sabes? Aunque más de una vez resultó difícil trabajar con el señor March, en realidad me resultó útil. Al fin y al cabo, fue él quien descubrió el diario del ayuda de cámara.

Emeline la miró con curiosidad.

—¿Qué estás pensando, Lavinia?

Ella se encogió de hombros.

—Se me ocurre que tal vez podría ser beneficioso para los dos que en el futuro, de vez en cuando, trabajáramos juntos.

—Vaya —dijo Emeline con una extraña expresión en la mirada—. Bueno, bueno, bueno. Una idea fascinante.

Lavinia decidió que la idea de una futura sociedad con Tobias parecía estimulante y bastante horrorosa al mismo tiempo. Sería mejor cambiar de tema.

—Lo primero es lo primero —dijo con decisión—. Hoy debemos concentrarnos en tu velada teatral de esta noche.

—Nuestra velada teatral.

—Por supuesto. Lady Wortham fue muy amable al invitarme también a mí.

Emeline enarcó las cejas.

—Creo que siente curiosidad por ti.

Lavinia frunció el ceño.

—Espero que no le hayas hablado de mis dos profesiones anteriores.

—Claro que no.

—Y tampoco le habrás dicho nada de mi nueva empresa, ¿verdad?

—No.

—Excelente. —Lavinia se relajó—. Creo que lady Wortham no consideraría adecuada ninguna de mis profesiones.

—En su círculo, ninguna profesión es adecuada para una mujer —apuntó Emeline.

—Es cierto. Esta noche me aseguraré de insinuar que tienes una herencia modesta pero segura.

—Tía Lavinia, eso no es exactamente una insinuación. Se parece más bien a una mentira.

—No seas tan minuciosa —dijo Lavinia restando importancia al comentario de su sobrina—. Ah, y recuerda que esta mañana tenemos que pasar por casa de madame Francesca para la última prueba.

—No lo olvido —dijo Emeline; la preocupación

arrugó su frente tersa—. Tía Lavinia, con respecto a esta noche espero que no te hagas demasiadas ilusiones. Estoy casi segura de que no tendré éxito.

—Tonterías. Estarás maravillosa con tu vestido nuevo.

Emeline hizo una mueca.

—Horrible, en comparación con Priscilla Wortham que, por supuesto, es la verdadera razón por la que su madre ha sido tan amable conmigo, y tú lo sabes bien. Cree que si yo estoy cerca, Priscilla lucirá aún más.

—Me importan un pepino las estratagemas de lady Wortham... —Lavinia se interrumpió, horrorizada por sus propias palabras. Carraspeó y añadió—: No importa la manera en que lady Wortham planea mostrar a Priscilla. Es su obligación como madre. Pero el caso es que nos ha proporcionado una oportunidad única, y voy a aprovecharla al máximo.

La puerta de la sala se abrió de repente y apareció la señora Chilton. En sus ojos brillaba un evidente destello de excitación.

—La señora Dove ha llegado, señora —dijo en voz alta—. ¿Piensa recibir visitas tan temprano?

—¿La señora Dove?

Lavinia cayó presa del pánico. Tobias se había equivocado cuando le aseguró que los cojines del coche no tenían mancha alguna. Aquella débil luz le habría impedido ver la mancha comprometedora. Se preguntó si Joan Dove había ido a exigirle que se hiciera cargo de los daños hechos al asiento del lujoso coche. ¿Cuánto costaría volver a tapizar uno de esos cojines?

—Sí, señora. ¿La hago pasar al salón o a su estudio?

—¿Qué quiere? —preguntó Lavinia con recelo.

La señora Chilton la miró sorprendida.

—Bueno, eso no sabría decirlo, señora. Dijo que desea hablar con usted. ¿Quiere que la despache?

—No, claro que no. —Lavinia respiró profundamente, preparándose para el encuentro. Ella era una mujer de mundo. Podía franquear este tipo de situaciones—. La recibiré. Por favor, hágala pasar a mi estudio de inmediato.

—Sí, señora. —La señora Chilton se apartó del hueco de la puerta y desapareció.

Emeline se quedó pensativa.

—Apuesto a que la señora Dove ha venido para insistir en pagarte tus honorarios.

Lavinia se sintió aliviada.

—¿De veras lo crees?

—¿Por qué otra razón vendría?

—Bueno...

—Tal vez desea disculparse por su manera de actuar.

—Lo dudo.

—Lavinia... —Emeline frunció el entrecejo—. ¿Qué ocurre? Pensé que te entusiasmaría que ella viniera a traerte el dinero que te debe.

—Entusiasmarme... —Lavinia caminó despacio hacia la puerta—. Estoy absolutamente entusiasmada.

Dejó pasar cuatro minutos, hasta que la intriga se volvió insoportable. Entonces entró en el estudio tratando de parecer despreocupada y tranquila.

Una mujer de mundo.

—Buenos días, señora Dove. Qué sorpresa. No la esperaba.

Joan estaba frente a la estantería, donde se había detenido para examinar los libros. Llevaba puesto un vestido gris oscuro que sin duda madame Francesca había diseñado para resaltar su elegante figura y destacar su cabellera rubia y plateada.

El velo de su exquisito sombrero negro estaba atractivamente arrugado en el borde. La expresión de sus ojos era, como de costumbre, indescifrable.

—Veo que le gusta la poesía —comentó Joan.

La observación pilló a Lavinia desprevenida. Miró los libros.

—En este momento no tengo demasiados libros. Hace poco regresamos precipitadamente de un viaje por Italia. Me vi obligada a dejar allí una gran cantidad de ellos. Me llevará algún tiempo reponerlos.

—Disculpe que la moleste a esta hora de la mañana —dijo Joan—. Pero anoche no pegué ojo y estaba tan nerviosa que no podía seguir esperando.

Lavinia abrió el camino hasta la fortaleza de su escritorio.

—Tome asiento, por favor.

—Gracias. —Joan se sentó frente a ella—. Iré directamente a la cuestión. Quiero disculparme por lo ocurrido anoche. Mi única excusa es que no confiaba en el señor March. Pensaba que sería mejor vigilarlo de cerca.

—Entiendo.

—Hoy he venido a verla para insistir en pagarle los honorarios que le debo. Al fin y al cabo, usted y el señor March tuvieron éxito. No es culpa suya que el diario quedara destruido.

—Tal vez es mejor que haya sido así —dijo Lavinia con cautela.

—Quizá tenga razón. Sin embargo, aún queda pendiente una cuestión bastante importante.

—Supongo que desea usted saber quién le envió esa espantosa figura de cera.

—No descansaré hasta conocer la respuesta —reconoció Joan—. Quiero que siga investigando este asunto.

Joan no había ido a verla para quejarse de los cojines arruinados, sino para pagar su deuda y encargarle otro trabajo.

Lavinia se sentó con mayor brusquedad de lo que

quería. De repente, la mañana le parecía brillante, a pesar de la lluvia. Hizo un esfuerzo por ocultar su alivio tras una apariencia de profesionalidad. De manera ceremoniosa cruzó las manos sobre el escritorio.

—Entiendo —murmuró.

—Comprendo que tal vez crea necesario elevar sus honorarios para compensar lo que usted considera mi falta de franqueza en el tema del diario.

Lavinia carraspeó.

—Dadas las circunstancias...

—Sí, por supuesto —aceptó Joan—. Dígame usted cuánto vale su trabajo.

Lavinia pensó que, si tenía sentido común, debía aprovechar esta segunda oportunidad, mencionar una bonita suma y olvidar el pasado. Pero el recuerdo del momento de intimidad vivido con Tobias seguía interponiéndose en su camino.

Aunque sabía que era un error, miró a Joan fijamente.

—Si vamos a seguir adelante con esto, señora Dove, quiero aclararle que no debe enviar más espías. No permitiré que nadie siga al señor March como si fuera un ladrón o un forajido. Es un profesional, igual que yo.

Joan alzó una ceja.

—El señor March es importante para usted, ¿verdad?

Lavinia se dijo que no debía morder el anzuelo.

—Estoy segura de que me comprende cuando digo que me siento obligada para con el señor March porque es mi socio.

—Entiendo. Se siente obligada.

—Así es. Ahora bien, señora Dove, ¿puede prometerme que no enviará a ningún hombre a merodear entre las sombras mientras el señor March hace su trabajo?

Joan vaciló pero acabó inclinando la cabeza.

—Le prometo que no volveré a interferir en la investigación.

—Muy bien. —Lavinia esbozó una fría sonrisa—. Enseguida le enviaré un mensaje al señor March. Si él no tiene inconveniente en volver a investigar para usted, aceptaré de nuevo su encargo.

—Algo me dice que el señor March no dudará en seguir siendo su socio en este trabajo. Anoche tuve la clara impresión de que no estaba conforme con la manera en que usted me arrojó el dinero a la cara.

Lavinia sintió que el calor subía hasta su rostro.

—No se lo arrojé a la cara, señora Dove. No en sentido literal.

Joan sonrió pero no dijo nada.

Lavinia se reclinó en la silla.

—Muy bien, creo que tiene razón cuando dice que el señor March estará encantado de reanudar la tarea. En ese caso, permítame que le haga algunas preguntas. Ahorraremos tiempo.

Joan la miró con curiosidad.

—Sí, por supuesto.

—Debemos suponer que quien quemó el diario y lo dejó para que el señor March lo encontrara está tratando de decirnos que no habrá más chantaje. Sospecho que usted no recibirá más cartas de la persona que le envió la figura de cera. Creo que ha perdido el gusto por el chantaje.

—Tal vez tenga razón. Sin duda, cuando se enteró de que había contratado a profesionales para que investigaran este asunto se sintió muy alarmado y volvió a refugiarse en las sombras. De todas maneras, debo saber quién es. Estoy segura de que usted me comprende. —Joan le dedicó una forzada sonrisa—. No puedo permitir que un desconocido me envíe amenazas de muerte.

—No, por supuesto que no. Si yo estuviera en su lu-

181

gar, actuaría del mismo modo. Anoche, antes de dormirme, estuve pensando en algunos aspectos de esta situación. Y se me ocurrió que tras esto puede haber algo más que un simple chantaje. No se ofenda, por favor pero debo preguntarle algo.

—Dígame.

—Espero que piense muy bien lo que va a responder, y que sea sincera. —Lavinia buscó la manera más cortés de formular la pregunta—. ¿Existe alguna razón para que alguien deseara hacerle daño?

Joan permaneció inmutable; no mostró asombro ni indignación ni miedo. Simplemente negó con la cabeza, como si conociera la pregunta de antemano.

—No se me ocurre que alguien deseara asesinarme por algo que hice —dijo.

—Usted es una mujer muy rica. ¿Ha llevado a cabo algún negocio que pueda haber significado un problema financiero grave para alguien?

Por primera vez apareció en los ojos de Joan una chispa de emoción. Era una expresión de tristeza y nostalgia que desapareció al instante.

—Estuve casada muchos años con un hombre muy sabio e inteligente que manejaba con brillantez mis negocios y los suyos. Con él aprendí mucho de inversiones y temas financieros, pero no creo haber llegado a ser tan competente como él. Desde la muerte de Fielding he hecho las cosas lo mejor que he podido. Pero todo es demasiado complicado.

—Comprendo.

—Aún sigo luchando con muchos aspectos de las inversiones y los negocios que me dejó. Son un misterio. Sin embargo, estoy segura de que, desde que él murió, no he hecho nada que haya perjudicado a nadie.

—Discúlpeme, pero ¿existe algo en su vida personal

que pudiera estar relacionado con esto? ¿Un episodio romántico, tal vez?

—Estuve profundamente enamorada de mi esposo, señora Lake. Le fui fiel durante nuestro matrimonio, y desde que él murió no he mantenido ninguna relación íntima. No entiendo cómo alguien podría tener alguna razón personal para amenazarme.

Lavinia la miró a los ojos.

—Sin embargo, una amenaza de muerte es algo muy personal, ¿no le parece? Si lo piensa bien, más personal incluso que el chantaje, que tiene más bien algo de transacción comercial.

—Sí. —Joan se puso en pie. Su falda estaba tan bien cortada que no tuvo que acomodarla: cayó de modo natural formando graciosos pliegues—. Por eso le pido que siga investigando.

Lavinia también se puso en pie y empezó a rodear el escritorio.

—Ahora mismo le enviaré un mensaje al señor March.

Joan se acercó a la puerta.

—Usted y el señor March están muy unidos, ¿verdad?

Inexplicablemente, la punta del pie de Lavinia quedó enganchada en la alfombra. Ella tropezó y tuvo que apoyarse en el costado del escritorio para no caer.

—Tenemos una relación profesional —aclaró. Notó que su voz era un poco más elevada de lo habitual, un poco forzada.

Se irguió y caminó con rapidez hasta la puerta.

—Me sorprende usted. —Joan parecía desconcertada—. A juzgar por la preocupación que mostró anoche por la seguridad y el bienestar del señor March, yo habría dicho que ustedes mantenían una relación personal, además de profesional.

Lavinia abrió la puerta bruscamente.

—Mi preocupación por él es la misma que sentiría cualquiera por un socio.

—Sí, claro. —Joan salió al vestíbulo y se detuvo—. A propósito, casi lo olvido. Esta mañana mi cochero me dijo que había encontrado algo en el asiento del coche.

Lavinia se sobresaltó, aferrándose con fuerza al picaporte. Sabía que se había ruborizado, pero no podía hacer nada para evitarlo.

—¿En el asiento, dice? —logró preguntar con un hilo de voz.

—Sí. Creo que es suyo. —Joan abrió su ridículo y sacó un cuadrado doblado de muselina. Se lo dio a Lavinia—. No es mío.

Lavinia miró la tela: era la esclavina que se había puesto la noche anterior.

Ni siquiera había notado su ausencia.

Se llevó la mano al pecho.

—Gracias. —Se apresuró a tomar la prenda de manos de Joan—. No me había dado cuenta de que la había perdido.

—Hay que tener cuidado cuando se viaja en coche. —Joan bajó el velo de su sombrero—. Sobre todo por la noche. En las sombras es difícil ver bien. Resulta sencillo perder algo valioso.

Un minuto más tarde, cuando Joan había partido en su elegante coche granate, Lavinia le envió un mensaje a Tobias.

Estimado señor:

Nuestra ex clienta me ha hecho un nuevo encargo: desea que continuemos investigando para ella. Me ha prometido que respetará algunos requisitos básicos. ¿Te interesa volver a ser mi socio para seguir investigando este asunto?

Tuya,

Sra. L.

La respuesta de Tobias tardó menos de una hora en llegar:

Querida Sra. L.:
Puedes tener la certeza de que estaré encantado de volver a ser tu socio para seguir investigando este y cualquiera de nuestros asuntos.

Tuyo,

M.

Lavinia estudió con detenimiento la breve nota. Llegó a la conclusión de que sería mejor no seguir buscando significados ocultos en el mensaje de Tobias. No se le daban bien las sutilezas ni los matices cuando se comunicaba con ella.

Después de todo, aquel hombre no era un poeta.

—¿Destruido, dice? —Neville parecía confundido por la noticia—. Maldita sea. ¿Quemado por completo?

—Yo, en su lugar, bajaría la voz. —Tobias echó un vistazo al salón del club, en el que en ese momento había unas cuantas personas—. Uno nunca sabe quién puede estar escuchando.

—Sí, claro. —Neville sacudió la cabeza desconcertado—. Perdí el control. Lo que ocurre es que me sorprende este nuevo giro de los acontecimientos. ¿Y no quedó nada?

—Se salvaron unas pocas páginas. Creo que lo hicieron para que yo confirmara que había encontrado el diario que buscaba.

—Pero las páginas que contenían las anotaciones sobre los miembros de la Blue Chamber... ¿han quedado todas ilegibles?

—Revisé las cenizas con mucho cuidado —le aseguró Tobias—. Y no encontré nada valioso.

—Maldita sea —Neville apretó un puño, pero el ademán tenía algo de histriónico—. Esto significa que el asunto ha terminado, ¿no es cierto?

—Bueno...

—Es muy frustrante, por supuesto. Me interesaba mucho el nombre del único superviviente de la Blue Chamber, el hombre que se convirtió en traidor durante la guerra.

—Comprendo.

—Ahora que el diario está destruido, no podremos conocer su nombre, ni sabremos cuál es la verdadera identidad de Azure.

—Si tiene en cuenta que murió hace casi un año, tal vez piense que eso no tiene tanta importancia —aventuró Tobias.

Neville arrugó el entrecejo y agarró la botella de burdeos.

—Supongo que tiene razón. Habría dado cualquier cosa por conseguir ese diario. Pero, al fin y al cabo, lo importante es que la Blue Chamber ya no existe como organización delictiva.

Tobias se reclinó en el sillón y cruzó las manos.

—Hay un pequeño problema.

Neville dejó de servirse vino y alzó la vista.

—¿De qué se trata?

—Es posible que la persona que destruyó el diario lo haya leído antes.

Neville se sobresaltó.

—Que lo haya leído. Maldita sea. Sí, por supuesto. No se me había ocurrido.

—Ahora hay alguien que sabe quién fue realmente Azure. Y esa misma persona conoce también la identidad del miembro superviviente de la Blue Chamber.

La botella de burdeos tembló de manera casi inapreciable en la mano de Neville.

—Por todos los diablos. Tiene razón.

—Sea quien fuere, tal vez no tenga ninguna intención de revelar los secretos que contenía el diario. De hecho, supongo que es eso lo que intentaba decirnos cuando se las arregló para que yo encontrara las páginas quemadas. —Tobias hizo una pausa deliberada—. De todas maneras, él conoce la respuesta a nuestras preguntas. Y eso lo convierte en una persona peligrosa.

—Bueno. —Neville dejó la botella sobre la mesa—. Bueno, sí, así es. ¿Qué sugiere usted?

—Estoy dispuesto a seguir investigando este asunto. —Tobias esbozó una sonrisa—. Siempre que usted esté dispuesto a seguir pagando mis honorarios.

13

No se podía negar que Priscilla Wortham era una jovencita muy atractiva. Pero, en opinión de Lavinia, esa noche destacaba en exceso con su elegante vestido de muselina rosa.

Recordó que sus visitas al taller de madame Francesca le habían enseñado unas cuantas cosas. La modista tenía opiniones muy precisas respecto a la moda y no dudaba en manifestarlas. Gracias a lo que había aprendido encargando vestidos para Emeline y para ella misma, por ejemplo, Lavinia podía apreciar de un solo vistazo que había demasiados festones en el dobladillo del vestido de Priscilla.

Además, el pelo claro de Priscilla, recogido en un moño demasiado alto, mostraba una profusión de rizos artísticamente adornados con flores de raso que hacían juego con el vestido. Sus guantes también eran de color rosa.

Lavinia decidió que, en conjunto, Priscilla parecía un delicioso pastel de crema cubierto con azúcar glasé rosa. Por su parte, Emeline daba algo más que una buena impresión.

Sentada junto a Priscilla, como había insistido lady Wortham, Emeline creaba un sorprendente contraste con su amiga. Lavinia sintió un gran alivio al advertir que la tiránica madame Francesca había tenido razón al insistir en un sencillo vestido de exótica gasa egipcia color verde. Emeline llevaba su cabellera oscura recogida en un peinado elegante y nada recargado, lo que realzaba sus hermosos e inteligentes ojos. Sus guantes eran varios tonos más oscuros que el vestido.

Cuando las luces se encendieron al final del primer acto, Lavinia pensó con orgullo que había merecido la pena sacrificar a Apolo. Pocas horas antes, su principal preocupación había sido el pensar que tal vez lady Wortham considerara a Emeline una rival, en lugar de verla como un elemento adecuado junto al cual exhibir a Priscilla. Pero sus temores habían resultado infundados. Lady Wortham había echado un vistazo al sencillo y elegante vestido de Emeline y no se había molestado en ocultar su alivio al comprender que el vestido de Priscilla no quedaría eclipsado.

Esa noche, las dos jovencitas recibieron muchas miradas de admiración. Lady Wortham estaba a todas luces contenta. Era obvio que pensaba que las miradas iban dirigidas a su hija. Lavinia, sin embargo, estaba segura de que muchas de esas miradas eran para Emeline.

—Una interpretación excelente, ¿no le parece? —le comentó Lavinia a lady Wortham.

—Soportable. —Lady Wortham bajó la voz para que quedara soterrada bajo el murmullo del público y Emeline y Priscilla no pudieran oírla—. Creo que debo comentarle que el vestido de su sobrina es demasiado serio para una jovencita. Y ese tono tan extraño de verde... No está de moda. Tengo que acordarme de darle el nombre de mi modista.

—Es usted muy amable. —Lavinia dejó traslucir un matiz de pesar en su voz—. Pero estamos muy contentas con la que tenemos.

—Qué lástima. —La desaprobadora mirada de lady

Wortham se detuvo en el vestido de raso de Lavinia—. Yo siempre digo que una buena modista vale su peso en oro.

—Sin duda. —Lavinia abrió de golpe su abanico.

—Estoy segura de que la mía jamás le habría recomendado a usted ese tono de púrpura. No combina con su cabellera pelirroja.

Lavinia contuvo la ira. En ese preciso instante se abrieron las pesadas cortinas de terciopelo de entrada al palco y Lavinia pudo ahorrarse la respuesta.

Allí estaba Anthony, elegantísimo con su distinguida chaqueta y el elaborado lazo de su fular.

—Espero no importunar —dijo haciendo una graciosa reverencia—. Mis respetos para todas las encantadoras damas de este palco.

—Anthony. Quiero decir, señor Sinclair. —Emeline le dedicó una brillante sonrisa—. Qué alegría verle.

Lady Wortham asintió, encantada. Una chispa de satisfacción brilló en su astuta mirada.

—Tome asiento, señor Sinclair.

Anthony tomó una silla y la colocó entre Emeline y Priscilla. Los tres jóvenes se enzarzaron de inmediato en una animada conversación que llamó la atención de los espectadores de los palcos vecinos.

Lavinia intercambió con lady Wortham una mirada de complicidad. Nunca serían amigas, pensó, pero en esta tesitura estaban unidas. Las dos sabían muy bien que nada despertaba tanto interés en una joven casadera como verla cortejada por un joven presentable. Anthony era un punto a favor en ese palco.

—¿Dónde está el señor March? —preguntó Emeline durante un breve paréntesis en la conversación.

—Pasará por aquí dentro de un momento. —Anthony miró de reojo a Lavinia—. Dijo que antes quería hablar con Neville.

El comentario llamó la atención de Lavinia. Sentía curiosidad por el cliente de Tobias.

—¿Lord Neville está aquí esta noche?

—En el palco de enfrente. —Anthony movió distraídamente la cabeza en dirección a los otros palcos—. Está con su esposa. Tobias se encuentra con ellos en este momento. Espero que después venga a vernos.

Lavinia aferró sus impertinentes y los enfocó en esa dirección. Cuando vio a Tobias contuvo el aliento. Era la primera vez que lo veía desde el encuentro en el coche de la señora Dove, la noche anterior. Quedó confundida por el estremecimiento de excitación que recorrió todo su cuerpo.

Tobias acababa de entrar en el palco de Neville. Mientras Lavinia le observaba, él se inclinó cortésmente sobre la mano de una mujer ataviada con un escotado vestido azul.

Lady Neville tenía poco más de cuarenta años. Lavinia la estudió un instante y llegó a la conclusión de que era una de esas mujeres para las que ha sido acuñada la expresión «una mujer atractiva». Era alta, majestuosa, y sin duda en su juventud debía de haber sido considerada sencilla. Tenía el tipo de rasgos que, con la madurez, adquieren una cualidad patricia. El corte de su vestido, de estilo elegantemente severo, hizo que Lavinia se preguntara si también ella era cliente de madame Francesca. Incluso a esa distancia, las joyas que lucía en el cuello y en las orejas brillaban tanto como las rutilantes luces del teatro.

El aspecto del voluminoso hombre que se encontraba a su lado parecía haber seguido el camino opuesto al de su esposa. Lavinia no dudó de que lord Neville había tenido una figura gallarda y atlética en su juventud. Pero sus rasgos bien esculpidos habían empezado a volverse gruesos y toscos en un sentido indecoroso que hablaba de disipación y excesos.

—¿Conoce a lord y a lady Neville? —preguntó lady Wortham sin disimular su interés.

—No —respondió Lavinia—. No he tenido el placer.

—Comprendo.

Lavinia tuvo la sensación de que, en ese instante, ella y Emeline habían caído uno o dos puntos en la opinión de su anfitriona, de modo que intentó recuperar el terreno perdido.

—Pero conozco bien al señor March —comentó. Santo cielo, eso no hacía sino evidenciar su desesperación. ¿Quién iba a decirle que dejaría caer el nombre de Tobias en un frenético intento de elevar su prestigio social?

—Hmm. —Lady Wortham miró el palco con expresión especulativa—. ¿El señor March es el caballero que conversa con Neville?

—Sí.

—No lo conozco, pero si tiene confianza con lord Neville debe de ser aceptable.

—Lo es. —Lavinia se preguntó qué pensaría lady Wortham de la aceptabilidad de Tobias si se enterara de lo que habían hecho en aquel coche la noche anterior—. ¿Y usted conoce a lord y a lady Neville?

—Durante muchos años, mi esposo y yo recibimos invitaciones a los mismos bailes y fiestas que Neville y su esposa —repuso lady Wortham de manera imprecisa—. Nos movemos en los mismos círculos.

Tonterías, pensó Lavinia. Recibir invitaciones a los mismos acontecimientos sociales no significaba una presentación formal, y ambas lo sabían. Las anfitrionas desesperadas solían enviar invitaciones a todos los miembros de la alta sociedad. Eso no significaba que todos las aceptaran.

—Entiendo —murmuró Lavinia—. ¿Entonces no conoce realmente a lord y a lady Neville?

Lady Wortham se tensó.

—Casualmente, Constance y yo fuimos presentadas en sociedad en la misma temporada. La recuerdo muy bien. Era bastante ordinaria, por no decir otra cosa. De no ser por la enorme fortuna que heredó, habría quedado para vestir santos.

—¿Neville se casó con ella por su fortuna? —preguntó Lavinia con curiosidad.

—Por supuesto —resopló lady Wortham con elegancia—. Todo el mundo lo supo, en su momento. Constance no tenía ningún otro atractivo. Ni una pizca de elegancia.

—Parece haber aprendido mucho sobre elegancia —señaló Lavinia.

Lady Wortham alzó sus gemelos e inspeccionó el palco de enfrente.

—Los diamantes logran eso en una mujer —bajó los gemelos—. Veo que su señor March ha salido del palco. Cuando llegue, celebraremos aquí una pequeña reunión, ¿no le parece?

Lady Wortham casi se frotaba las manos y reía de satisfacción ante la perspectiva de que Priscilla apareciera acompañada por un segundo caballero, pensó Lavinia.

Las cortinas de terciopelo por fin se abrieron. Pero no fue Tobias quien entró en el palco.

—Señora Lake. —Richard, lord Pomfrey, le dedicó una ardiente mirada, en cierto modo arruinada por su evidente aire de ebriedad—. Me pareció verla desde el otro lado del teatro. Qué suerte volver a encontrarla. No he dejado de pensar en usted desde que nos vimos en Italia.

Arrastraba un poco las palabras y su equilibrio era bastante precario.

La sorpresa de verlo después de tantos meses paralizó a Lavinia durante unos instantes. No fue ella la única que quedó anonadada por la aparición de Pomfrey. Notó que lady Wortham parecía petrificada.

Evidentemente, pensó Lavinia, su anfitriona conocía muy bien la reputación de Pomfrey como pervertido mujeriego. No era en absoluto la clase de caballero que desearía tener en el mismo palco que su inocente hija. Lavinia la comprendía. Tampoco a ella le interesaba que Pomfrey apareciera cerca de Emeline.

Fue Anthony quien acudió con galantería en su ayuda. Miró a Lavinia, se puso en pie e interceptó el paso de Pomfrey.

—Creo que no nos conocemos —dijo Anthony.

Pomfrey lo miró de arriba abajo y decidió despacharlo enseguida.

—Pomfrey —anunció—. Soy un gran amigo de la señora Lake —añadió, arrastrando las palabras. Se volvió hacia Lavinia y le dedicó una sonrisa poco menos que lasciva y nauseabunda—. Podríamos decir que soy un amigo íntimo. Nos conocimos bien en Italia, ¿verdad, Lavinia?

Lady Wortham dejó escapar un débil grito de asombro. Había llegado el momento de tomar el control de la situación, pensó Lavinia.

—Se equivoca, señor —dijo con brusquedad—. No nos conocemos bien. Usted era amigo de la señora Underwood, creo.

—En realidad, fue ella quien nos presentó —coincidió Pomfrey en un tono cargado de insinuaciones sensuales—. Precisamente por eso estoy en deuda con ella. ¿Ha tenido noticias suyas desde que se fugó con el conde?

—No, ninguna. —Lavinia esbozó una sonrisa glacial—. Por lo que recuerdo, señor, está usted casado. ¿Cómo se encuentra su esposa?

La mención de su sufrida esposa no le hizo perder la calma.

—En una fiesta campestre, supongo. —Echó un vistazo a Emeline y a la boquiabierta Priscilla—. ¿No va a presentarme a sus encantadoras acompañanates?

—No —dijo Lavinia.

—No —dijo Anthony.

A lady Wortham le temblaba el párpado.

—Eso no será posible.

Anthony dio un paso adelante.

—Como puede ver, este palco está ocupado, señor. Tenga la amabilidad de retirarse de inmediato.

Pomfrey pareció irritado.

—No sé quién es usted, pero se ha cruzado en mi camino.

—Y ahí es donde pienso quedarme.

Algunas cabezas se volvieron. Lavinia vio el destello que despedían los impertinentes y los gemelos de los demás espectadores al enfocar el palco de lady Wortham. Sin duda, nadie podía oír lo que se decía, pero reinaba allí un inconfundible clima de tensión.

El creciente terror de lady Wortham también era evidente. Lavinia casi pudo notar cómo su anfitriona se encogía de vergüenza al comprender que tenía lugar un pequeño escándalo y que la encantadora Priscilla estaba en primer plano.

—Hágase a un lado —le dijo Pomfrey a Anthony con indiferencia.

—No —replicó Anthony. Su voz baja y segura recordaba la de Tobias—. Debe marcharse de inmediato, señor.

Pomfrey entrecerró los ojos con una expresión de ira.

A Lavinia se le hizo un nudo en el estómago. Anthony estaba adoptando una postura que, si las cosas empeoraban, podía hacer que lo retaran a un duelo. Decidió hacer algo para poner fin a esa situación.

—Márchese, Pomfrey —dijo—. Inmediatamente.

—No me iré de aquí, ni por asomo, hasta que usted me honre con una invitación a su casa —le advirtió Pomfrey—. Mañana por la tarde me vendría muy bien. ¿Por qué no me complace dándome sus señas, señora?

—A mí no me vendría bien mañana por la tarde —replicó Lavinia.

—No puedo esperar a pasado mañana para renovar nuestra íntima relación. Después de todo, llevo varios meses esperando.

Lady Wortham llevó a cabo un valiente intento de dominar la situación.

—Estamos esperando a otro invitado, Pomfrey. No tenemos lugar para permitir que se quede. Estoy segura de que usted comprenderá.

Pomfrey observó a Emeline y a Priscilla con una desagradable expresión. Después se volvió hacia lady Wortham y le hizo una vacilante reverencia.

—No podría marcharme sin presentar mis respetos a estas exquisitas jovencitas. A propósito, insisto en que me las presenten. ¿Quién sabe? Podríamos volver a encontrarnos en alguna velada, o en un baile. Y podría pedirles que bailaran conmigo.

La idea de tener que presentar a este conocido perverso a su hija hizo que el rostro de lady Wortham adoptara un inoportuno tono morado.

—Creo que eso es imposible —declaró.

Anthony apretó los puños.

—Márchese, señor. Ahora mismo.

La ira hizo llamear los ojos de Pomfrey. Se volvió hacia Anthony con el aire de un sabueso sanguinario enfrentado a una irritante cría.

—¿Sabe que es usted realmente molesto? Si no se aparta de mi camino, me veré obligado a darle una lección de buenos modales.

Lavinia se estremeció, horrorizada. La situación era ya intolerable.

—Pomfrey, es usted quien se está poniendo pesado —dijo—. No entiendo por qué quiere seguir molestando.

Supo al instante que había ido demasiado lejos. Recordó que Pomfrey no era un modelo de ecuanimidad. Cuando bebía, era imprevisible y propenso a la violencia.

Sus ojos volvieron a relampaguear de ira, pero la cortina se abrió antes de que pudiera responder al insulto de Lavinia. Tobias entró en el palco.

—Lo cierto es que la señora Lake no es del todo precisa, Pomfrey —dijo Tobias con aire indiferente—. Usted no se está poniendo muy pesado. Ha traspasado los límites de la pesadez y se ha convertido en una verdadera lata.

Pomfrey se sobresaltó al oír aquel inesperado ataque. Se recuperó enseguida, pero su mirada ceñuda expresaba sorpresa además de una rabia feroz.

—March. ¿Qué demonios hace aquí? Esto no le concierne.

—Oh, sí me concierne. —Tobias le dedicó una mirada de hombre a hombre—. Estoy seguro de que me entiende.

Pomfrey estaba a punto de estallar.

—¿Qué significa esto? ¿Usted y la señora Lake? Jamás oí una palabra acerca de una relación entre ustedes.

Tobias le lanzó una mirada tan glacial que a Lavinia le pareció imposible que Pomfrey no quedara congelado allí mismo.

—Bien, ahora ya ha oído hablar de nuestra relación, ¿no es así? —dijo Tobias.

—Escuche —bramó Pomfrey—. Yo conocí a la señora Lake en Italia.

—Pero no muy bien, por lo que parece, de lo contrario se habría dado cuenta de que ella lo considera a usted una verdadera lata. Si no es capaz de abandonar este palco por su propia voluntad, me encantará ayudarlo.

—¿Me está amenazando?

Tobias reflexionó durante un instante y enseguida inclinó la cabeza.

—Sí, creo que sí.

Pomfrey hizo una meca.

—¿Cómo se atreve, señor?

Tobias se encogió de hombros.

—Le sorprendería saber lo fácil que resulta amenazarle a usted, Pomfrey. No es nada difícil. Yo diría que es algo que surge de manera natural.

—Me las pagará, March.

Tobias sonrió.

—Creo que puedo permitírmelo.

Pomfrey se puso rojo y apretó los puños. De pronto Lavinia tuvo la aterradora sensación de que Pomfrey estaba a punto de lanzar un desafío formal.

—No —dijo al tiempo que se levantaba de su silla—. No, un momento. Pomfrey, no debe hacerlo. No puedo permitirlo.

Pero Pomfrey no le estaba prestando atención a ella. Sólo estaba concentrado en Tobias. En lugar de dejar que los temores de Lavinia se hicieran realidad y proponerle a Tobias que se batieran con pistolas al amanecer, dejó a todos anonadados lanzándole un repentino y poderoso puñetazo al estómago.

Tobias había esperado el golpe, porque retrocedió y evitó el puño de Pomfrey. Sin embargo, el súbito movimiento afectó a su equilibrio. Lavinia vio que la pierna izquierda le fallaba. Él se aferró a una de las cortinas de terciopelo, pero la pesada tela no soportó su peso. Se soltó de las diversas argollas que la sujetaban a la barra y cayó.

Tobias se tambaleó hacia atrás.

Priscilla lanzó un débil chillido.

Emeline se puso en pie de un salto. Anthony maldijo en voz baja y se colocó ante las dos jóvenes en un vano intento de ocultarles aquel bochornoso espectáculo de violencia masculina.

Tobias topó con el suelo en el mismo momento en que el puño de Pomfrey se estrellaba contra la pared provocando un ruido sordo. Pomfrey lanzó un gruñido de dolor y se agarró la mano lastimada con la palma de la otra.

Lavinia oyó un extraño ruido, como un rugido. Le llevó algunos segundos darse cuenta de que la multitud vitoreaba y aplaudía el espectáculo. A juzgar por los gritos de aliento, parecían más entretenidos con lo que ocurría en el palco que con lo que habían visto hasta ese momento en el escenario.

Se oyó un gruñido ahogado, seguido por un fuerte golpe. Cuando Lavinia miró hacia el costado vio que lady Wortham se había caído de la silla y estaba tendida en el suelo.

—¡Mamá! —Priscilla corrió a su lado—. ¡Oh, Dios mío, espero que hayas traído tus sales!

—En mi ridículo —dijo lady Wortham jadeando—. Deprisa.

Tobias se aferró a la barra y con ella se ayudó a levantarse.

—Tal vez deberíamos terminar esto en un lugar más apropiado, Pomfrey. El callejón de la esquina es perfecto.

Pomfrey lo miró confundido. Pareció tomar conciencia de los gritos del público.

La ira de sus ojos se convirtió en aturdimiento. Varios hombres le gritaban desde la platea, instándolo a que lanzara otro golpe.

La ira se debatía con la humillación al tiempo que Pomfrey empezaba a caer en la cuenta de que era el protagonista de un espectáculo público.

Finalmente ganó la humillación.

—Arreglaremos esto en otro momento, March.

Pomfrey dejó escapar un tembloroso suspiro, dio media vuelta y salió del palco a trompicones.

La multitud expresó su gran decepción con un coro de abucheos y silbidos.

Lady Wortham volvió a gruñir desde el suelo.

—¿Mamá? —Priscilla agitó el frasco de sales bajo la nariz de su madre—. ¿Te encuentras bien?

—Jamás me he sentido tan humillada —gimió lady Wortham—. No podremos aparecer en público durante el resto de la temporada. La señora Lake nos ha destruido por completo.

—¡Oh, cielos! —se lamentó Lavinia.

Todo es culpa mía, pensó Tobias. Otra vez.

En el coche de alquiler reinaba un silencio sepulcral. Anthony y Emeline estaban sentados frente a Tobias y Lavinia. Nadie había pronunciado una sola palabra desde el momento en que salieron del teatro. De vez en cuando, todos miraban a Lavinia y enseguida apartaban la mirada, incapaces de encontrar alguna palabra de consuelo.

Ella estaba muy tiesa en el asiento y miraba por la ventanilla. Tobias sabía que le culpaba de todo el episodio.

Se obligó a decir algo.

—Te pido disculpas por arruinar tus planes para esta noche, querida Lavinia.

Ella emitió un sonido incomprensible y extrajo un pañuelo de su ridículo. Él la observó sorprendido mientras ella se enjugaba las lágrimas con el pañuelo.

—Maldición, Lavinia, ¿estás llorando?

Ella emitió otro extraño gemido y ocultó el rostro en el pañuelo.

—Mira lo que has hecho —dijo Anthony, y se inclinó hacia delante—. Señora Lake, Tobias y yo lamentamos muchísimo lo que ha ocurrido esta noche. Le aseguro que jamás fue nuestra intención causarle este disgusto.

Lavinia se encogió de hombros y todo su cuerpo se estremeció. No apartó el rostro del pañuelo.

—Pomfrey es un individuo espantoso, Lavinia —dijo Emeline con suavidad—. Tú lo sabes bien. Fue una lástima que apareciera esta noche. Pero se puso tan pesado que no veo qué más podrían haber hecho el señor March y Anthony.

Lavinia sacudió la cabeza en silencio.

—Sé que tenías la esperanza de que esta noche se fijaran en mí —añadió Emeline.

—Al menos eso lo logramos —dijo Tobias secamente.

Lavinia volvió a sollozar.

Anthony miró a Tobias con furia.

—No es éste el momento más adecuado para que utilices tu particular sentido del humor. La señora Lake cree que tendrá que enfrentarse a un absoluto desastre, y tiene razón. En mi opinión, no cabe duda de que la escena del palco de lady Wortham será mañana el principal tema de conversación a la hora del té en toda la ciudad. Por no hablar de los chismorreos en los clubes.

—Lo siento —musitó Tobias. No se le ocurría qué

más podía decir. Había visto a Lavinia de buen humor y de mal humor, pero siempre había en ella una resistencia que él había acostumbrado a dar por sentada. Ésta era la primera vez que la veía llorar. Jamás habría imaginado que la vería sucumbir a un ataque de llanto por un simple fracaso social. Estaba perdido, no sabía cómo reaccionar.

—Bueno, a mí no me parece que haya sido un desastre —dijo Emeline para animarla.

Lavinia murmuró algo incomprensible y Emeline suspiró.

—Sé que te esforzaste mucho para lograr que lady Wortham me invitara esta noche al teatro, y que sacrificaste el Apolo para pagar estos bonitos vestidos. Lamento que las cosas no hayan salido como tenías previsto. Sin embargo, ya te he dicho que no estaba interesada en exhibirme.

—Vaya —dijo Lavinia con el rostro aún hundido en el pañuelo.

—No fue culpa del señor March que Pomfrey se comportara de un modo tan estúpido —añadió Emeline—. La verdad, es injusto que lo culpes a él o a Anthony de lo ocurrido.

—Por favor, señora Lake, no llore —dijo Anthony—. Estoy seguro de que los chismorreos se acabarán muy pronto. En realidad, lady Wortham no ocupa un lugar tan elevado en la sociedad. Este asunto quedará olvidado muy pronto.

—No cabe duda de que estamos arruinadas, como dijo lady Wortham —murmuró Lavinia—. Ya no podemos evitarlo. Y también dudo que algún buen candidato se acerque mañana a Emeline. Pero lo hecho, hecho está.

—Con lágrimas no arreglarás nada —dijo Emeline, preocupada—. No es propio de ti llorar por estas cosas.

—Últimamente ha soportado una gran tensión —les recordó Anthony.

—No llores, Lavinia —musitó Tobias—. Nos estás poniendo nerviosos a todos.

—Creo que no puedo evitarlo. —Lavinia alzó muy despacio la cabeza; tenía los ojos bañados en lágrimas—. La cara que puso lady Wortham... Creo que nunca en mi vida vi algo tan divertido.

Se hundió en el asiento, sacudida por un ataque de risa.

Todos la miraron.

Emeline curvó los labios. Anthony empezó a sonreír.

Un instante después todos reían a carcajadas.

En lo más profundo de su ser, Tobias se relajó. Ya no se sentía como si fuera camino de un funeral.

—Tú por aquí, March. —Crackenburne bajó el periódico y observó a Tobias por encima de la montura de sus gafas—. Oí decir que anoche montaste un divertido número en el teatro.

Tobias se acomodó en una silla.

—Rumores estúpidos, chismorreos sin fundamento.

Crackenburne resopló.

—No creo que puedas mantener ese argumento durante demasiado tiempo. Había muchos testigos. Hay quien piensa que Pomfrey te desafiará.

—¿Por qué iba a hacer semejante cosa? Él fue el claro vencedor.

—Eso me dijeron. —Crackenburne se quedó pensativo—. ¿Cómo ocurrió?

—El hombre ha recibido clases de boxeo del gran Jackson. No tuve la más mínima posibilidad.

—Vaya. —Las pobladas cejas de Crackenburne se

juntaron por encima del puente de su impresionante nariz—. Tómate el asunto a la ligera, si quieres, pero cuídate de Pomfrey. Tiene fama de ponerse violento cuando ha tomado unas copas de más.

—Le agradezco su preocupación, pero creo que no corro el riesgo de que Pomfrey me desafíe.

—Coincido contigo. No me preocupa la posibilidad de que te rete a duelo. Pomfrey tendría el coraje de desafiarte sólo si estuviera ebrio. Y aunque lo hiciera, estoy seguro de que se retractaría en cuanto se le hubieran pasado los efectos de la bebida. En el fondo no sólo es estúpido, sino cobarde.

Tobias se encogió de hombros y agarró su taza de café.

—¿Entonces qué le preocupa?

—No me extrañaría que este individuo encontrara algún medio turbio de vengarse de ti. —Crackenburne volvió a levantar su periódico—. Te aconsejo que durante un tiempo no salgas a caminar solo por la noche... y que evites los callejones oscuros.

14

Lavinia bajó la voluminosa cofia casi hasta cubrirse los ojos y se acomodó la bufanda de lana de manera tal que ocultara sus facciones. El delantal lleno de remiendos que llevaba sobre el vestido era el que la señora Chilton usaba cuando fregaba los suelos. Unos gruesos calcetines y unos resistentes zapatos completaban el disfraz.

Miró a la mujer que estaba sentada en un taburete cerca de la chimenea, una mujer a la que sólo conocía por el nombre de Peg.

—¿Estás segura de que el señor Huggett estará fuera toda la tarde? —preguntó Lavinia.

—Sí —respondió Peg masticando el pastel de carne—. Huggett hace sus tratamientos todos los jueves. El único que estará allí es el joven Gordy. No debe preocuparse por él. Estará delante, vendiendo entradas, siempre y cuando no se quede en las salas de atrás entreteniendo a su chica.

—¿Qué tratamientos sigue el señor Huggett?

Peg puso los ojos en blanco.

—Va a uno de esos curanderos que usan el magnetismo animal para aliviar el dolor de las articulaciones y esas cosas.

—Hipnotismo.

—Eso. Huggett tiene reumatismo.

—Entiendo. —Lavinia levantó el cubo de agua sucia—. Bien, entonces me marcho. —Se detuvo y se volvió muy despacio—. ¿Estoy bien, Peg?

—Está horrenda. —Peg se sirvió otro pedazo de pastel de carne y observó a Lavinia con ojos legañosos—. Si no supiera que es una dama fina, pensaría que quiere quitarme el trabajo.

—No temas, no quiero tu trabajo —dijo Lavinia agarrando el mango de la mugrienta fregona—. Como te dije, mi única intención es ganar una apuesta que hice con una amiga.

Peg le dedicó una mirada de complicidad.

—Mucha pasta en juego, ¿eh?

—La suficiente como para que valga la pena pagarte para que me ayudes con esta farsa. —Empezó a ascender los escalones que conducían desde la diminuta habitación de Peg hasta la calle—. Te devolveré tus cosas dentro de una hora.

—Tómese su tiempo. —Peg se reclinó en el taburete y estiró sus tobillos hinchados—. No es la primera vez que me piden el cubo y la fregona por una hora o dos, aunque usted es la primera que me dice que sólo los quiere para ganar una apuesta.

Lavinia se detuvo en el último escalón y se volvió.

—¿Alguien más ha querido ocupar tu lugar?

—Claro. —Peg lanzó una risita indiferente—. Tengo un arreglo fijo con un par de muchachas ambiciosas. Le diré un secreto. La vieja Peg ha ganado más dinero alquilando ese cubo y esa fregona y esas llaves del que ha recibido como salario de ese agarrado de Huggett, ya lo creo. ¿Cómo cree que logré tener mi propia habitación?

—No entiendo. ¿Por qué alguien te pagaría para fregar los suelos en tu lugar?

Peg le guiñó el ojo.

—Algunos de los caballeros que vienen por aquí se ponen juguetones cuando recorren la galería especial que hay al final de la escalera. Después de ver esa muestra tienen ganas de divertirse un poco, y si encuentran alguna muchacha dispuesta... Bueno, están encantados de darle unas monedas para lubricarlas, si entiende lo que quiero decir.

—Creo que sí. —Lavinia se estremeció—. No es necesario que me des más detalles. No me interesa alquilarte el cubo para esa clase de cuestiones. No me dedico a eso.

—No, claro que no. —Peg tragó el pastel y se limpió la boca con el dorso de una de sus mugrientas manos—. Usted es una dama, por supuesto. Usted me alquila el cubo para divertirse y ganar una apuesta, no porque su próxima comida dependa de esto.

Lavinia no supo qué responder. Sin decir una palabra terminó de subir la escalera y salió a la lúgubre calle.

No le llevó mucho tiempo recorrer la corta distancia que la separaba del museo Huggett, en los alrededores de Covent Garden. Encontró el callejón que daba a la parte trasera del establecimiento. La puerta estaba abierta, como Peg le había asegurado.

Agarró con fuerza la fregona y el cubo de agua sucia, tomó aire y entró al oscuro vestíbulo. La puerta de la izquierda, la que, según Peg, Huggett usaba como oficina, estaba cerrada con llave.

Empezó a relajarse: el director del museo parecía haber salido por el resto de la tarde.

La galería de la planta baja, apenas iluminada, estaba casi vacía, como el día en que ella y Tobias habían examinado las piezas. Ninguno de los pocos visitantes se molestó en mirarla.

Pasó junto a la escena de los profanadores de tumbas y luego junto a la horca y el ahorcado de cera. Al final de la sala, entre las sombras, encontró la escalera de caracol.

Desde que se le había ocurrido investigar la misteriosa galería superior de Huggett, ésta era la primera vez que vacilaba.

No logró ver la puerta que, según Peg le había contado, se encontraba al final de la escalera.

El lugar estaba sumido en la penumbra. Sintió que una oleada de desasosiego la dominaba.

No era el momento para sucumbir a un ataque de nervios, pensó. No parecía haber ningún peligro, y ella simplemente iba a echar un vistazo al interior de la galería.

¿Qué era lo que podía fallar?

Molesta consigo misma, hizo un esfuerzo por superar el desasosiego, volvió a agarrar con fuerza el cubo y ascendió por la escalera con energía renovada.

Al alcanzar el rellano encontró la sólida puerta de madera. Estaba cerrada, como Peg le había anticipado. La mujer le había dicho que a los caballeros que visitaban el lugar se les permitía entrar sólo después de haber pagado una entrada adicional. Esa tarde nadie había querido verlo.

Lavinia se dijo que eso facilitaría las cosas.

Sacó la argolla de hierro de uno de los bolsillos de su delantal y metió una llave en la cerradura. La puerta se abrió con un sonido fuerte y chirriante. Los goznes crujieron de manera audible.

Entró a la sala con paso vacilante, y dejó que la puerta se cerrara a sus espaldas.

Los objetos no estaban iluminados, pero por las altas y estrechas ventanas entraba luz suficiente para que lograra distinguir el letrero que tenía delante:

ESCENAS DE UN BURDEL

Las cinco figuras de tamaño natural de un retablo se cernían alrededor de Lavinia, entre las sombras.

Dejó en el suelo el cubo y la fregona y caminó hasta el primer objeto. En la penumbra logró distinguir la musculosa espalda desnuda de una figura masculina. Parecía librar una violenta batalla con otra figura.

Miró más de cerca y vio con sorpresa que la segunda figura era una mujer semidesnuda. Miró fijamente y quedó desconcertada durante unos segundos. Al final cayó en la cuenta de que las figuras estaban en pleno acto sexual.

Ninguna de las dos figuras parecía cautivada por la experiencia. De hecho, en la escena había un clima de violencia que hizo estremecer a Lavinia. Era una imagen de violación y lujuria. El hombre parecía un salvaje, y la mujer sufría: tenía el rostro crispado por el horror.

Pero no fue la expresión de esos rostros lo que le llamó la atención, sino el hecho de que estaban modelados con perfección. Quien había tallado esas figuras de cera tenía mucho más talento que quien había esculpido los morbosos objetos de la planta baja.

El talento de este artista podía competir con el de la señora Vaughn.

Lavinia sintió un arrebato de entusiasmo.

Este artista podía ser el mismo que había esculpido la figura de cera que había recibido Joan Dove. Por alguna razón, Huggett se había sorprendido cuando ella y Tobias se la habían mostrado.

Lavinia se dijo que no debía sacar conclusiones precipitadas. Necesitaba una prueba evidente, algo que relacionara estas obras con la amenaza de muerte.

Avanzó hasta la siguiente escena y se detuvo a estudiarla. Mostraba a una mujer semidesnuda y arrodillada ante un hombre desnudo. El hombre estaba a punto de violarla desde atrás.

Lavinia apartó la mirada de los genitales enormes y elaboradamente tallados del hombre, y buscó pequeñas señales que pudieran confirmar sus crecientes sospechas. No era tarea difícil, en parte por la diferencia de escala. Las figuras de la amenaza de muerte eran mucho más pequeñas que éstas, de tamaño natural. De todas maneras, algo en la suntuosidad de la figura femenina recordaba a la otra, la del vestido verde, tendida en el suelo, muerta.

Tendría que haber venido con la señora Vaughn, pensó Lavinia. Con su ojo entrenado, sin duda a la artista le habría resultado más sencillo encontrar las semejanzas entre estas figuras y la de la amenaza de muerte.

Si es que existía alguna semejanza.

Lavinia se acercó a otro de los objetos. Pensó que debía de estar muy, muy segura de sus conclusiones antes de presentarle a Tobias su teoría.

Fuera de la sala retumbó el apagado sonido de unas botas. Lavinia se sobresaltó, apartó su atención del objeto y se volvió hacia la puerta.

—No tiene nada de malo que veamos si está abierto —dijo uno de los hombres. Su voz sonaba amortiguada por la puerta—. Así nos ahorraremos el dinero de la segunda entrada. El individuo de la taquilla nunca lo notará.

Lavinia se acercó rápidamente al cubo y la fregona. Oyó el sonido áspero y metálico del picaporte.

—¡Vaya! Estamos de suerte. Alguien se olvidó de echar la llave.

La puerta se abrió de par en par antes de que Lavinia pudiera agarrar el cubo. Dos hombres entraron en la sala, riendo de manera ansiosa.

Ella permaneció inmóvil a la sombra de la siguiente pieza.

El más bajo de los dos hombres se acercó al objeto más próximo.

—Las lámparas están apagadas.

El hombre alto cerró la puerta y echó un vistazo a la salá en penumbra.

—Si no recuerdo mal, hay una lámpara en cada pieza.

—Veamos. —El hombre bajo se agachó para encender una luz.

La luz brillante se reflejó en el cubo e iluminó el borde del delantal y la falda de Lavinia. Ella intentó escabullirse en las sombras, pero ya era demasiado tarde.

—Bueno, bueno. ¿Qué crees que tenemos aquí, Danner? —Bajo la luz brillante era fácil apreciar la mirada lasciva del hombre—. ¿Una figura de cera que ha cobrado vida, quizá?

—A mí me parece más bien una pequeña bruja. Tú dijiste que habías encontrado algunas asistentas muy serviciales en esta galería. —El hombre bajo observó a Lavinia con gran interés—. Con esa ropa, es difícil saber cómo es.

—Entonces debemos convencerla de que se la quite. —El hombre alto hizo tintinear unas monedas—. ¿Qué dices, cariño? ¿Cuánto quieres por un poco de diversión?

—Disculpen, señores, pero ahora debo irme. —Lavinia se encaminó hacia la puerta—. He terminado con los suelos, ya saben.

—No tan deprisa, muchacha. —El alto hizo tintinear las monedas más fuerte, en lo que sin duda pretendía ser un ademán tentador—. Mi amigo y yo podemos ofrecerte un empleo más interesante y más lucrativo.

—No, gracias. —Lavinia agarró la fregona por el palo y la sostuvo ante sí como si fuera una espada—. No me dedico a eso, así que dejaré que ustedes, distinguidos caballeros, disfruten de estos objetos.

—Creo que no podemos permitir que te marches tan pronto. —La voz de Danner tenía un inconfundible tono de amenaza—. Mi amigo dice que estas esculturas se aprecian mucho mejor si uno tiene cerca a una muchacha.

—Muéstranos tu cara. Quítate esa cofia y esa bufanda y deja que te echemos un vistazo.

—¿Qué importa si es bonita o no? Levántate las faldas, chica, pórtate bien.

Lavinia buscó a tientas el picaporte.

—No me toquen.

Danner dio un paso adelante; la actitud de Lavinia aumentaba su lujuria.

—No te irás hasta que hayamos probado lo que puedes ofrecer.

—No temas. —El alto lanzó una moneda en dirección a Lavinia—. Estamos dispuestos a recompensarte.

Lavinia apretó los dedos alrededor del picaporte de hierro.

—Creo que quiere escapar —dijo el alto—. Debe de haber algo en ti que ofende su delicada sensibilidad, Danner.

—Una zorra barata como ella no tiene nada que hacer con la sensibilidad. Ya le enseñaré yo a despreciarme.

Danner se lanzó sobre Lavinia. Ella le dio en el estómago con la punta sucia y mojada de la fregona.

—Estúpida ramera. —Danner se detuvo y se hizo a un lado—. ¿Cómo te atreves a agredir a tus superiores?

—¿Qué demonios ocurre contigo, muchacha? —Al parecer el alto estaba perdiendo la paciencia—. Estamos dispuestos a pagarte por tus servicios.

Lavinia no dijo nada. Siguió apuntándolo con la fregona mientras abría la puerta.

—Ven aquí. —Danner volvió a acercarse a ella mientras vigilaba con cautela la improvisada arma.

Lavinia hizo ademán de pincharlo una vez más con la fregona, y el hombre maldijo con furia y retrocedió.

—¿Qué demonios estás haciendo? —gruñó el alto, manteniéndose lejos del alcance de la fregona.

Lavinia aprovechó la oportunidad: dejó caer la fregona y se precipitó escaleras abajo, aferrándose a la barandilla.

A sus espaldas, desde la puerta de la sala, Danner gritaba, furioso.

—¡Puta! ¿Quién te crees que eres?

—Déjala ir —le sugirió su compañero—. Este barrio está lleno de mujerzuelas. Cuando hayamos terminado de ver estos objetos buscaremos una que esté mejor dispuesta.

Lavinia no se detuvo al llegar a la galería de la planta baja. Siguió corriendo por el pasillo trasero, abrió la puerta de par en par y se alejó a toda prisa por el callejón.

Cuando Lavinia subía los escalones del número siete de Claremont Lane empezó a llover. Lo que faltaba, pensó. El final que correspondía a una agotadora tarde.

Abrió con su llave y entró en el vestíbulo. El perfume a rosas era tan fuerte que estuvo a punto de marearse.

—Santo cielo. ¿Qué es esto? —Miró a su alrededor mientras se desataba la bufanda de lana. Sobre la mesa había cestas y floreros con flores recién cortadas, y a un costado una pequeña bandeja llena de tarjetas blancas de visita.

Apareció la señora Chilton secándose las manos en el delantal y riendo entre dientes.

—Empezaron a llegar en cuanto usted salió, señora. Parece que, después de todo, Emeline llamó la atención.

Lavinia quedó fascinada por la alentadora noticia.

—¿Son de sus admiradores?

—Sí.

—¡Qué maravilla!

—La señorita Emeline no parece muy impresionada

—comentó la señora Chilton—. El único caballero del que habla es el señor Sinclair.

—Sí, bueno, eso no viene al caso. —Lavinia se quitó la bufanda—. Lo importante es que esa espantosa escena en el palco de lady Wortham no arruinó mis planes.

—Parece que no. —La señora Chilton observó la ropa de Lavinia y arrugó el entrecejo con desaprobación—. Espero que nadie la haya visto entrar por la puerta principal, señora. Mire cómo se ha puesto.

Lavinia hizo una mueca.

—Supongo que debería haber entrado por la cocina. La cuestión es que he pasado una tarde de lo más desagradable y después, mientras volvía a casa, ha empezado a llover. Y lo único que quería era encerrarme en mi estudio y servirme una buena copa de jerez.

La señora Chilton la miró desconcertada.

—Pero antes querrá cambiarse de ropa, señora.

—No, no es necesario. Sólo se mojaron la capa y la bufanda. El resto de mi ropa está seca, por suerte. En este momento es mucho más importante una dosis medicinal de jerez.

—Pero señora...

Arriba sonaron unos pasos.

—Lavinia. —Emeline se inclinó sobre la barandilla del primer piso—. Gracias a Dios que has vuelto. Empezaba a preocuparme. ¿Salió bien tu plan?

—Sí y no —dijo Lavinia colgando la estropeada capa de una percha—. ¿Qué son todos estos ramos de flores?

Emeline hizo una mueca.

—Por lo que parece, Priscilla y yo estamos de moda hoy. Lady Wortham envió un mensaje hace una hora. Entiendo que todo queda perdonado. Me invitó a acompañarlas esta noche a ella y a Priscilla a un espectáculo musical.

—Qué buena noticia. —Lavinia se detuvo, pensativa—. Debemos pensar qué vestido te pondrás.

—No tengo mucho donde elegir. Madame Francesca diseñó tan sólo uno que resultaría adecuado. —Emeline se recogió la falda y empezó a bajar la escalera—. No te preocupes por mi vestido. Cuéntame qué ocurrió en el museo.

Lavinia resopló.

—Te lo contaré todo, pero debes jurarme que nunca, bajo ninguna circunstancia, le contarás nada de esto al señor March.

—Oh, cielos. —Emeline se detuvo al llegar al pie de la escalera—. Algo salió mal, ¿verdad?

Lavinia recorrió el pasillo en dirección a su estudio.

—Digamos que las cosas no ocurrieron de acuerdo a lo planificado.

El horror quedó reflejado en el rostro de la señora Chilton.

—Señora, por favor, tendrá que cambiarse antes de entrar en su estudio.

—Necesito esa copa de jerez antes de cambiarme de ropa, señora Chilton.

—Pero...

—Ella tiene razón, Lavinia —dijo Emeline mientras la seguía—. Primero tienes que subir, de verdad.

—Lamento que mi vestido os moleste, pero estoy en mi casa, y tengo todo el derecho a entrar en mi estudio vestida como me dé la gana. ¿Quieres que te cuente lo que ocurrió o no?

—Claro que quiero —respondió Emeline—. ¿Estás segura de que estás bien?

—De milagro, pero me alegra poder decir que salí ilesa.

—¿Ilesa? —Emeline alzó la voz, preocupada—. Santo cielo, Lavinia, ¿qué ocurrió?

—Surgió un imprevisto. —Lavinia traspuso la entrada de su estudio y avanzó hacia el armario donde guardaba el jerez—. Como te dije, no debes contarle una sola palabra de esto al señor March. No hablaría de otra cosa.

Tobias levantó la vista del libro que estaba leyendo cerca de la ventana.

—La historia promete ser interesante.

Lavinia se apartó del armario.

—¿Qué demonios haces aquí?

—Esperarte. —Cerró el libro y miró el reloj—. Llegué hace veinte minutos y me dijeron que estabas fuera.

—Sí, estaba fuera. —Abrió el armario, sacó la botella y se sirvió una copa de jerez—. Fuera de combate.

Él observó con detenimiento la ropa de Lavinia.

—¿Tal vez en un baile de máscaras?

Lavinia dio un trago al jerez.

—Claro que no.

—¿Has decidido aumentar tus ingresos trabajando de asistenta?

—Con eso no ganaría lo suficiente. —Saboreó otro trago de jerez—. A menos que una esté dispuesta a fregar algo más que los suelos.

Emeline la miró con preocupación.

—Por favor, no nos tengas en ascuas. ¿Qué ocurrió mientras estabas en el museo Huggett?

Tobias se cruzó de brazos y se apoyó contra la estantería.

—¿Volviste al museo de Huggett? ¿Vestida de esa manera?

—Sí. —Lavinia tomó la copa, caminó hasta el otro extremo del estudio y se dejó caer en un sillón. Estiró las piernas y se miró los calcetines—. Se me ocurrió que podía enterarme de muchas cosas si descubría qué clase de figuras de cera se exhibían en la galería de arriba. Huggett parecía muy misterioso cuando habló de ellas.

—Parecía misterioso por el tema de las escenas. —La voz de Tobias empezaba a reflejar un matiz de impaciencia—. Por razones obvias, no le interesaba contarle a una dama que tenía una galería llena de figuras eróticas.

—¿Figuras eróticas? —preguntó Emeline, intrigada—. Qué raro.

Tobias la miró con el entrecejo fruncido.

—Perdóneme, señorita Emeline, no debería haberlo mencionado. No es la clase de cosas de las que uno habla en presencia de una jovencita soltera.

—No hay problema —le dijo Emeline con aire despreocupado—. Lavinia y yo aprendimos mucho sobre esos temas mientras estuvimos en Roma. La señora Underwood era una mujer de mundo, ya sabe a lo que me refiero.

—Sí —dijo Tobias con serenidad—. Lo sé. En Roma, todo el mundo estaba enterado de sus tendencias.

—Nos estamos apartando del tema —intervino Lavinia en tono cortante—. Lo que me pareció extraño no fue solamente la reacción de Huggett cuando le pregunté por los objetos de esa galería. Si recuerdas aquel día, a los dos nos pareció que reconocía algo en la figura de la señora Dove. Y esta mañana se me ocurrió si no se debería a que en esa galería cerrada tenía en exhibición algunas esculturas del mismo autor.

—¿Fuiste al museo de Huggett a ver esas esculturas? —preguntó Tobias con cierta tensión en la voz.

—Sí.

—¿Por qué?

Ella movió la mano en un ademán distraído.

—Acabo de decírtelo. Quería examinar la calidad del trabajo. Le pagué a la asistenta para que me dejara usar sus llaves y entré en la galería vestida con este disfraz.

—¿Y...? Evidentemente, viste las esculturas. ¿Crees que las figuras que viste estaban modeladas por la misma persona que hizo la figura de la amenaza de muerte?

—No podría asegurarlo.

—En otras palabras, esta tontería del disfraz fue una pérdida de tiempo, ¿no? —Tobias sacudió la cabeza—. Podría habértelo dicho yo, si te hubieras molestado en pedirme opinión sobre tu plan antes de llevarlo a cabo.

—Yo no he dicho que haya sido una pérdida de tiempo. —Lo miró a los ojos por encima del borde del vaso—. Las figuras de Huggett son de tamaño natural. La diferencia de escala me hizo difícil estar segura de mis conclusiones. Pero creo que hay algunas semejanzas.

A pesar de todo, Tobias empezaba a sentir curiosidad.

—¿De veras?

—Las suficientes para que nos convenga pedirle a la señora Vaughn que las examine y nos dé su opinión —sugirió Lavinia.

—Entiendo. —Tobias se acercó al escritorio. Se sentó en un extremo y se frotó distraídamente el muslo izquierdo—. Pero sería difícil lograrlo. Es poco probable que Huggett esté dispuesto a permitirlo, aunque no tenga nada que ocultar. Al fin y al cabo, eso significaría permitir que una dama entrara en la galería superior. Algo muy incómodo, aunque se trate de una artista.

Lavinia apoyó la cabeza en el respaldo de la silla y pensó en Peg y su negocio.

—La asistenta de Huggett está dispuesta a alquilar las llaves de la galería los días en que él lleva a cabo sus tratamientos para el reumatismo.

—No entiendo —dijo Emeline—. ¿Por qué alguien le pagaría para usar las llaves y escabullirse en la galería si puede comprar una entrada?

—Ella no le da las llaves a los visitantes que quieren ver las esculturas —dijo Lavinia con mucha precisión—. Se las da a mujeres que se ganan la vida vendiendo sus favores a los caballeros que pagan la entrada a la galería.

Emeline alzó las cejas, anonadada.

—¿Quieres decir a prostitutas?

Lavinia carraspeó y evitó la mirada de Tobias.

—Según Peg, los caballeros que recorren la planta superior suelen tener ganas de divertirse con mujeres de los bajos fondos que ejercen su oficio en esa clase de lugares. Tiene algo que ver con la excitación que producen las figuras, creo.

Tobias se aferró al borde del escritorio y puso los ojos en blanco, pero no dijo nada.

—Entiendo. —Emeline apretó los labios y reflexionó durante un instante—. Es una verdadera suerte que no hubiera ningún caballero en la galería cuando apareciste así disfrazada, ¿no te parece? Podrían haberte tomado por una prostituta.

—Hmm —murmuró Lavinia con indiferencia.

—Habría sido una situación terriblemente incómoda —añadió Emeline.

—Hmm —Lavinia dio otro trago de jerez.

Tobias la miró con atención.

—¿Lavinia?

—¿Hmm?

—Supongo que cuando entraste en esa galería no había ningún visitante.

—Así es —se apresuró a contestar—. No había nadie cuando entré.

—También supongo que ninguno de los clientes de Huggett habrá llegado allí cuando tú estabas dentro. ¿Me equivoco?

Lavinia lanzó un profundo suspiro.

—Creo que sería mejor que nos dejaras solos, Emeline.

—¿Por qué? —preguntó la joven.

—Porque, a partir de ahora, esta conversación no resultaría adecuada para tus inocentes oídos.

—Tonterías. ¿Podría haber algo más inadecuado que las figuras eróticas de cera?

—Sí, el lenguaje del señor March cuando se pone de mal humor.

Emeline parpadeó, confundida.

—Pero el señor March no está de mal humor.

Lavinia bebió el jerez que quedaba y dejó la copa.

—Lo estará muy pronto.

15

Una hora más tarde, mientras entraba en su estudio, Tobias aún estaba furioso. Anthony, que estaba sentado tras el escritorio, lo observó con interés.

La expresión de su rostro se transformó primero en alarma y luego en divertida resignación. Dejó la pluma a un lado, se echó hacia atrás y se aferró a los brazos de la silla.

—Otra vez has estado discutiendo con la señora Lake, ¿verdad? —preguntó sin preámbulos.

—¿Y qué? —gruñó Tobias—. A propósito, ése es mi escritorio. Si no te importa, esta tarde me gustaría usarlo.

—Debió de ser una discusión muy acalorada. —Anthony se puso de pie sin prisas y dejó libre el escritorio—. Uno de estos días vas a llegar demasiado lejos, y ella querrá disolver la sociedad.

—¿Por qué tendría que hacer algo así? —Tobias ocupó el escritorio y se sentó—. Sabe muy bien que necesita mi ayuda.

—Tanto como tú la de ella. —Anthony se acercó al enorme globo terráqueo junto a la chimenea—. Pero si sigues así, tal vez ella decida que puede arreglárselas muy bien sin ti.

Tobias sintió cierto desasosiego.

—Es imprudente e impulsiva, pero no una chiflada.

—Ten en cuenta lo que te digo, si no aprendes a tratarla con el cortés respeto que merece una dama como ella, perderá la paciencia contigo —le dijo Anthony agitando el dedo índice.

—¿Tú crees que merece que la trate con cortés respeto porque es una dama?

—Por supuesto.

—Te diré un par de cosas acerca de cómo debe comportarse una dama —dijo Tobias con serenidad—. Una dama no se pone la ropa de una asistenta y se cuela en una galería llena de figuras eróticas de cera a la que sólo pueden acceder caballeros. Una dama no se sitúa deliberadamente en una situación en la que puede ser tomada por una prostituta callejera. Una dama no corre riesgos estúpidos que la obligan a defender su honor blandiendo una fregona.

Anthony lo miró con ojos desorbitados.

—¡Por todos los santos! ¿Me estás diciendo que la señora Lake estuvo en peligro esta tarde? ¿Es por eso que te has puesto de tan mal humor?

—Sí, eso es exactamente lo que te estoy diciendo.

—Maldición. Eso es terrible. ¿Y se encuentra bien?

—Sí —repuso Tobias apretando los dientes—. Gracias a su presencia de ánimo y a la fregona. Se vio obligada a rechazar a dos individuos que la tomaron por prostituta.

—Gracias a Dios, no es de las que se desmayan en las situaciones difíciles —comentó Anthony con sinceridad—. Una fregona, ¿eh? —En su rostro había un destello de admiración—. Debo decir que es una mujer de recursos.

—Lo importante no es si es una mujer de recursos o no. Lo que estoy tratando de decir es que, para empezar, jamás debería haberse puesto en esa insoportable situación.

—Sí, bueno, has dicho varias veces que la señora Lake es una mujer muy independiente.

—Decir que es independiente es un eufemismo. La señora Lake es ingobernable, impredecible y terca. No acepta una sugerencia ni un consejo salvo si le resulta conveniente. Nunca sé qué hará dos minutos más tarde, y ella no siente ninguna necesidad de informarme de nada, hasta que ya es imposible detenerla.

—Desde su punto de vista, no cabe duda de que tú tienes defectos similares —replicó Anthony secamente—. Ingobernable, impredecible. No he notado que tú sientas necesidad de informarle a ella de tus pasos hasta que los has dado.

Tobias sintió que se le tensaba la mandíbula.

—¿Qué demonios estás diciendo? No tiene sentido que le informe de todos mis movimientos. La conozco y sé que insistiría en acompañarme cada vez que yo quisiera hablar con alguno de mis informantes, y muchas veces eso es imposible. No puedo llevarla conmigo cuando voy a lugares como The Gryphon, y a mis clubes no puede acompañarme.

—En otras palabras, no siempre le informas a la señora Lake de tus movimientos porque sabes que seguramente habría una discusión.

—Eso es. Y una discusión con Lavinia suele ser un ejercicio inútil.

—Eso significa que a veces sales perdiendo.

—Esa dama puede ser muy difícil de trato.

Anthony no dijo nada, se limitó a alzar las cejas.

Tobias tomó una pluma y la sacudió sobre el papel secante. Por alguna razón, se sentía obligado a defenderse.

—Esta tarde, la señora Lake estuvo a punto de ser agredida —dijo en tono quedo—. Tengo todo el derecho a estar furioso.

Anthony lo contempló durante un largo rato y después, para sorpresa de Tobias, inclinó la cabeza en un gesto de comprensión.

—El temor a veces tiene ese efecto en un hombre, ¿verdad? —comentó—. Comprendo que reacciones de esa manera. Esta noche tendrás pesadillas, ya lo verás.

Tobias no respondió. Tenía miedo de que Anthony tuviera razón.

Cuando la señora Chilton entró en el estudio acompañando a Anthony, Lavinia alzó la vista de sus notas.

—Buenos días, señor.

Él le dedicó una apropiada reverencia.

—Gracias por recibirme, señora Lake.

Lavinia le sonrió en un gesto de bienvenida, e intentó disimular su preocupación.

—Es usted bienvenido. Por favor tome asiento, señor Sinclair.

—Si no le importa, prefiero quedarme de pie. —La expresión de Anthony hacía patente una firme determinación—. Para mí esto es un poco difícil. Lo cierto es que jamás lo había hecho.

Los peores temores de Lavinia quedaron confirmados. Ahogó un suspiro, dejó a un lado sus notas y se preparó para recibir la petición formal de mano de Emeline.

—Antes de que comience, señor Sinclair, permítame decirle que lo considero un caballero admirable.

Anthony se sorprendió al oír el comentario.

—Es muy amable de su parte, señora.

—Creo que acaba de cumplir los veintiuno...

Él arrugó el entrecejo.

—¿Qué tiene que ver mi edad en esto?

Ella carraspeó.

—Es cierto que algunas personas son muy maduras para la edad que tienen. Sin duda, es el caso de Emeline.

A Anthony se le iluminaron los ojos de admiración.

—La señorita Emeline es increíblemente inteligente para su edad, no cabe duda.

—Sin embargo, sólo tiene dieciocho años.

—Así es.

Lavinia pensó que la conversación adoptaba un cariz singular.

—La cuestión, señor, es que no quiero que Emeline se case de manera precipitada.

El rostro de Anthony reflejaba toda su alegría.

—Estoy de acuerdo con usted, señora Lake. La señorita Emeline debe tomarse su tiempo para pensar en ese tema. Sería un grave error que se comprometiera demasiado pronto. Un espíritu brillante como el suyo no debe quedar extinguido por las limitaciones del matrimonio.

—En eso estamos de acuerdo, señor.

—Hay que dejar que la señorita Emeline haga las cosas a su ritmo.

—Cierto.

Anthony se irguió.

—Pero a pesar de lo mucho que admiro a la señorita Emeline, y aunque me he dedicado a su felicidad...

—No me había dado cuenta de eso.

—Para mí es un gran placer —le aseguró Anthony—. Pero, como le estaba diciendo, no vine hoy a verla a usted para hablar del futuro de Emeline.

La sensación de alivio de Lavinia fue tan intensa que se sintió aturdida. Al menos, no se vería obligada a frustrar ningún arrebato amoroso. Se relajó y miró a Anthony sonriente.

—En ese caso, señor Sinclair, ¿de qué quería hablarme?

—De Tobias.

Parte del alivio de Lavinia se esfumó.

—¿Qué le ocurre? —preguntó con cautela.

—Sé que esta tarde discutió con usted.

Ella movió la mano en un gesto de indiferencia.

—Perdió los estribos. ¿Y qué? No es la primera vez.

Anthony asintió, apesadumbrado.

—Tobias siempre se ha mostrado propenso a la brusquedad, y sin duda nunca ha soportado a la gente tonta.

—Yo no me considero tonta, señor Sinclair.

El rostro de Anthony quedó transfigurado por el horror.

—Jamás tuve la intención de sugerir algo así, señora Lake.

—Gracias.

—Lo que intento decir es que en la sociedad que forma con usted parece haber algo que causa un efecto provocador en su manera de ser.

—Si ha venido a pedirme que no siga molestando al señor March, creo que pierde el tiempo. Le aseguro que jamás me he propuesto irritarlo. Pero, como usted mismo dice, parece haber algo en nuestra sociedad que produce en él un desagradable efecto.

—Así es. —Anthony se paseaba de un lado a otro delante del escritorio—. La cuestión es que no me gustaría que lo juzgara usted con mucha dureza, señora Lake.

Ella vaciló.

—¿Perdón? —preguntó.

—Le aseguro que bajo esa apariencia en cierto modo áspera se oculta un hombre admirable. —Anthony se detuvo junto a la ventana—. Nadie lo sabe mejor que yo.

—Sé muy bien que usted siente por él una gran estima.

Anthony hizo una mueca.

—No siempre lo aprecié. De hecho, hace años, cuando mi hermana se casó con él, creo que le odié durante un tiempo.

—¿Por qué razón? —preguntó Lavinia.

—Porque yo sabía que Ann se había visto obligada a casarse con él.

—Claro. —No le apetecía oír que Tobias se había casado con la joven por haberla dejado embarazada.

—Ella se casó con Tobias por mi bien y el de ella. Me afligía que ella se sintiera obligada a sacrificarse. Y durante un tiempo consideré que Tobias era un granuja.

—Me temo que no le entiendo —aventuró Lavinia.

—Después de la muerte de nuestros padres, mi hermana y yo tuvimos que irnos a vivir con nuestros tíos. Tía Elizabeth no estaba muy contenta de tenernos en su casa. En cuanto a tío Dalton, era la clase de cerdo que se aprovechaba de las criadas y las gobernantas, y de cualquier otra mujer indefensa que tuviera la desdicha de cruzarse en su camino.

—Vaya.

—El bastardo intentó seducir a Ann. Ella lo rechazó, pero él insistió. Ann lo evitaba ocultándose en mi habitación por las noches. Durante más de cuatro meses, dormimos con la puerta atrancada. Creo que tía Elizabeth sabía lo que ocurría, porque parecía decidida a que Ann se casara y se fuera. Un día Tobias fue a visitar a mi tío por un asunto de negocios.

—¿El señor March conocía a su tío?

—En aquellos tiempos, Tobias se ganaba la vida haciendo negocios. Tenía varios clientes. Tío Dalton se había convertido hacía poco tiempo en cliente suyo. Tía Elizabeth aprovechó la visita de Tobias como excusa para invitar a algunos vecinos a cenar y a jugar a las cartas. Insistió en que pasaran la noche en la casa, en lugar de arriesgarse a esas horas por los caminos. Ann pensó que con tanta gente en la casa estaba a salvo, de modo que pasó la noche en su habitación.

—¿Y qué ocurrió?

—En pocas palabras, tía Elizabeth se las arregló para que mi hermana se encontrara en lo que, según ella, era una situación comprometida con Tobias.

—Santo cielo. ¿Cómo logró semejante cosa?

Anthony miró por la ventana.

—Tía Elizabeth le dio a Tobias la habitación contigua a la de Ann. Las dos se comunicaban por una puerta que, obviamente, estaba cerrada con llave. Pero a primera hora de la mañana mi tía entró en la habitación de Ann y sacó la llave. Luego montó una gran escena en la que anunció a toda la casa y a los invitados que, por lo visto, Tobias había entrado por la noche en la habitación de Ann y se había acostado con ella.

Lavinia estaba indignada.

—Pero eso es del todo ridículo.

Anthony esbozó una amarga sonrisa.

—Sí, claro que sí. Pero todos entendieron que Ann estaba ya arruinada a nivel social. Tía Elizabeth insistió en que hubiera una proposición matrimonial. Yo esperaba que Tobias se negara a aceptar ese arreglo. En aquel entonces, yo era un niño, pero para mí era evidente que Tobias no era de los que se dejan obligar a hacer algo que no desean. Por eso me sorprendió cuando le dijo a Ann que preparara el baúl con sus cosas.

—Tiene razón, señor Sinclair —dijo Lavinia con amabilidad—. Tobias no habría cedido a las exigencias de su tía si no hubiera estado dispuesto a hacerlo.

—Pero lo más sorprendente no fue que se llevara a Ann consigo. Lo realmente asombroso fue que Tobias también me dijo a mí que hiciera las maletas y me fuera con ellos. Ese día nos rescató a los dos, aunque no me di cuenta de eso hasta tiempo después.

—Claro. —Trató de imaginar lo que habría sentido aquel niño al tener que marcharse con un desconocido—. Me imagino que usted se sintió muy asustado.

Anthony hizo una mueca.

—No por mí. En mi opinión, cualquier cosa era mejor que vivir con nuestros tíos. Pero yo estaba muy angustiado por lo que Tobias pudiera hacerle a Ann una vez que la tuviera en sus manos.

—¿Ann le tenía miedo a Tobias?

—No. Jamás se lo tuvo. —Anthony sonrió; sin duda recordaba algún momento agradable de aquella historia—. Desde el principio, ella lo consideró su príncipe azul. Creo que se enamoró de él antes de haber recorrido la mitad del camino, sin duda antes de tomar el camino principal a Londres.

Lavinia apoyó la barbilla en una mano.

—Tal vez fue ésa una de las razones por las que usted no aceptó a Tobias de inmediato. Hasta ese momento, usted ocupaba el primer lugar en los sentimientos de su hermana.

Anthony pareció desconcertado y arrugó el entrecejo.

—Tal vez tenga razón. Nunca lo había pensado desde ese punto de vista.

—¿Y el señor March se casó enseguida con su hermana?

—Al cabo de un mes. Yo creo que se enamoró de ella en cuanto la vio. ¿Cómo podía ser de otro modo? Ella era una belleza, por dentro y por fuera. Era la criatura más deliciosa del mundo. Amable, graciosa, encantadora, dulce. Creo que, más que una mujer de carne y hueso, parecía un ángel. Sin duda, era demasiado buena para este mundo.

En resumen, el polo opuesto a mí, pensó Lavinia.

—Pero Tobias temía que los sentimientos de Ann hacia él estuvieran motivados tan sólo por la gratitud, y que se esfumaran muy pronto —añadió Anthony.

—Me lo imagino.

—Le dijo a Ann que no tenía ninguna obligación de convertirse en su esposa, y que tampoco esperaba que ella desempeñara el papel de amante. Pero le aclaró que, al margen de la decisión que ella tomara, él encontraría la manera de cuidarnos.

—Pero ella lo amaba.

—Sí. —Anthony estudió el dibujo de la alfombra y luego miró a Lavinia con una sonrisa sombría y triste—. Pasaron menos de cinco años juntos, hasta que ella y el bebé murieron a causa de una fiebre durante el parto. Tobias se quedó solo, con un cuñado de trece años.

—Perder a su hermana debió de ser terrible para usted.

—Tobias había tenido mucha paciencia conmigo. Cuando hacía ya un año que se había casado con Ann, yo lo idolatraba. —Anthony se aferró al respaldo de una silla—. Pero cuando ella murió, me volví loco. Lo culpaba a él de la muerte de Ann.

—Comprendo.

—Hasta el día de hoy me pregunto por qué no me envió de vuelta con mis tíos en los meses siguientes al funeral; o, al menos, por qué no me metió en un internado. Pero Tobias dice que nunca se le ocurrió separarse de mí. Dice que se había acostumbrado a tenerme rondando por la casa.

Anthony se volvió hacia la ventana y guardó silencio, perdido en sus recuerdos.

Lavinia parpadeó varias veces para librarse de la humedad que le nublaba la vista. Finalmente dejó de esforzarse y tomó un pañuelo del primer cajón del escritorio.

Se enjugó las lágrimas y se sorbió la nariz una o dos veces.

Cuando se serenó, apoyó las manos sobre el escritorio y esperó. Anthony no hizo ningún intento de reanudar su relato.

—¿Le importa si le hago una pregunta? —dijo ella minutos después.

—En absoluto.

—Estaba pensando a qué se debe la cojera del señor March. Estoy casi segura de que no la tenía cuando le conocí, en Roma.

Anthony la miró, sorprendido.

—¿Él no le ha contado lo que ocurrió? —Hizo una mueca—. No, conozco a Tobias y sé que nunca lo haría. Aquella noche, Carlisle le hirió en la pierna de un disparo. Fue una lucha a muerte. Tobias sobrevivió de milagro. Recuperarse de los efectos de la herida le llevó varias semanas. Sospecho que la cojera le durará tiempo, tal vez durante el resto de su vida.

Lavinia lo miró azorada.

—Vaya —susurró por fin—. No lo sabía. Santo cielo.

Se produjo otro largo silencio.

—¿Por qué me cuenta todo esto? —preguntó ella.

Anthony se sobresaltó y la miró fijamente.

—Quería que usted comprendiera.

—¿Que comprendiera qué?

—A Tobias. No es como los demás hombres.

—Lo sé muy bien, créame.

—Se debe a que tuvo que abrirse paso por su cuenta en la vida, ¿sabe? —continuó Anthony en tono grave—. Carece del refinamiento adecuado.

Lavinia sonrió.

—Algo me dice que no hay refinamiento capaz de cambiar el carácter del señor March.

—Lo que intento explicarle es que, aunque sus modales no siempre son como deberían cuando está con una dama, posee muchas excelentes cualidades.

—Le ruego que no se moleste en hacerme una lista de las cualidades del señor March. Sería muy aburrido para los dos.

—Me temo que no será usted indulgente con el mal genio y la falta de modales de Tobias.

Lavinia se apoyó en el escritorio y se puso en pie.

—Señor Sinclair, le aseguro que me siento bastante cómoda con el mal humor y los malos modales del señor March.

—¿Lo dice en serio?

—Así es, señor —dijo mientras lo acompañaba hasta la puerta—. No podría ser de otra manera. Yo tengo esos mismos defectos de carácter. Pregúntele a cualquiera que me conozca bien.

16

Ella tenía la esperanza de que él cambiara de idea, pero llevaba demasiado tiempo en esto como para esperar que ocurriera algo así. Según su experiencia, cuando un caballero ponía fin a la relación con su amante, era muy raro que reanudara el idilio. Los ricos calaveras de la alta sociedad se aburrían con facilidad, pensó. Siempre estaban buscando moradoras más modernas de lo que ellos gustaban denominar los bajos fondos.

Pero de vez en cuando, un hombre inteligente se daba cuenta de que se había apresurado demasiado al poner fin a una relación.

Sally sonrió satisfecha y dejó caer la entrada en el bolsillo que ella misma había cosido en el interior de su capa. Era una capa muy fina, regalo de él. Había sido muy generoso con ella: había pagado el alquiler de la pequeña y agradable casa en la que había vivido en los últimos meses, y le había regalado algunas joyas muy bonitas. Ella guardaba el brazalete y los pendientes en un lugar seguro de su habitación, sabía muy bien que eso era lo único que la separaba del burdel en que él la había encontrado.

Se resistía a vender las joyas para pagar el alquiler. Se encontraba en sus mejores años de vida útil y sabía que no durarían siempre. Tenía la intención de sacarles provecho. Su objetivo era reunir una buena cantidad de regalos valiosos de unos cuantos hombres. Cuando hubiera perdido su belleza y su juventud, usaría las chucherías para financiarse un retiro agradable.

Estaba orgullosa de la formalidad con que manejaba sus finanzas. Había luchado duramente para poder abandonar las calles de Covent Garden, donde las mujeres como ella estaban obligadas a atender a los clientes dentro de los coches o en el portal más cercano. Cuando se llegaba al final de este oficio, la vida se volvía peligrosa y a menudo breve. Ella se había abierto camino en la relativa seguridad de un burdel, y ahora se había sumado a los estratos más bajos de las cortesanas más modernas. El futuro parecía prometedor. Tal vez algún día ella tendría su propio palco en la ópera, como habían hecho algunas de las mujeres más deslumbrantes de su oficio.

Hacía un par de días que había empezado a rondar discretamente en busca de un nuevo protector, con la esperanza de asegurarse uno antes de tener que pagar el alquiler, a final de mes. Pero se había prometido no precipitarse en su elección, aunque eso significara tener que mudarse de casa. Había conocido a otras mujeres que, debido a sus prisas por mantener sus finanzas a flote, habían cometido el error de ceder ante la primera oferta. En su desesperación, a veces aceptaban relacionarse con hombres que resultaban violentos, o que las utilizaban para llevar a cabo prácticas antinaturales. Se estremeció al recordar la relación que había tenido con un conde que la obligaba a divertir a sus amigos con favores sexuales.

Recorrió deprisa un oscuro pasillo, sin prestar demasiada atención a los objetos extrañamente iluminados que había a cada costado. Estaba allí por una cuestión profesional. Echó un vistazo a una escena en la que se veía una horca e hizo una mueca. Aunque hubiese tenido ganas de visitar un museo de cera, no habría elegido precisamente éste; en su opinión, los objetos exhibidos eran muy deprimentes.

Al final de la sala en penumbra encontró la estrecha escalera de caracol. Se recogió la falda y los largos pliegues de la capa, y ascendió la escalera a toda prisa. Había recibido instrucciones precisas.

La pesada puerta que se encontraba al final de la escalera no tenía echada la llave. Cuando ella la abrió, los goznes chirriaron. Entró en la sala apenas iluminada y echó un vistazo a su alrededor. Aunque las piezas de la planta baja no le habían gustado, sentía curiosidad por las de esta galería. Había oído decir que Huggett se jactaba de tener una galería muy peculiar, a la que sólo los caballeros tenían acceso.

El letrero colocado cerca de la entrada estaba pintado de azul y dorado. Se acercó un poco más y se inclinó para leerlo.

ESCENAS DE UN BURDEL

—Vaya, ése sí que es un tema aburrido —murmuró, aunque el aburrimiento se debía a que ella conocía muy bien esas escenas.

Se acercó a la siguiente figura iluminada y la observó con atención: era una escultura de un hombre y una mujer retozando en una cama, enredados en un lujurioso abrazo. El hombre, al borde del orgasmo, tenía una expresión feroz e intensa, casi brutal. Estaba inclinado sobre su compañera, con los músculos de las nalgas y la espalda tensos, en una postura que parecía muy realista.

El cuerpo de la mujer había sido modelado en una postura de voluptuoso desenfreno que, sin duda, debía despertar el interés de los espectadores. Los enormes pechos y las caderas redondeadas que habrían podido adornar una estatua de la Grecia antigua combinaban con los pies pequeños y elegantes. Pero fue el rostro de la mujer lo que llamó la atención de Sally. Había algo familiar en sus rasgos.

Estaba a punto de acercarse para verlo mejor cuando oyó un débil roce a su espalda. Apartó su atención de la escultura de cera.

—¿Quién está ahí?

Nadie se movió ni dijo nada. Sin motivo aparente, el corazón empezó a latirle como un caballo desbocado. Las palmas de sus manos quedaron frías y húmedas. Conocía esas señales. Las había experimentado alguna que otra vez en los viejos tiempos, cuando trabajaba en las calles. Algunos hombres, al acercarse a ella, habían provocado esta extraña reacción. Siempre atendía a su intuición y se había negado a prestar servicios a esa clase de hombres; aunque eso hubiera significado pasar hambre durante uno o dos días.

Pero ahora no se trataba de un desconocido que pretendiera hacerla subir a un coche de alquiler mal iluminado. Seguramente se trataba de su protector, el hombre que había pagado el alquiler de su casa durante los últimos meses. Había enviado a buscarla, le había pedido que se reuniera allí con él. No tenía motivos para angustiarse.

Sintió que un escalofrío recorría todo su cuerpo. Por alguna razón, de pronto recordó el viejo rumor que había circulado en el burdel acerca de que la anterior amante de su protector se había suicidado. Algunas de sus colegas más románticas dijeron que la mujer tenía el corazón destrozado y consideraban que aquel episodio era una gran tragedia. Pero la mayoría de ellas se había limitado a sacudir la cabeza ante la estupidez que significaba permitir que la sensibilidad dominara el sentido común.

En cuanto a ella, en aquel momento se había planteado muchas preguntas. Había tenido una relación fugaz
con la anterior amante de su protector. Alice no parecía
la clase de mujer que comete el error de enamorarse de
su protector.

Intentó olvidar a la pobre y tonta Alice. Pero sintió
otro estremecimiento de terror. Se dijo que era la naturaleza de los objetos que acababa de ver. Le alteraba los
nervios.

No había razón para sentirse alarmada. Él estaba poniendo en práctica uno de sus juegos.

—Sé que estás aquí, mi apuesto semental. —Se obligó a esbozar una tímida sonrisa—. Recibí tu mensaje, como puedes ver. Te he echado de menos.

Nadie salió de entre las sombras.

—¿Me enviaste el mensaje de que viniera aquí a verte
para poder representar algunas de estas escenas? —Rió
con nerviosismo, como a él le gustaba. Luego juntó las
manos a la espalda y empezó a caminar por el pasillo, entre los retablos de cera—. Eres muy travieso, mi semental.
Pero tú sabes que yo siempre me siento feliz de compla-
certe.

No hubo respuesta.

Se detuvo frente a una escultura muy poco iluminada que mostraba a una mujer arrodillada ante un hombre
cuyo miembro hablaba muy a las claras de la imaginación
del artista. Fingió examinar la rígida verga con grave
concentración.

—Ahora bien, en mi opinión —declaró—, tu polla es
aún más grande que la de él. —Era una mentira, por supuesto, pero mentirle al cliente era una habilidad esencial en su oficio—. Claro que tal vez haya olvidado las
dimensiones exactas, aunque me encantaría volver a to-
marlas. En realidad, no me imagino una manera más fas-

cinante de pasar la noche. ¿Qué opinas de eso, mi hermoso semental?

Nadie respondió.

Su pulso no se ralentizó; de hecho, se aceleró. Tenía las manos sudorosas. Le resultaba imposible llenar los pulmones de aire.

Basta. Ya no podía luchar contra los viejos miedos de la calle. Algo estaba saliendo mal.

El instinto la dominó. Dejó de resistirse al impulso de huir. Ya no le importaba si su anterior protector quería reanudar la relación o no. Lo único que quería era escapar de aquella galería.

Se volvió bruscamente y echó a correr por el pasillo. La densa oscuridad le impedía ver la puerta, pero ella sabía dónde estaba.

Percibió un brusco movimiento en la profunda bruma de sombras, a su derecha. Lo primero que pensó fue que una de las figuras de cera había cobrado vida. Entonces vio el débil brillo que recorría toda la extensión de un pesado hierro.

Un grito creció en su garganta. Ahora sabía que nunca lograría llegar a la puerta. Giró y alzó las manos en un vano intento de rechazar el golpe. Su pie chocó con un cubo de madera que había en el suelo, perdió el equilibrio y cayó. El cubo se volcó y el agua sucia se derramó en el suelo.

El asesino se acercó con el atizador levantado para asestar el golpe mortal.

En ese instante, Sally comprendió por qué la prostituta de la primera escultura de cera le había resultado familiar. Tenía el rostro de Alice.

17

El interior de The Gryphon estaba caliente y seco, pero eso era casi lo único que podía decirse en favor de la humeante taberna. Sin embargo, mientras se abría paso entre la multitud, Tobias pensó que, en una noche húmeda y neblinosa, esas cualidades representaban una gran ventaja.

El fuego de la enorme chimenea ardía con intensidad, iluminando el local con una luz resplandeciente y diabólica. Las camareras eran muchachas voluminosas, de pechos grandes y sólida complexión. Las semejanzas físicas entre ellas no eran fruto de la coincidencia. A Jack Sonrisas, el propietario, le gustaban así.

Tobias se había cambiado de ropa para realizar esta incursión. Vestido con un gastado pantalón de trabajador portuario, una chaqueta que le sentaba mal, un gorro sin forma y pesadas botas llamaba poco la atención entre los toscos clientes de The Gryphon. La molesta cojera de su pierna era un buen complemento para ese disfraz, pensó. La mayoría de los hombres que le rodeaban se ganaban la vida haciendo faenas no siempre legales en las que las heridas eran frecuentes. Las cojeras como la suya no escaseaban en ese local. Lo mismo que las heridas, o los dedos cortados. Y también abundaban los parches en los ojos y las patas de palo.

Una camarera de generosos pechos le cortó el paso y le dedicó una alentadora sonrisa.

—Vaya, guapo, ¿qué te apetece esta noche?

—Tengo un asunto pendiente con Jack Sonrisas —murmuró Tobias.

Se cuidaba muy bien de conversar con el personal y con los clientes de The Gryphon. Gracias a los acentos toscos y propios del puerto que adoptaba durante estas visitas podía mantener diálogos breves. No sabía si saldría igualmente airoso de una discusión más larga y comprometida.

—Jack está en la habitación de atrás. —La camarera señaló el pasillo que conducía a la trastienda de la taberna y le guiñó un ojo—. Mejor llama antes de entrar.

Se perdió entre la multitud, con la bandeja llena de bebidas alzada por encima de su cabeza.

Tobias se abrió paso entre las filas de mesas y bancos. En el otro extremo de la taberna encontró el lúgubre pasillo que conducía a la habitación que a Jack Sonrisas le gustaba denominar su oficina. Recorrió el pasillo y se detuvo ante la puerta.

El sonido amortiguado de una risa femenina retumbó en los pesados paneles de madera. Tobias golpeó con fuerza en la puerta.

—Lárgate, quienquiera que seas. —La voz de Jack sonó como un trueno—. Ahora tengo mucho que hacer.

Tobias agarró el picaporte y lo hizo girar. La puerta se abrió de par en par. Él se apoyó contra el vano y observó a Jack Sonrisas.

El voluminoso propietario de The Gryphon estaba sentado detrás de un desvencijado escritorio. Tenía el rostro oculto entre los enormes pechos desnudos de una mujer. Ella estaba sentada a horcajadas sobre los muslos de él y la falda, recogida hasta la cintura, dejaba a la vista sus orondas nalgas.

—Recibí tu mensaje —dijo Tobias.

—¿Eres tú, Tobias? —Jack Sonrisas levantó la cabeza y

lo miró entrecerrando los ojos—. Un poco temprano, ¿no?

—No.

Jack gruñó y le dio a su compañera un leve cachete en una nalga.

—Vete, cariño. Mi amigo, aquí presente, está en un apuro y veo que esta noche no tiene mucha paciencia.

La mujer ahogó una risita.

—No importa, Jack —dijo contoneando el trasero—. Me quedaré aquí sentada y seguiré con lo que había empezado mientras habláis de lo vuestro.

—Me temo que no va a poder ser, cariño. —Jack lanzó un suspiro de pesar y la ayudó a apartarse de él—. Me distraes, y eso es malo. No puedo concentrarme en mis negocios si tú sigues aquí, con tus artimañas.

La mujer volvió a reír, se puso en pie y se sacudió la falda. Le guiñó un ojo a Tobias y se tomó su tiempo para abandonar la habitación. Movió sus generosas caderas a un ritmo cadencioso que atrajo la atención de los dos hombres hasta que cerró la puerta.

La risa de la mujer resonó en el pasillo.

—Una empleada nueva. —Jack se abrochó el pantalón—. Creo que lo hará muy bien.

—Parece de temperamento alegre —dijo Tobias abandonando el acento portuario. Él y Jack se conocían muy bien.

Tobias estaba al corriente, por ejemplo, de la historia que se ocultaba tras la grotesca cicatriz que había dado nombre a Jack Sonrisas. Los puntos de sutura que habían cerrado la herida producida por el cuchillo eran fruto del trabajo de una pobre costurera. Habían cicatrizado formando una sonrisa de calavera que se extendía desde la comisura del labio hasta la oreja.

—Así es. —Jack irguió su voluminosa figura y le hizo señas a Tobias para que se sentara en uno de los sillones, junto a la chimenea—. Siéntate, hombre. Menuda noche de perros. Te serviré una copa de brandy para combatir el frío.

Tobias alcanzó una de las duras sillas de madera, puso el respaldo delante y se sentó a horcajadas. Dobló los brazos sobre el respaldo y trató de no hacer caso al dolor de su pierna.

—El brandy me vendrá bien —dijo—. ¿Tienes alguna novedad para mí?

—Hay un par de cuestiones que pueden interesarte. Primero, me pediste que averiguara la historia de algunas de las mujeres de Neville. —Jack sirvió brandy en dos copas—. He descubierto una o dos cosas interesantes de ese asunto.

—Te escucho.

Jack le entregó una de las copas a Tobias y se reclinó en su silla tras el escritorio.

—Me dijiste que Neville tiene la costumbre de elegir a sus mujeres en los burdeles, no entre las chicas de buena posición. Tenías razón.

—¿Y?

—No sé muy bien por qué prefiere a las mujeres menos caras, pero te diré una cosa: cuando una mujer salida de un burdel se tira al río, las autoridades no se preocupan demasiado. —Jack esbozó una mueca. El gesto convirtió la cicatriz en una horrenda imitación de algo divertido—. Incluso habrá algunos que se alegren. Una puta menos que vende sus favores.

Tobias apretó la copa.

—¿Me estás diciendo que más de una de las chicas de Neville terminó en el río?

—No puedo decirte cuántas de sus mujeres se ahogaron después de que él las abandonara, pero al menos dos parecen haber sido incapaces de soportar esa desdicha. Una mujer llamada Lizzy Prather se mató hace un año y medio. Varios meses antes, una muchacha llamada Alice también fue sacada del río. Y corren rumores de que otras tres decidieron quitarse la vida.

Tobias dio un trago de brandy.

—Cuesta creer que tantas mujeres caigan en una grave melancolía después de que Neville las abandone.

—Sí. —Jack se echó hacia atrás y la silla crujió. Pasó por alto la advertencia y cruzó las manos sobre su enorme panza—. No te quepa la menor duda, ocurre de vez en cuando. Siempre hay alguna tonta que cree haber encontrado el verdadero amor en un hombre rico, y que desespera después al ser dejada. Pero la mayoría de las chicas sabe a qué se expone cuando traba relación con un hombre de la clase de Neville. Lo explotan para sacarle toda clase de chucherías, y buscan a otro sujeto cuando descubren que tienen que volver a pagarse sus propios gastos.

—Un arreglo comercial para ambas partes.

—Sí. —Jack dio un generoso trago de brandy, dejó la copa sobre el escritorio y se secó la boca—. Ahora escucha bien, porque ésta es la parte más interesante de la historia.

—Dime.

—Sally, la última amante de Neville, también ha desaparecido. Nadie la ha visto desde ayer por la tarde.

Tobias no se movió.

—¿El río?

—Es demasiado pronto para saberlo. No he oído decir que hayan sacado el cuerpo del agua, pero eso puede llevar un tiempo. Lo único que puedo decirte de momento es que ha desaparecido. Y si mis fuentes no pueden encontrarla, nadie puede hacerlo.

—Por todos los diablos. —Tobias se frotó la pierna.

Antes de continuar, Jack Sonrisas dejó que Tobias asimilara la información.

—Hay algo más que tal vez quieras saber.

—¿Sobre Sally?

—No. —Jack bajó la voz, a pesar de que no había nadie más en la habitación—. Tiene que ver con la Blue Chamber. Circulan algunos rumores.

Tobias se quedó muy quieto.

—Te dije que la Blue Chamber está acabada. Azure y Carlisle están muertos. El tercer hombre está escondido en su madriguera, pero no por mucho tiempo. Pronto lo atraparé.

—Tal vez estés en lo cierto. Pero lo que yo oigo en las calles es que se está librando una pequeña guerra privada.

—¿Y quiénes combaten con ella?

Jack se encogió de hombros.

—No lo sé. Pero he oído decir que el vencedor pretende quedarse con lo que queda de la Blue Chamber. Se dice que planea reconstruir el imperio que quedó destruido tras la muerte de Azure.

Tobias clavó la vista en el fuego de la chimenea y trató de atar cabos.

—Estoy en deuda contigo por esta información —dijo finalmente.

—Claro. —Jack le dedicó su espeluznante sonrisa—. Pero eso no me preocupa. Tú eres de los que saldan sus cuentas.

Mientras estaba dentro de The Gryphon, la niebla se había hecho más espesa. Tobias se detuvo en la puerta.

Las luces de la taberna se reflejaban en la neblina que se arremolinaba en la calle. El extraño resplandor naranja era curiosamente brillante, pero no revelaba nada.

Un instante después se dispuso a cruzar la calle, y resistió el impulso de subirse el cuello del viejo abrigo hasta las orejas. La lana gruesa impedía pasar parte del frío, pero también limitaba su visión lateral y amortiguaba los pequeños ruidos de la noche. En ese vecindario, lo más prudente era aprovechar al máximo todos los sentidos.

Se movió con rapidez en el débil resplandor creado por la niebla hasta adentrarse en la profunda oscuridad. Al parecer, allí no había nadie más. No era de extrañar en una noche como ésa, pensó.

Una vez lejos del misterioso resplandor de The Gryphon, logró distinguir un pequeño y tenue círculo de luz suspendido a bastante distancia del suelo. Le pareció que se trataba del farol de algún vehículo, de modo que caminó en dirección a él, por el centro de la calle, a cierta distancia de callejones oscuros y portales mal iluminados.

Sin embargo, a pesar de todas esas precauciones, la única advertencia que recibió fue la suave y deslizante carrera de un hombre que se acercaba muy rápido por su espalda. Un ratero.

Reprimió el instinto de volverse y enfrentar al agresor: sabía muy bien que, con toda probabilidad, tan sólo era una distracción. En Londres, los asaltantes solían actuar en pareja.

Giró hacia un costado, buscando la protección de la pared más cercana para apoyar la espalda. El dolor le desgarró la pierna izquierda, pero el súbito cambio de dirección surtió efecto: pilló por sorpresa al hombre que lo perseguía.

—Maldita sea, lo perdí.

—Enciende la lámpara. Enciéndela, compañero. Date prisa o con esta estúpida niebla no lo encontraremos nunca.

Tobias pensó que aquello aclaraba la cuestión. Eran dos asaltantes que trabajaban juntos. Las voces airadas señalaban su posición.

Tobias sacó la pistola de su bolsillo y esperó.

El primer hombre maldijo en voz alta mientras forcejeaba con la lámpara. Cuando la luz se encendió, Tobias la usó de blanco. Apretó el gatillo.

El bramido del arma retumbó en la calle. La lámpara se hizo añicos.

El asaltante aulló y la dejó caer. El aceite prendió mientras se derramaba sobre los adoquines.

—Por todos los diablos, el bastardo tiene una pistola —protestó el segundo hombre, ofendido.

—Bueno, ya la ha disparado, ¿no? Así que ya no le sirve de nada.

—Algunos sujetos llevan dos.

—No, a menos que esperen tener problemas. —Se movió junto a la luz llameante que proyectaba el aceite encendido de la lámpara, lanzó una risotada demoníaca y alzó la voz—. ¡Usted, el que se oculta en la niebla! Venimos a entregarle un mensaje.

—No llevará mucho tiempo —agregó el otro en voz alta—. Sólo queremos asegurarnos de que se da cuenta de que es un mensaje muy importante.

—¿Dónde está? No veo nada, maldición.

—Calla. Escucha, grandísimo charlatán.

Pero el vehículo de la esquina empezaba a moverse. El traqueteo de unas ruedas y el repiqueteo de los cascos de un caballo sobre los adoquines podían oírse con claridad. Tobias aprovechó el ruido para evitar que detectaran sus movimientos.

Se quitó deprisa el abrigo hecho jirones y lo colgó sobre una valla de hierro.

—Por todos los demonios, el maldito basurero viene hacia aquí —resopló uno de los asaltantes.

El carro del basurero no, pensó Tobias mientras avanzaba para interceptar el vehículo que se acercaba. Por favor, que no sea el carro del basurero. Cualquier cosa menos eso.

El movedizo faro ya estaba casi frente a él. La figura

del pescante soltó un gritó y golpeó las riendas contra las ancas del caballo, apremiando al animal a que adoptara un paso más vivo. Cuando el coche pasó, causando un gran estruendo, Tobias se agarró a uno de los asideros.

El olor hediondo del contenido del carro le golpeó con la fuerza de un puñetazo. El basurero había trabajado duro vaciando pozos sépticos y recogiendo basura de las casas y las tiendas del vecindario.

Tobias intentó contener la respiración al tiempo que trepaba al coche en movimiento.

—¿No podrías haber encontrado algún otro vehículo? —se preguntó dejándose caer en el asiento.

—Lo siento. —Anthony volvió a golpear al caballo con las riendas para azuzarlo—. Cuando recibí tu mensaje, disponía ya de muy poco tiempo. No pude encontrar otro coche. En una noche como ésta, todos están ocupados.

—Ahí está —gritó uno de los asaltantes—. Allí, junto a la valla, veo su abrigo.

—No tuve más remedio que empezar a pie —dijo Anthony, elevando la voz por encima del ruido de los cascos—. Me crucé con un basurero y le ofrecí algo de dinero. Le prometí devolvérselo en una hora.

—Ya te tenemos —gritó el otro asaltante.

Los pasos retumbaron sobre el pavimento.

—¿Qué rayos...? Se ha largado. Debe de estar en el carro de la basura.

Se oyó un disparo y Tobias se encogió.

—No temas —le dijo Anthony—. Estoy seguro de que no te costará conseguir un abrigo tan desastroso como ése.

Un segundo disparo retumbó en la niebla.

El caballo ya había soportado bastante. Sin duda, esto no formaba parte de su rutina normal. El animal bajó las orejas, se sacudió hacia delante y se lanzó a medio galope.

—Se está largando, te lo dije. Si no lo atrapamos, no cobraremos el trabajo de esta noche.

Cuando la voz de los asaltantes se apagó, Tobias dijo:

—Parecía un plan sencillo y sensato. Lo único que quería era que consiguieras un coche de alquiler y esperaras en la puerta de The Gryphon, por si tenía algún problema que me obligara a largarme deprisa.

—Una excelente medida preventiva, dada la naturaleza de este vecindario. —Anthony sacudió las riendas; se estaba tomando con entusiasmo el papel de cochero—. Piensa en lo que podría haber ocurrido si no me hubieras enviado el mensaje.

—¿Sabes? No sé por qué, pero nunca imaginé que fueras capaz de escoger el carro de un basurero.

—Hay que saber trabajar con lo que uno tiene a mano. Eso me lo enseñaste tú. —Anthony sonrió burlonamente—. Como no conseguí un coche de alquiler, tuve que arreglármelas de otra manera. Pensé que así demostraría que tengo iniciativa.

—¿Iniciativa?

—Así es. ¿Adónde vamos ahora?

—En primer lugar, devolveremos este espléndido coche a su legítimo propietario y le pagaremos por haberlo usado. Luego regresaremos a casa.

—No es tan tarde. ¿No quieres pasar por tu club?

—El portero jamás me dejaría entrar. Por si no lo habías notado, los dos necesitamos un baño urgente.

—Tienes razón.

Una hora más tarde, Tobias salía de la bañera. Se secó con una toalla frente a la chimenea y se puso la bata. Bajó la escalera y encontró a Anthony, que también acababa de bañarse y se había puesto la camisa y el pantalón de recambio que guardaba en su antigua habitación.

—¿Y bien? —Anthony estaba repantigado en un sillón, con las piernas estiradas en dirección a la chimenea. No volvió la cabeza cuando Tobias entró en la sala—. Dime, ¿crees que eran auténticos rateros?

—No. Dijeron algo acerca de que les habían pagado para entregarme un mensaje. —Tobias introdujo las manos en los bolsillos de su bata.

—¿Una advertencia?

—Eso es.

Anthony inclinó la cabeza.

—¿De alguien que no quiere que sigas investigando?

—No me quedé el tiempo suficiente como para preguntárselo. Es posible que el mensaje fuera de alguien que quiere que deje de investigar. Pero hay otro sospechoso.

Anthony le dedicó una mirada cómplice.

—¿Pomfrey?

—No le había dado demasiada importancia a la advertencia que me hizo Crackenburne sobre él. Pero tal vez tenía razón cuando me dijo que buscaría vengarse por lo que ocurrió en el teatro.

—Tiene sentido —dijo Anthony después de reflexionar un instante—. Pomfrey no es la clase de individuo que hace las cosas de manera honorable. —Hizo una pausa y agregó—: ¿Le vas a contar a la señora Lake lo que ha ocurrido esta noche?

—Maldita sea, ¿por quién me has tomado? ¿Por un lunático? Claro que no le diré nada acerca de la aventura de esta noche.

Anthony asintió.

—Me imaginé que dirías eso. Seguro que no quieres contarle nada para que no se angustie por tu seguridad.

—No, no es por eso —respondió Tobias con convicción—. No le contaré nada del encuentro con esos hombres porque estoy seguro de que aprovecharía la ocasión para sermonearme.

Anthony no se molestó en ocultar que la reacción de Tobias le parecía graciosa.

—Más o menos como tú hiciste con ella cuando supiste que había ido al Museo Huggett disfrazada de asistenta y casi se mete en un lío.

—Sí. Debe de ser terriblemente desagradable estar en el lugar del que recibe semejante bronca.

Lavinia estaba desayunando cuando oyó a Tobias en el vestíbulo.

—No se moleste, señora Chilton. Ya conozco la casa. Me anunciaré yo mismo.

Emeline agarró el cuchillo de la mantequilla y sonrió.

—Parece que tenemos un visitante madrugador.

—No hay duda de que se ha arrogado el derecho de organizar nuestra casa, ¿verdad? —Lavinia se sirvió huevos—. ¿Qué demonios querrá a esta hora? Si cree que voy a soportar otro sermón acerca de que no debo moverme sin informarle, está muy equivocado.

—Cálmate.

—Es imposible calmarse cuando el señor March está involucrado. Tiene verdadero talento para enredar las cosas. —Lavinia dejó de masticar, como si acabara de ocurrírsele algo—. Santo cielo, ¿habrá ocurrido algo malo?

—Tonterías. El señor March parece estar perfectamente y gozar de buena salud.

—Quiero decir si habrá ocurrido algo malo relacionado con nuestra investigación.

—Estoy segura de que si hubiera ocurrido algo así, enseguida te habría avisado.

—No cuento con ello —dijo Lavinia misteriosamente—. Como te dije en Italia, el señor March juega un juego muy extraño.

Se abrió la puerta. Tobias entró en la sala del desayuno y llenó el pequeño y acogedor espacio con la energía y la fuerza de su presencia masculina. Lavinia engulló el bocado de huevo e intentó pasar por alto el leve estremecimiento que le erizó la piel.

Lavinia se preguntó, y no por primera vez, qué tenía ese hombre que le causaba esos escalofríos de excitación. No era un hombre grande. No se podía decir que fuera apuesto. Rara vez se molestaba en hacer uso de los modales refinados que uno esperaba de un caballero, y a todas luces necesitaba un nuevo sastre.

Además, aunque parecía interesado en ella de manera primitiva, no estaba segura de gustarle demasiado.

Pensó que no daba la impresión de que compartieran un vínculo etéreo y metafísico. No había nada poético en su relación; por el contrario, era una relación de trabajo teñida de una lujuria bastante peculiar. Al menos desde su punto de vista. Estaba segura de que para Tobias ella no tenía nada fuera de lo común.

Se preguntó si la extraña sensación que sentía cuando estaba cerca de él era una señal de un ataque de nervios. No le resultaba sorprendente, dada la tensión que había soportado en los últimos tiempos.

Irritada por esa posibilidad, arrugó la servilleta sobre su falda y le clavó la mirada.

—¿Qué haces aquí tan temprano, señor March?

Él alzó las cejas al oír el autoritario saludo.

—Buenos días también para ti, Lavinia.

Lavinia hizo una mueca.

—No se lo tenga en cuenta, señor March. Mi tía no durmió bien anoche. Siéntese, por favor. ¿Quiere un poco de café?

—Gracias, señorita Emeline. Una taza de café me vendría muy bien.

Lavinia observó la cautela con que él se sentaba en una silla. Frunció el ceño.

—¿Te has vuelto a lastimar la pierna?

—Anoche hice demasiado ejercicio. —Le sonrió a Emeline y tomó la taza que ella acababa de servirle—. No tienes por qué preocuparte.

—No estaba preocupada —le aseguró Lavinia en tono altanero—. Era simple curiosidad. Lo que decidas hacer con tu pierna es asunto tuyo.

Él la miró, divertido.

—Estoy de acuerdo con esa afirmación.

De pronto, en el cerebro de Lavinia destelló el recuerdo de la manera en que aquella noche, en el interior del coche, las piernas de él se habían deslizado entre las suyas. Su mirada se cruzó con la de Tobias y supo, con espantosa certeza, que él también estaba pensando en aquel apasionado interludio.

Convencida de que se estaba ruborizando, se apresuró a servirse más huevo.

Emeline, ignorante del trasfondo de la conversación, sonrió con gentileza a Tobias.

—¿Estuvo bailando anoche, señor?

—No —repuso Tobias—. A mi pierna no se le da bien el baile. Me dediqué a otra forma de ejercicio.

Lavinia apretó con tanta fuerza el tenedor que sus nudillos palidecieron. Se preguntó si Tobias habría pasado la noche con otra mujer.

—Hoy tendré un día muy agitado —dijo—. ¿Serías tan amable de explicarme por qué sentiste la necesidad de venir tan temprano a visitarnos?

—En realidad, yo también tengo planes para hoy. Tal vez podríamos comparar nuestras notas.

—Por mi parte, tengo la intención de hablar con la señora Vaughn y preguntarle si estaría dispuesta a darme su opinión sobre las esculturas de cera que Huggett exhibe en la galería del primer piso —anunció Lavinia.

—Muy bien. —Tobias le dedicó una mirada cortés inquisitiva—. Y si ella está de acuerdo, ¿cómo piensas hacerla entrar en esa sala? ¿La disfrazarás de asistenta?

Ella interpretó esa condescendiente actitud como una provocación.

—No, en realidad he pensado en otra manera de entrar en esa galería. Tal vez podría sobornar al joven que vende las entradas.

—Estás hablando en serio, ¿verdad?

—Ya lo creo, señor. —Le dedicó una resplandeciente sonrisa.

Él dejó la taza sobre el plato con cierta brusquedad.

—Maldición, Lavinia, sabes muy bien que no quiero que vayas sola a esa galería.

—No iré sola, sino con la señora Vaughn. —Hizo una delicada pausa—. Estás invitado a unirte a nosotras, si lo deseas.

—Gracias —dijo secamente—. Acepto.

Se produjo un breve silencio. Tobias se estiró por encima de la mesa y se sirvió una tostada. Cuando se la llevó a la boca, Lavinia percibió el destello blanco de sus dientes.

—No me has dicho a qué has venido —le recordó en tono cortante.

Él masticó despacio su bocado.

—Pasé a preguntarte si quieres acompañarme mientras hago algunas averiguaciones sobre una mujer llamada Sally Johnson.

—¿Quién es Sally Johnson?

—La última amante de Neville. Desapareció anteayer.

—No entiendo. —Él había captado por completo su

atención—. ¿Crees que tiene algo que ver con nuestra investigación?

—Aún no lo sé. —Tobias tenía una sombría expresión en la mirada—. Pero tengo la desagradable sensación de que sí puede haber alguna relación.

—Entiendo. —Lavinia se relajó un poco—. Tuviste una buena idea al venir a informarme de tus planes y pedirme que te acompañe.

—Todo lo contrario de la manera reservada en que llevaste tus averiguaciones ayer en el Museo Huggett, ¿es eso lo que quieres decir? —Tobias asintió—. Sin duda. Pero tal vez yo me tomo más en serio que tú nuestro acuerdo.

—Nada de eso. —Golpeteó con el tenedor en el borde del plato—. ¿De qué se trata, Tobias? ¿Por qué me pides que te acompañe hoy?

Él tragó otro bocado de tostada y miró a Lavinia fijamente.

—Porque si tengo la suerte de encontrar a Sally, me gustaría hacerle algunas preguntas. Y estoy seguro de que sería más comunicativa con una mujer que con un hombre.

—Lo sabía. —Una amarga satisfacción se instaló en la boca de su estómago—. No has venido porque quieras trabajar como mi socio, sino porque necesitas que te ayude a hacer tu propia investigación. ¿Qué esperas que haga? ¿Qué hipnotice a Sally y le ordene que hable sin tapujos?

—¿Siempre tienes que cuestionar mis motivos?

—Cuando tú estás involucrado, prefiero moverme con absoluta cautela.

Él sonrió débilmente y una chispa iluminó sus ojos.

—No siempre, Lavinia. Te he visto hacer una o dos excepciones a esa regla.

18

La casa era una estrecha estructura de dos plantas situadas por encima del nivel de la calle, con las cocinas en el nivel inferior.

El vecindario no era de lo mejor, pensó Lavinia, pero estaba alejado del bullicio del centro.

No les había llevado mucho tiempo darse cuenta de que Sally Johnson no estaba en casa. Tobias había ido preparado para esa eventualidad.

Lavinia se quedó junto a él en la pequeña entrada, por debajo del nivel de la calle, y lo observó colocar el extremo de una herramienta de metal entre la puerta de la cocina y el marco.

—Parece que Neville sólo ha sido moderadamente generoso con Sally —comentó ella—. Esta casa no es de las mejores.

La madera y el hierro chirriaron cuando Tobias aplicó la fuerza necesaria a la barra.

—Si tenemos en cuenta que la sacó de un burdel, no cabe duda de que a ella debía de parecerle una mansión —puntualizó Tobias.

—Sí, supongo que sí.

La puerta se abrió de golpe.

Lavinia se acomodó la capa y se asomó al pasillo.

—Espero que no tropecemos con otro cadáver. Ya he visto demasiados muertos.

Tobias entró primero.

—Si Sally ha corrido la misma suerte que sus dos predecesoras, su cadáver sin duda aparecerá en el río, no aquí.

Lavinia se estremeció y atravesó el umbral tras él.

—No tiene sentido. ¿Por qué tu cliente asesinaría a su amante?

—Como es lógico, no existe una respuesta razonable a esa pregunta.

—Aunque él haya eliminado a esas mujeres, ¿qué tiene que ver con la amenaza de muerte que recibió la señora Dove, o con la Blue Chamber?

—Aún no lo sé. Tal vez nada. Tal vez mucho.

Lavinia se detuvo en el centro de la cocina y arrugó la nariz por el olor a carne podrida.

—¿Te das cuenta de lo que estás diciendo? Que tu cliente tal vez sea un mentiroso y un asesino.

—Ya te lo he dicho, todos los clientes mienten. —Tobias abrió una cesta de verduras y echó un vistazo en su interior—. Ésa es una de las principales razones por las que resulta prudente obtener un anticipo de los honorarios cuando uno acepta un encargo.

—Lo recordaré en el futuro. —Abrió un armario y miró en el interior—. Pero debes de tener alguna teoría acerca de por qué Neville podría tener la costumbre de matar a sus amantes.

—Una posibilidad es que está bastante loco.

Lavinia se estremeció.

—Sí.

—Pero existe otro posible motivo. —Tobias dejó caer la tapa de la cesta y miró a Lavinia—. Un hombre que tiene a una mujer escondida en una casa tan pequeña como ésta lo hace porque quiere pasar bastante tiempo en su compañía.

Lavinia hizo una mueca.

—Tal vez mucho más tiempo del que pasa con su esposa.

—Sí, claro. —Tobias le dedicó una enigmática mirada—. Como la mayoría de los matrimonios de la alta sociedad se consuman por motivos económicos o sociales, no es de extrañar que un hombre descubra que la relación que tiene con su amante es mucho más íntima, en muchos sentidos, que la que tiene con su esposa.

Ella acabó comprendiendo el significado de esas palabras.

—¿Crees que cuando Neville se cansa de sus amantes las asesina porque teme que sepan demasiado sobre él? ¿Qué clase de secretos guarda que le obligan a asesinar a tres mujeres para asegurarse su silencio? —le preguntó, frunciendo el entrecejo.

—Seré sincero contigo. —Tobias cerró un cajón y empezó a subir la escalera que conducía al piso principal de la casa—. No sé qué pensar en este momento. Lo único que sé es que al menos dos, y probablemente tres de las mujeres con las que Neville ha mantenido una relación íntima durante los dos últimos años están muertas. Y, según parece, ellas mismas se quitaron la vida.

—Suicidio. —Lavinia miró con inquietud la cocina y se apresuró a seguirlo—. No sabemos con certeza si Sally Johnson siguió a las otras dos y está ahora en el río.

Tobias llegó al vestíbulo y entró en la sala.

—Creo que, dadas las circunstancias, debemos suponer lo peor.

Lavinia lo dejó en la planta baja y siguió ascendiendo la estrecha escalera hasta salir a un pequeño vestíbulo.

Una vez dentro del dormitorio de Sally, sólo tardó dos minutos en llegar a la conclusión de que Tobias se había equivocado en una cuestión. Se volvió con rapidez y corrió hasta la escalera.

—Tobias.

Él apareció en el vestíbulo de abajo y la miró.

—¿Qué ocurre?

—No sé qué le ocurrió a Sally, pero hay algo que es evidente: desapareció con todas sus cosas. El armario está vacío y no hay ningún baúl bajo la cama.

Tobias subió los escalones sin decir una palabra y llegó al vestíbulo en el que ella lo esperaba. Lavinia se hizo a un lado para que él pudiera entrar en el dormitorio. Cuando ella entró, lo vio escudriñando el interior del armario vacío.

—Es posible que alguna persona conocida, que supiera que ella había desaparecido, viniera y le robara sus cosas —dijo Tobias con serenidad—. No me sorprendería saber que las amistades de Sally son muy oportunistas.

Lavinia sacudió la cabeza.

—Si aquí hubiera entrado un ladrón, lo más probable es que hubiera dejado la habitación desordenada. Y está todo demasiado arreglado. Quien se llevó las cosas de Sally conocía muy bien esta habitación.

Tobias estudió el mobiliario.

—Neville debía de conocer esta habitación de un modo íntimo. Tal vez quería deshacerse de alguna prueba del asesinato.

Lavinia se acercó al lavabo y observó la palangana.

—Pero en ese caso sin duda se habría librado de esta prenda manchada de sangre y del agua de este lavamanos.

—¿Qué demonios...? —Tobias atravesó la habitación en tres zancadas y observó las oscuras manchas de la prenda y el agua rojiza—. Me pregunto si la habrá matado aquí y luego habrá intentado lavarse la sangre de las manos.

—No hay más manchas de sangre en toda la habitación. Todo está bastante limpio y ordenado. —Lavinia vaciló—. Existe otra posibilidad, Tobias.

—¿Cuál?

—Tal vez alguien atentó contra la vida de Sally. Pero ¿qué me dices si ella sobrevivió? Podría haber regresado a su casa, haberse lavado la herida, recogido sus cosas y luego marchado.

—¿Quieres decir que se habría escondido?

—Sí.

Tobias echó un vistazo a su alrededor.

—Tienes razón en una cosa. Aquí no hay señales de violencia.

—Cosa que sólo tiene sentido si a ella la atacaron en otro sitio. —Entusiasmada con su propia teoría, Lavinia se acercó a la puerta—. Debemos hablar con los vecinos. Tal vez alguno de ellos vio a Sally regresar a casa y volver a salir.

Tobias sacudió la cabeza.

—Sería una pérdida de tiempo. Mi informante me aseguró que nadie vio a Sally desde su desaparición.

—Tal vez tu informante no habló con todos los vecinos. A veces es necesario ser minucioso con este tipo de cosas.

—Jack es un hombre minucioso.

Lavinia se acercó a la escalera.

—Sé que te resultará difícil creer esto, Tobias, pero los hombres no siempre piensan en todo.

Para sorpresa de Lavinia, él no replicó. La siguió escaleras abajo y finalmente salieron de la casa por la puerta de la cocina.

Al llegar a la calle, Lavinia se detuvo y contempló las dos hileras de casas pequeñas.

El barrio estaba tranquilo a esa hora. La única persona que se veía era una anciana ataviada con una capa. Llevaba en un brazo un cesto lleno de flores. Pasó sin mirar a Lavinia ni a Tobias. Estaba concentrada en la conversación que, al parecer, mantenía con un acompañante invisible.

—Las rosas están demasiado rojas —farfullaba—. Te

digo que las rosas están demasiado rojas sangre. Rojas como la sangre están, como la sangre. Rojas sangre. No se pueden vender las rosas tan rojas. La gente se pone nerviosa. No se pueden vender, te lo digo yo...

Lavinia pensó que la pobre mujer estaba loca. Había muchas como ella en las calles de Londres.

—Una candidata a Bedlam —dijo Tobias en voz baja cuando la vendedora de flores quedó fuera del alcance de su voz.

—Tal vez. Pero, por otra parte, no va por ahí asesinando gente, como parece hacer tu cliente.

—Una excelente observación. Pero ¿qué demuestra eso con respecto al estado mental de Neville?

—Tal vez que es capaz de esconder su demencia mejor que esa pobre mujer.

Tobias tensó la mandíbula.

—Debo decirte que Neville siempre me ha parecido bastante cuerdo.

—Eso precisamente lo hace más temible, ¿no te parece?

—Tal vez. Pero creo que hemos empezado a hablar de él como si estuviéramos seguros de que él asesinó a estas mujeres —opinó Tobias—, aunque en realidad todavía no lo sabemos.

—Tienes razón. Nos estamos anticipando demasiado. —Lavinia observó las puertas de entrada—. Las amas de llaves y las criadas son nuestra fuente de información más segura. Confío en que habrás traído una buena cantidad de monedas.

—¿Por qué será que siempre debo poner yo el dinero cuando se trata de pagar algo en esta investigación?

Lavinia caminó a paso rápido hacia la puerta más cercana.

—Puedes anotarlo en la cuenta de tu cliente.

—Cada vez parece más probable que mi cliente resultará ser uno de los malvados en este asunto. Si así fuera, podría resultarme muy difícil cobrar mis honorarios. Tal vez tengamos que añadir esta clase de gastos diversos en la cuenta de tu cliente.

—Deja de gruñir, Tobias —dijo Lavinia mientras bajaba los escalones—. Me distraes.

Él se quedó a cierta distancia de la entrada y observó a Lavinia.

—Una sola cosa antes de que llames a la puerta. Intenta que no resulte obvio que estás dispuesta a pagar por la información, a menos que estés segura de que conseguirás algo valioso. De lo contrario, nos quedaremos sin monedas antes de llegar al final de esta manzana y no habremos conseguido nada útil.

—Tengo alguna experiencia con el regateo, por si no lo recuerdas. —Levantó el llamador y lo dejó caer con elegancia.

La mujer que respondió estaba más que dispuesta a cotillear acerca de la vecina de la acera de enfrente, la que tenía la costumbre de recibir a un caballero por la noche. Pero hacía dos días que no la veía.

Lavinia obtuvo los mismos resultados en la puerta siguiente y en la siguiente.

—Es inútil —declaró cuarenta minutos más tarde, después de hablar con la última criada, en la última casa de la calle—. Nadie vio a Sally, y sin embargo estoy convencida de que ella regresó y estuvo el tiempo suficiente como para curarse la herida y recoger sus cosas.

—Tal vez no fue ella la que regresó. —Tobias la tomó del brazo y la llevó hacia la pequeña casa de Sally—. Tal vez fue Neville quien recogió las pertenencias de Sally para que pareciera que ella se había ido de viaje.

—Tonterías. Si él hubiera querido que pareciera que se había ido de viaje, habría sacado la comida de la cocina. Ninguna mujer, si piensa pasar un tiempo fuera de casa, deja que la carne y las verduras se pudran.

—Neville es un hombre de recursos. Siempre ha tenido criadas y amas de llaves que se ocupan de administrar su casa. Es posible que haga veinte años que no entra en una cocina.

Ella analizó la teoría de Tobias.

—Tal vez tengas razón. Pero sigo pensando que fue Sally quien regresó a casa aquella noche.

Él le apretó un poco el brazo.

—¿Has inventado esta versión de los acontecimientos porque no puedes aceptar que Sally esté muerta?

—Por supuesto.

—Ni siquiera conoces a esa mujer —señaló Tobias—. Es una prostituta que, según dicen todos, se ganaba la vida en un burdel antes de llamar la atención de Neville.

—¿Y eso qué tiene que ver?

Tobias curvó un tanto los labios.

—Nada, Lavinia —dijo en voz baja—. Absolutamente nada.

Ella observó distraída a la florista loca. La anciana se había detenido frente a la casa de Sally. La conversación con su acompañante invisible se había vuelto más acalorada.

—No se pueden vender tan rojas, te lo digo yo. Las que son rojo sangre no se venden. Nadie las quiere, ¿te das cuenta...?

Lavinia se detuvo y obligó a Tobias a hacer lo mismo.

—La florista —susurró.

Él miró a la anciana.

—¿Qué ocurre con ella?

—Nadie quiere las que son rojo sangre... —insistía la florista.

—Mira su capa —señaló Lavinia—. Es muy fina, ¿no te parece? Aunque ella es una mujer pobre.

Tobias se encogió de hombros.

—Sin duda alguien sintió pena por ella y le regaló la capa.

—Espera aquí. —Lavinia se soltó—. Quiero hablar con ella.

—¿Para qué? —musitó él mientras ella se alejaba—. Está loca.

Lavinia no le hizo caso. Caminó lentamente en dirección a la florista; no quería alarmarla.

—Buenos días —le dijo con amabilidad.

La florista se sobresaltó y luego miró con ira a Lavinia, como si le molestara que interrumpieran su conversación imaginaria.

—Hoy sólo tengo rosas rojo sangre para vender —anunció—. Y nadie quiere rosas rojo sangre.

—¿Le vendía rosas a la mujer que vivía en esta casa? —preguntó Lavinia.

—Nadie quiere rosas de sangre.

¿Cómo podía entablarse una conversación con una florista loca? Sin embargo, a pesar de su locura, la anciana se las había arreglado para evitar que la ingresaran en Bedlam. Eso significaba que era capaz de ganarse la vida vendiendo flores. Lo que, a su vez, significaba que poseía alguna habilidad rudimentaria para negociar.

Lavinia hizo tintinear algunas de las monedas que Tobias le había dado.

—Me gustaría comprarle sus rosas de sangre —dijo.

—No. —La mujer agarró con fuerza su cesta de flores—. Nadie las quiere.

—Yo sí. —Lavinia le mostró las monedas.

—Nadie quiere comprar rosas de sangre. —Un brillo de astucia iluminó los ojos de la mujer—. Yo sé lo que usted quiere.

—¿Sí?

—Usted viene por mi capa nueva, ¿no? Usted no quiere rosas rojas. Nadie quiere rosas rojo sangre. Usted quiere mi capa ensangrentada.

—Su capa nueva es muy bonita.

—No está toda manchada de sangre. —La florista sonrió con orgullo y mostró su boca desdentada—. Sólo un poco en la capucha.

Santo cielo, pensó Lavinia. Conserva la calma. No la confundas haciéndole demasiadas preguntas. Simplemente hazte con la capa.

—Mi capa no tiene sangre —dijo con cautela—. ¿Por qué no hacemos un intercambio?

—Ajá, así que quiere hacer un intercambio, ¿eh? Bien, veamos, eso es muy interesante. Ella no la quería por la sangre, ¿sabe? Y las rosas de sangre tampoco las quieren, nadie las quiere.

—Yo sí.

—Ella solía comprarme rosas. —La florista miró el interior de su cesta—. Pero esa noche no las quiso. Fue por la sangre, ¿sabe? Me dijo que se salvó por poco.

A Lavinia se le aceleró el pulso.

—¿Se salvó?

—Sí. —La florista sonrió de manera burlona—. Pero ahora tiene miedo. Se está escondiendo. Quiso mi capa vieja. Ésa no tenía sangre, ¿se da cuenta?

Lavinia se llevó las manos a la capa y la desabrochó. Se la quitó de los hombros y la sostuvo ante la mujer, junto con las monedas.

—Le daré esta excelente capa y estas monedas a cambio de su capa.

La florista miró con recelo la prenda que Lavinia le mostraba.

—Parece vieja.

—Le aseguro que aún puede prestar muy buen servicio.

La mujer ladeó la cabeza y le arrebató la capa a Lavinia.

—Veamos bien lo que tienes para ofrecer, cariño.

—No tiene sangre —dijo Lavinia con suavidad—. Ni una gota.

—Eso lo veremos. —La mujer sacudió la capa y le dio vuelta para ver el interior de la tela—. Ajá. Aquí parece que hay alguna mancha. —La examinó desde más cerca—. Es como si alguien hubiera intentado restregarla.

Lavinia oyó un ruido amortiguado que podría haber sido una carcajada de Tobias. Se cuidó muy bien de mirarlo.

—Casi no se nota —dijo con firmeza.

—Yo la noté.

—Esa pequeña mancha de mi capa es bastante menos criticable que las manchas de sangre de la suya —dijo Lavinia entre dientes—. ¿Le interesa el intercambio o no?

La cara arrugada de la florista se tensó con una expresión de desprecio.

—¿Crees que estoy loca, cariño? Esta fantástica capa que llevo puesta vale mucho más de lo que me ofreces, de eso estoy segura.

Lavinia tomó aliento e intentó no hacer patente su desesperación.

—¿Qué más quiere?

La florista rió socarronamente.

—Con tu capa, las monedas y tus botas tengo suficiente.

265

—¿Mis botas? —Lavinia se las miró—. Pero las necesito para volver a casa.

—No te asustes, querida. Te daré las mías. No tienen nada de sangre. Nada, nada. No como las rosas. —La chispa de astucia de su mirada se desvaneció y dejó paso a una bruma de ensoñación—. Nadie quiere comprar rosas con sangre, ¿sabes?

—He recapacitado sobre mi diagnóstico. —Tobias ayudó a Lavinia a subir al coche—. Ya no estoy tan seguro de que la florista esté loca. Todo lo contrario, creo que has encontrado la horma de tu zapato en lo que se refiere a negociar.

—Me alegra que te diviertas. —Lavinia se dejó caer en el asiento y examinó con expresión taciturna las botas viejas y destrozadas que llevaba puestas. Tenían las suelas agujereadas y la costura se había soltado en varios lugares—. Esas botas estaban casi nuevas.

—No eres la única que salió perdiendo con el inteligente intercambio que hiciste. —Tobias subió al coche y cerró la portezuela—. ¿Era necesario darle tantas monedas?

—Decidí que ya que estaba perdiendo mi capa y mis botas, tú también podías contribuir.

—Espero que estés satisfecha con tu adquisición. —Tobias se dejó caer en el asiento opuesto y miró la capa que ella sostenía en las manos—. ¿Qué crees que podrás averiguar con esa prenda?

—No lo sé. —Lavinia buscó entre los pliegues—. Pero la florista tenía razón con respecto a las manchas de sangre. —Volvió la capucha del revés y contuvo el aliento—. Mira. Las marcas de una herida en la cabeza, ¿no te lo parece?

Él entrecerró los ojos al ver la mancha de sangre seca.

—Eso parece. Las heridas en la cabeza suelen sangrar mucho, aunque la herida sea leve.

—Entonces mi teoría de que Sally sobrevivió al ataque y regresó a casa para recoger sus cosas antes de buscar un escondite puede ser correcta.

—También tiene sentido que le haya cambiado su capa a la florista —razonó Tobias—. Sally salió de los bajos fondos y es allí a donde fue a ocultarse. Una prenda de vestir cara sólo le habría servido para llamar la atención.

—Sí. Tobias, creo que tenemos algo.

Lavinia vio el bolsillo agregado en el interior de la capa y metió la mano dentro. Sus dedos tropezaron con un pedazo de papel.

—Ahora lo único que sabemos es que la última amante de Neville tal vez se libró del destino de las otras —dijo Tobias—. La capa ayuda a verificar las conclusiones que tú sacaste en la habitación de Sally, pero no nos da nueva información, ni nos encamina en una nueva dirección.

Lavinia miró fijamente la entrada que acababa de sacar del bolsillo.

—Todo lo contrario —susurró—. Nos lleva directamente al Museo Huggett.

19

—Rabia y dolor —dijo la señora Vaughn en tono quedo—. Dolor y rabia. Sorprendente.

Pronunció esas palabras con tanta suavidad que Lavinia apenas logró oírlas. Miró a Tobias, que estaba de pie a su lado, en el extremo opuesto de la mal iluminada galería. Él no dijo nada, estaba absorto en lo que decía la señora Vaughn.

Huggett se paseaba ansiosamente cerca de la puerta, parecía un esqueleto preparado para desaparecer de nuevo entre las sombras a la primera oportunidad.

—Nada adecuado —farfulló Huggett—. Estas estatuas no fueron pensadas para que las vieran damas respetables. Esta galería sólo estaba destinada a caballeros, se lo dije.

Nadie le hizo caso. La señora Vaughn se acercó al siguiente retablo y se detuvo para estudiar los rasgos.

—No reconozco los rostros de estas mujeres, pero les puedo asegurar que están tomados de la vida real. —La señora Vaughn dudó un segundo—. O tal vez de la muerte.

—¿Quiere decir que son mascarillas, es decir que han sido tomadas de mujeres muertas? —preguntó Tobias.

—No puedo asegurarlo. Existen tres maneras de obtener una buena semejanza en cera. La primera, que es la que yo empleo, es esculpir los rasgos, de la misma manera que uno esculpiría la piedra o la arcilla. La segunda supone tomar una impresión en cera del rostro de una persona viva, y usarla como modelo para la escultura. La tercera, por supuesto, consiste en crear una mascarilla.

Lavinia observó el rostro de la mujer, retorcido de dolor o de éxtasis, en la siguiente escena.

—¿Los rasgos obtenidos con una mascarilla no deberían ser menos... bueno, menos animados? Sin duda, un cadáver no parece tan vívido.

—Un artista experto podría, tal vez, tomar los rasgos congelados de una mascarilla y usar la impresión para recrear la imagen de un rostro vivo.

—Absolutamente inadecuado. —Huggett retorció sus huesudas manos—. Las damas no deberían estar aquí.

Nadie lo miró.

Tobias se acercó a una de las figuras de cera y examinó el rostro de las figuras masculinas.

—¿Qué me dice de los hombres de estas obras? ¿Diría usted que están modelados a partir de una persona viva o de un cadáver?

La señora Vaughn lo miró enarcando las cejas.

—Los rasgos de todas las figuras masculinas están tomados del mismo modelo. ¿No se había dado cuenta?

—No. —Tobias examinó de cerca una de las figuras—. No lo había notado.

Sorprendida, Lavinia escudriñó los contorsionados rasgos de una de las figuras.

—Creo que tiene razón, señora Vaughn.

—Supongo que la mayoría de los hombres que visitan esta galería no se molestan en examinar el rostro de las figuras masculinas —dijo secamente la señora Vaughn—. Lo que les interesa es sin duda otro aspecto de las escenas.

—Pero el rostro de las mujeres es peculiar. —Lavinia se acercó a otra figura—. Son todas diferentes. Las cinco.

—Sí —afirmó la señora Vaughn—. Yo diría lo mismo.

Lavinia miró a Tobias.

Él alzó una ceja.

—La respuesta es no. No reconozco a ninguna.

Ella se ruborizó y carraspeó.

—¿Y la figura masculina?

Tobias sacudió la cabeza con decisión.

—No lo conozco —dijo. Se volvió y miró a Huggett—. ¿Quién le vendió estas figuras de cera?

Huggett se sobresaltó. Abrió los ojos como platos. Retrocedió hasta quedar contra la puerta.

—No me las vendió nadie —dijo, aterrorizado y al mismo tiempo ofendido—. Lo juro.

—Alguien se las regaló. —Tobias dio un paso hacia él—. A menos, por supuesto, que el escultor sea usted.

—No. —Huggett tragó saliva e intentó dominar sus nervios—. No soy artista. Le aseguro que yo no modelé esas figuras.

—¿Cómo se llama el artista que las creó?

—No lo sé, señor, es la pura verdad —gimió Huggett.

Tobias se acercó aún más a él.

—¿Cómo las consiguió?

—Existe un arreglo —farfulló Huggett—. Cuando hay una preparada, recibo un mensaje para ir a determinado lugar a recogerla.

—¿A qué lugar?

—Nunca es el mismo —respondió Huggett—. Suele ser un almacén de algún lugar cerca del río, pero nunca es el mismo almacén.

270

—¿Cómo las paga? —le preguntó Tobias.

—Eso es lo que estoy tratando de decirle, señor —dijo Huggett en actitud servil—. No las pago. El arreglo consiste en que puedo tenerlas gratuitamente siempre y cuando las exhiba al público.

Tobias señaló la colección.

—¿Cuál de éstas fue la última que le entregaron?

—Ésa. —Huggett apuntó un dedo tembloroso en dirección a un retablo cercano—. Recibí un mensaje, hará unos cuatro meses, en el que me informaban que estaba lista.

Lavinia observó la figura de una mujer congelada en una especie de extraño horror extático y se estremeció.

—¿No ha recibido ningún mensaje nuevo del artista? —preguntó Tobias.

—No —dijo Huggett—. Ninguno.

Tobias lo inmovilizó con una fría mirada.

—Si recibe alguna otra comunicación de la persona que modeló estas figuras, me avisará de inmediato. ¿Comprendido?

—Sí, sí —chilló Huggett—. De inmediato.

—Le advierto que este asunto tiene relación con un asesinato.

—No quiero tener nada que ver con asesinatos —le aseguró Huggett—. Yo sólo soy un inocente comerciante que intenta ganarse la vida.

Lavinia cruzó una mirada con la señora Vaughn.

—Usted me dijo que un artista de este calibre querría que su obra fuera expuesta al público.

La señora Vaughn asintió.

—Y es natural. Sin embargo, resulta evidente que este artista no necesita obtener beneficio de sus obras.

—Entonces estamos buscando a una persona que dispone de recursos financieros —acotó Tobias.

—Yo diría que sí. —La señora Vaughn parecía pensativa—. Sólo alguien que tuviera otra fuente de ingresos podría darse el lujo de crear y regalar obras tan grandes y tan bien hechas.

—Una última pregunta, si no le importa —dijo Lavinia.

—Por supuesto, querida mía —respondió la señora Vaughn, encantada—. No me importa en lo más mínimo. Le aseguro que ésta ha sido una experiencia de lo más interesante.

—¿Le parece que el artista que modeló estas figuras podría ser el mismo que esculpió la amenaza de muerte que le mostré?

La señora Vaughn contempló el rostro angustiado de la figura que tenía más cerca.

—Oh, sí —susurró con expresión sombría—. Sí, por supuesto. Creo que es muy probable que el artista sea el mismo.

Tobias se apoyó en una de las columnas de piedra que sujetaban el techo de la ruina gótica, ingeniosamente diseñada, y contempló el jardín cubierto de maleza.

La ruina había sido construida varios años antes. Sin duda, el arquitecto había intentado que fuera un elegante añadido a ese rincón remoto del enorme parque. Un lugar para la serena contemplación de la esencia balsámica de la naturaleza.

Pero este sector del vasto terreno nunca había sido muy apreciado por el público, y nadie se había ocupado de cuidar la ruina, el seto y los jardines; en consecuencia, estaban ahora visiblemente deteriorados. La vegetación había crecido de manera salvaje, creando un velo natural que ocultaba la ruina a los ojos de cualquiera que paseara por esa zona aislada del parque.

Tobias había tropezado con la ruina mucho tiempo atrás. A veces la visitaba, cuando quería pensar sin que nadie le distrajera. Ésta era la primera vez que llevaba a alguien al lugar que consideraba su refugio privado.

Había dejado de llover, pero los árboles seguían goteando. El coche que había logrado parar después de salir del Museo Huggett esperaba en un sendero del parque.

Al menos eso creía. No le gustaba la idea de tener que volver a pie a casa de Lavinia. Hoy le dolía la pierna.

—Aquí tenemos varias cosas que, en apariencia, no guardan relación entre sí —comentó—. La muerte o la desaparición de algunas amantes de Neville, las figuras de cera, y los rumores de una guerra por el control de lo que queda de la Blue Chamber. Tiene que existir un nexo entre ellas.

—Estoy de acuerdo. —Lavinia se detuvo junto a una de las otras columnas—. Creo que el nexo es evidente.

—Nuestros clientes.

—Los dos nos han mentido desde el principio acerca de este asunto.

Tobias asintió.

—Así es.

—Los dos están intentando utilizarnos con fines no demasiado claros.

—Parece evidente.

Lavinia le miró.

—Creo que ha llegado el momento de enfrentarnos a ellos.

—Yo sugiero que empecemos con tu clienta.

—Me imaginé que dirías eso. —Lavinia suspiró—. No creo que a la señora Dove le guste. Sin duda me despedirá.

Tobias se enderezó y la tomó del brazo.

—Si te sirve de consuelo, no espero recibir ni un céntimo de Neville.

—Supongo que siempre puedo vender otra estatua para pagar el alquiler y el salario trimestral de la señora Chilton —comentó Lavinia.

—Una de las cosas que admiro de ti, Lavinia, es que siempre tienes algún recurso.

Joan Dove estaba sentada inmóvil en el sofá a rayas, lo que le llevó a Lavinia a pensar que habría sido fácil confundirla con una de las elegantes figuras de cera de la señora Vaughn.

—Discúlpeme —dijo Joan en el tono glacial de una mujer que no está acostumbrada a ser cuestionada—. ¿Qué está intentando dar a entender?

Tobias no dijo nada. Con una sola mirada le hizo saber a Lavinia que confiaba en su manera de manejar aquella desagradable situación. La señora Dove era clienta suya.

Lavinia captó la mirada de Tobias; se puso en pie y caminó hasta una de las ventanas de la sala. Su cabellera roja formaba un vívido contraste con las cortinas de terciopelo verde.

—Pensé que la pregunta era bastante directa —dijo—. Le pregunté si alguna vez estuvo involucrada en algún asunto con lord Neville. ¿Fue él quien la sedujo y la despreció hace veinte años?

Joan no respondió. El gélido silencio que guardaba parecía capaz de congelar toda la sala.

—Maldición, Joan. —Lavinia se volvió con la ira reflejada en sus ojos—. ¿No comprende lo que está en juego? Tenemos buenas razones para creer que Neville ha asesinado al menos a dos de sus ex amantes. Tal vez a muchas más. Es posible que la última esté viva, pero de ser así se debe sólo al azar.

Joan no dijo nada.

Lavinia empezó a pasearse de un lado a otro.

—Sabemos que Sally visitó el Museo Huggett poco antes de desaparecer. Allí hay una galería especial en la que se exhiben algunas figuras de cera brillantemente realizadas. La amenaza de muerte que usted recibió fue esculpida por un experto modelador. Suponemos que el artista que la creó es el mismo que hizo aquellas figuras. Así pues, ¿quiere decirme qué demonios ocurre?

—Basta —dijo Joan tensando los labios—. No es necesario que me grite, Lavinia. Soy su clienta, ¿recuerda?

—Conteste lo que le pregunto —replicó Lavinia deteniéndose en mitad de la sala—. ¿Tuvo una aventura con Neville?

Joan vaciló.

—Sí, tiene razón. Él fue el hombre que me sedujo hace tantos años y que luego me abandonó.

Por un instante, nadie dijo ni hizo nada.

Entonces Lavinia dejó escapar un suspiro.

—Lo sabía —dijo, y se dejó caer en una silla—. Sabía que tenía que haber alguna relación.

—Lo que no entiendo —razonó Joan— es cómo una indiscreción del pasado puede tener algo que ver con el asunto del asesinato.

Tobias la miró.

—Al parecer Neville se ha empeñado en deshacerse de sus anteriores amantes. Al menos dos mujeres con las que mantuvo relaciones íntimas en los dos últimos años están muertas. Se rumorea que hay otras tres más, y que una ha desaparecido.

Joan arrugó el entrecejo.

—¿Por qué demonios querría matarlas?

—No estamos seguros —repuso Tobias—. Pero suponemos que tal vez cree que saben demasiado sobre él.

—¿Qué podrían saber ellas para que él decidiera asesinarlas?

—Seré franco, señora Dove —respondió Tobias—. Estoy casi seguro de que Neville era miembro de una organización delictiva conocida como Blue Chamber. Fue una banda secreta que durante varios años acumuló mucho poder. La dirigía un hombre que se hacía llamar Azure y sus dos lugartenientes.

—Entiendo. —Joan lo miró sin expresión en el rostro—. Qué extraño.

—La Blue Chamber empezó a desintegrarse tras la muerte de Azure, hace ya unos cuantos meses. Uno de los dos lugartenientes, Carlisle, murió hace tres meses en Italia.

Joan frunció el ceño.

—¿Está seguro?

Tobias le dedicó una fría sonrisa y la miró fijamente.

—Sí. Estoy absolutamente seguro de su muerte.

Joan le lanzó una fugaz mirada a Lavinia.

—Entonces ahora sólo queda un miembro de la Blue Chamber, y usted cree que es lord Neville.

—Sí —confirmó Lavinia—. Tobias tenía la esperanza de que el diario del ayuda de cámara le proporcionara una prueba.

—Pero el diario fue destruido antes de que alguien pudiera leerlo —dijo Tobias.

—Es posible que Neville matara a Holton Felix, destruyera el diario y arreglara las cosas de tal modo que Tobias lo encontrara. Pero también es posible que fuera otra persona quien lo hizo —sugirió Lavinia.

—¿Quién? —preguntó Joan.

Lavinia la miró a los ojos.

—Usted.

Se produjo un repentino silencio.

—No entiendo —susurró Joan—. ¿Por qué iba yo a hacerlo?

—Porque usted estaba desesperada por ocultar un secreto que contenía el diario —afirmó Lavinia.

—¿El hecho de que tuve una aventura con Neville? —Joan entrecerró los ojos con una expresión de desdén—. Reconozco que estoy muy interesada en mantener en secreto aquella relación, pero le aseguro que no me arriesgaría a cometer un asesinato para lograrlo.

—No es lo relacionado con esa relación lo que le preocupa —prosiguió Lavinia—. Es el hecho de que su esposo era Azure.

Joan la miró fijamente.

—Usted está loca.

—Usted lo amaba, ¿verdad? —continuó Lavinia, casi con amabilidad—. Debió de quedar estupefacta al recibir la primera carta de chantaje de Holton Felix, en la que le decía que Fielding Dove había sido el líder de una organización criminal secreta. Usted habría hecho cualquier cosa por mantener oculta esa información, ¿no es así? Están en juego el buen nombre y el honor de su esposo.

Durante unos segundos, Joan perdió el color. Enseguida lo recuperó, roja de ira.

—¿Cómo se atreve a decir que mi esposo estaba involucrado en esa... esa tal Blue Chamber? ¿Quién se cree que es para insinuar siquiera semejante acusación?

—Usted me dijo que cuando su esposo murió, se vio inmersa en un laberinto financiero terriblemente complicado. Y dijo también que aún está tratando de atar algunos cabos sueltos —le recordó Lavinia.

—Le dije que como inversor era brillante.

—Una buena cantidad de complejas inversiones pueden haber enmascarado sus actividades criminales —dijo Tobias con mucha tranquilidad.

Joan cerró los ojos.

—Tiene razón. Holton Felix me envió una carta en la que me amenazaba con revelar el papel de Fielding como jefe de un vasto imperio criminal. —Lo miró de frente y en sus ojos brilló una funesta certeza—. Pero esa amenaza estaba basada en una mentira.

—¿Está segura de eso? —preguntó Lavinia.

—No es posible. —A Joan se le llenaron los ojos de lágrimas—. Fielding y yo estuvimos juntos durante veinte años. Si él hubiera sido un criminal, yo lo habría sabido. No es posible que me haya ocultado semejante cosa durante todo ese tiempo.

—Muchas esposas ignoran las actividades financieras de sus esposos durante toda la vida —opinó Lavinia—. No se imagina cuántas viudas conocí que después del funeral estaban totalmente perdidas debido a que no entendían sus propias finanzas.

—Me niego a creer que Fielding fuera ese Azure del que ustedes hablan —dijo Joan en tono monocorde—. ¿Tienen alguna prueba?

—Ninguna —respondió enseguida Tobias—. Y ya que tanto Azure como su esposo están muertos, no tengo ningún interés en insistir en esta cuestión. Pero me gustaría mucho desenmascarar a Neville.

—Entiendo —susurró Joan.

—Y será mejor hacerlo antes de que la asesine también a usted —añadió Lavinia.

Joan enarcó las cejas.

—¿Realmente creen que fue él quien envió la amenaza de muerte?

—Es una posibilidad que no debemos desdeñar —aseguró Tobias—. Él no es un artista, pero es posible que le haya encargado esa pieza que le envió a usted a algún artista que trabaje la cera.

—Pero ¿por qué querría avisarme acerca de cuáles son sus intenciones?

—El hombre parece ser un asesino —dijo Lavinia—. ¿Quién sabe cómo funciona su mente? Tal vez desea atormentarla o castigarla de algún modo.

Tobias se apartó de la ventana.

—Lo más probable es que esté tratando de llevarla a una situación de mayor vulnerabilidad. Está usted rodeada de un pequeño ejército, señora Dove. Sus lacayos están entrenados para hacer algo más que llevar copas de champán en bandejas de plata.

Joan suspiró.

—Mi esposo era muy rico, señor March. Se ocupó de emplear a hombres que estuvieran en condiciones de protegernos a nosotros y nuestras posesiones.

—Tal vez Neville le envió la amenaza de muerte en un intento de destrozarle los nervios —aventuró Lavinia—. Quizás espera que usted se angustie, se descuide y haga alguna tontería, y tenerla así en sus manos.

—Pero él no tiene motivos para querer matarme —insistió Joan—. Aunque sea un criminal, hace veinte años yo no estaba al tanto de sus actividades. Él debería saberlo.

Tobias la miró.

—Si estamos en lo cierto, si estuvo usted realmente casada con Azure, entonces Neville tiene razones para creer que usted conoce demasiados secretos peligrosos.

Joan se restregó las manos.

—Le digo que mi esposo no era Azure.

Lavinia creyó apreciar que en esta ocasión la negativa de la señora Dove era más vacilante.

—Nosotros sospechamos que lo era —insistió—. Y si acertamos, usted corre un serio peligro.

El dolor y la indignación desaparecieron casi por completo de los ojos de Joan. Dejó de restregarse las manos.

—¿Ustedes creen que Neville asesinó a esas mujeres?

—Sin duda lo parece —dijo Tobias—. Estoy empezando a pensar que él encargó esas figuras de cera de la galería de Huggett como una especie de macabro recuerdo de los asesinatos.

Joan se estremeció.

—¿Qué artista podría crear esas obras?

—Uno que recibiera una comisión lo suficientemente grande como para no hacer demasiadas preguntas —opinó Lavinia—. O uno que temiera por su vida. Si lo recuerda, a madame Tussaud la obligaron a hacer aquellas mascarillas mientras estaba prisionera en Francia.

Se produjo un breve silencio.

—Tengo la intención de entrar esta noche en casa de Neville —dijo Tobias al cabo de unos segundos—. Hay que poner fin a este asunto, y pronto. Necesito pruebas de su participación en actividades criminales, y no se me ocurre otra manera de conseguirlas. Hasta que este asunto termine, usted no debe correr riesgos. Le sugiero que se quede aquí, en la seguridad de su hogar.

Joan vaciló y después sacudió la cabeza.

—El baile de los Colchester es esta noche. Es el único acontecimiento de la temporada al que no puedo faltar por ningún motivo.

—¿Está segura de que no puede excusarse?

—Imposible. Lady Colchester se ofenderá muchísimo si no voy. Es la abuela del novio de mi hija, y es una tirana en lo relativo a su familia. Si se molesta conmigo, se vengará haciéndole algo a Maryanne.

Tobias percibió la mirada comprensiva de Lavinia y gruñó para sus adentros.

Pensó que para comprender los peligros y las dificultades que supone el intento de forjar una buena boda, no hay nada mejor que haberlo intentado personalmente. Incluso antes de que Lavinia abriera la boca, él supo que había perdido esa pequeña batalla.

—Santo cielo —dijo Lavinia—. ¿Cree que lady Colchester podría llegar tan lejos como para obligar al novio de Maryanne a echarse atrás?

Joan se tensó.

—No podría asegurarlo. Lo único que sé es que no voy a arriesgar el futuro de Maryanne sólo porque tengo miedo de asistir esta noche a un baile.

Lavinia se volvió hacia Tobias.

—La señora Dove viajará de ida y de vuelta acompañada por sus lacayos. Una vez que llegue a la mansión Colchester se encontrará rodeada de gente. Estará a salvo.

—No me convence —dijo él, consciente de que estaba perdiendo el tiempo.

Lavinia lo miró con expresión radiante.

—Tengo una idea.

Tobias hizo una mueca y se frotó distraídamente la pierna.

—No me cabe duda —dijo—. Maldita sea.

20

Poco más tarde, Tobias entraba tras Lavinia en la casa desierta y sumido en el silencio. Pensó que eso era lo más adecuado para el severo sermón que pensaba darle.

—Esta tarde, la señora Chilton está con su hija —le informó ella mientras colgaba el sombrero de una percha—. Emeline ha ido con Priscilla y Anthony a escuchar una conferencia sobre antigüedades.

—Lo sé. Anthony dijo algo acerca de que iba a acompañarlas. —Dejó caer el sombrero y los guantes sobre la mesa—. Lavinia, tengo que hablar contigo —le dijo.

—¿Quieres que pasemos al estudio? —dijo cuando ya estaba en mitad del pasillo—. Podemos encender el fuego. Un ambiente agradable y acogedor para una de nuestras pequeñas disputas, ¿no te parece?

—Maldita sea.

Lo suyo no tenía solución. La siguió hasta el estudio. Ella estaba en lo cierto: el estudio era un lugar mucho más encantador para una discusión que el vestíbulo. Se le ocurrió que empezaba a sentirse muy cómodo en esa acogedora habitación llena de libros. Cuando entró, tuvo la extraña sensación de adentrarse en su casa.

Una verdadera tontería, por supuesto.

Observó a Lavinia acomodarse en la silla, al otro lado del escritorio. La expresión de absoluta satisfacción de su rostro era evidente.

Tobias se agachó ante la chimenea para encender el fuego y el tirón que sintió en la pierna crispó su rostro.

—Estás muy contenta con esa descarada estrategia manipuladora, ¿verdad? —dijo.

—Vamos, Tobias. Sugerirle a la señora Dove que Emeline y yo la acompañaríamos al baile de los Colchester fue una solución perfectamente razonable para un dilema muy difícil. Era evidente que ella estaba decidida a asistir al baile. De esa manera yo podré vigilarla.

Él le dedicó una forzada sonrisa.

—Fue una suerte que a la señora Dove no le pareciera mal conseguir algunas invitaciones para unas amigas de Bath que, casualmente, han venido a visitarla.

—Tú oíste lo que dijo, que aunque no pudiera conseguir las invitaciones, para ella no sería ningún problema asistir con dos acompañantes. El baile de los Colchester es tan multitudinario que nadie notaría si hay algún invitado extra.

—¿Podrías hacer un esfuerzo por no regodearte? Es muy irritante.

Ella lo miró con expresión inocente.

—Voy a pasar por todo esto para proteger a mi clienta.

—No intentes fingir que hiciste tu gracioso ofrecimiento sólo para vigilar a Joan Dove. —Cuando se puso en pie, volvió a sentir molestias en la pierna—. Te conozco demasiado bien. Aprovechaste la oportunidad para conseguir una invitación al baile para tu sobrina.

Lavinia sonrió con petulancia.

—Es un golpe increíble, ¿no te parece? Imagínate, esta noche Emeline asistirá a uno de los acontecimientos sociales más importantes de la temporada. Ya verás cuando lady Wortham se entere. Empezará con sus insinuaciones acerca de los favores que le está haciendo a Emeline.

A pesar de su mal humor, Tobias casi se estaba divirtiendo.

—Recuérdame que jamás me interponga entre una casamentera y una invitación a un acontecimiento social importante.

—Vamos, Tobias. Al menos de esta forma sabemos que la señora Dove estará a salvo esa noche —dijo Lavinia—. No creo que Neville intente asesinarla en medio del baile más importante de la temporada.

Tobias se quedó pensativo.

—Parece una situación incómoda para intentar un asesinato, ¿verdad? —dijo por fin—. De todas maneras, teniendo en cuenta el carácter solitario de la señora Dove, y el hecho de que cuando sale de su casa va siempre acompañada por esos corpulentos lacayos, un asesino desesperado podría pensar que no tiene muchas posibilidades.

—No te preocupes, Tobias. No le quitaré el ojo de encima durante todo el baile. —Lavinia se inclinó hacia delante y apoyó la barbilla en la palma de su mano. En sus ojos afloró una sombría expresión—. ¿Hablabas en serio cuando dijiste que pensabas registrar la casa de Neville esta noche?

—Sí. Debemos obtener respuestas lo más rápido posible, y no sé dónde más buscarlas.

—¿Y si se queda en casa?

—Estamos en plena temporada —señaló Tobias—. Con el nivel social que tienen, Neville y su esposa salen de su casa prácticamente todas las noches. Sé que incluso durante los meses de poca actividad, Neville rara vez regresa a su casa antes del amanecer.

Lavinia hizo una mueca.

—Parece obvio que Neville y su esposa no disfrutan mucho de su mutua compañía.

—En ese sentido tienen mucho en común con otras

parejas de la alta sociedad. Sea como fuere, por mi experiencia, cuando los criados de una casa grande saben que sus patrones van a estar fuera la mayor parte de la noche, suelen ausentarse también durante unas horas. Lo más probable es que esta noche la mansión esté casi desierta. Los pocos miembros del personal que no hayan salido, seguramente estarán ocupados en sus propios aposentos. Debería resultar sencillo entrar sin que se den cuenta.

Ella no dijo nada.

Él la miró, sorprendido.

—¿Y bien? ¿Qué dices?

Ella tomó una pluma y la golpeteó contra la palma de su mano.

—Tu plan no me gusta, Tobias.

—¿Por qué no?

Lavinia recapacitó unos segundos y finalmente dejó la pluma. Se puso en pie y lo miró con preocupación.

—No es lo mismo que registrar la pequeña casa de Sally Johnson —dijo—. Hemos llegado a la conclusión de que Neville es un asesino. La idea de que recorras tú solo esa mansión por la noche me perturba.

—Tu preocupación me conmueve, Lavinia. Y no es poco sorprendente. No tenía idea de que te preocuparas tanto por mi seguridad. Tenía la impresión de que para ti he sido más bien una molestia.

Ella reaccionó con brusquedad.

—No te tomes esto a la ligera. Estamos tratando con un hombre que ha asesinado a varias mujeres.

—Y que, probablemente, mandó asesinar a Bennett Ruckland —añadió él en voz baja.

—¿Ruckland? ¿El hombre que fue asesinado en Italia?

—Sí.

—Pero tú dijiste que fue Carlisle quien arregló ese asesinato.

285

—Neville y Carlisle se conocían bien por su relación con la Blue Chamber. Sospecho que Neville le pagó una buena suma de dinero para que se ocupara de que Ruckland no regresara jamás a Inglaterra.

—Estás tan decidido a encontrar la información que quieres, que me parece que te vas a arriesgar demasiado. Tal vez deberías ir con Anthony. Podría servirte de guardaespaldas.

—No. Quiero que Anthony vaya al baile de los Colchester. Puede ayudarte a ti a vigilar a Joan Dove.

—Puedo vigilar a Joan perfectamente. Creo que Anthony debería ir contigo.

Tobias sonrió con desgana.

—Eres muy amable al preocuparte por mí, Lavinia. Pero consuélate pensando que si algo sale mal, será sólo por mi culpa. Como siempre, según dices tú.

—Maldita sea, estás intentando cambiar de tema.

—Bueno, así es. No creo que esta conversación nos lleve a ninguna parte.

—Tobias, deja de provocarme, o no me hago responsable de mis actos.

Los puños apretados y la expresión airada de su rostro le indicaron a Tobias que su débil intento por suavizar las cosas había fracasado.

—Lavinia...

—No se trata de culpar. Ahora estamos hablando de sentido común.

Él le tomó la cara entre las manos.

—No sé si habrás notado que, cuando se trata de nosotros, el sentido común es el menos común de los sentidos.

Lavinia se aferró a las muñecas de él.

—Prométeme que esta noche tendrás mucho cuidado, Tobias.

—Te lo prometo.

—Prométeme que no entrarás si hay alguna señal de que Neville está en la casa.

—Te aseguro que lo más probable es que Neville no esté en su casa —insistió él—. En realidad, es muy probable que él y su esposa aparezcan en el baile de los Colchester. Serás tú quien lo vea, no yo.

—Eso no me tranquiliza. Prométeme que no entrarás si hay alguien en la casa, no importa quién sea.

—Lavinia, no puedo hacer eso.

Ella gimió.

—Sabía que me dirías eso. Prométeme...

—Ya he prometido demasiadas cosas. Ahora preferiría besarte.

A Lavinia le brillaron los ojos, pero él no supo si era de rabia o de pasión.

—Estoy tratando de hablar en serio —aclaró ella.

—¿Quieres besarme?

—No es ése el tema que está en discusión. Estamos hablando de los riesgos que puedes correr.

Él le acarició la mandíbula con los pulgares y se estremeció al sentir la suavidad y la tersura de su piel.

—Bésame, Lavinia.

Ella apoyó las palmas de las manos en sus hombros, y hundió los dedos en la tela de su chaqueta. Tobias no supo si ella quería apartarlo o acercarlo aún más.

—Prométeme que serás sensato —le pidió.

—No, Lavinia. —Él le besó la frente y luego la nariz con dulzura—. No puedes pedirme eso.

—Tonterías. Claro que puedo.

—No —dijo sacudiendo la cabeza—. No he podido recuperar la sensatez desde aquella vez que te vi en una calle de Roma.

—Tobias. —Ella contuvo el aliento—. Esto es una locura. Ni siquiera nos gustamos especialmente.

—Habla por ti misma. En cuanto a mí, creo que me estoy encariñando contigo, a pesar de la facilidad que tienes para ponerme furioso.

—¿Encariñándote? —Ella alzó las cejas—. ¿Te estás encariñando conmigo?

Él sintió una punzada de arrepentimiento. Casi podía oír la reprimenda de Anthony.

—Tal vez «encariñarse» no sea la palabra adecuada en estas circunstancias —aclaró.

—Uno se encariña con un buen amigo, o con su tía preferida... o con un perro.

—Entonces no cabe duda de que no es la palabra adecuada —reconoció Tobias—. Porque lo que siento por ti no tiene nada que ver con lo que siento por los amigos, las tías o los perros.

—Tobias...

Él le tocó ese lugar exquisito de la nuca donde caían sueltos algunos mechones de pelo.

—Te deseo, Lavinia. No recuerdo haber deseado tanto a ninguna mujer. Lo siento como una punzada en las tripas.

—Maravilloso. O sea que te provoco dolor de barriga. —Lavinia cerró los ojos y sintió el temblor de todo su cuerpo—. Siempre he soñado con provocar en un hombre esas estremecedoras sensaciones.

—Anthony siempre me dice que no soy muy bueno a la hora de tratar a las mujeres. Tal vez todo sería más fácil si dejaras de hablar y me besaras.

—Eres un hombre imposible, Tobias March.

—Entonces hacemos buena pareja. Te aseguro que eres la mujer más difícil que he conocido en mi vida. ¿Vas a besarme?

En los ojos de Lavinia apareció un destello que podría haber significado indignación, frustración o pasión.

Apartó las manos de los hombros de Tobias y le rodeó el cuello. Se puso de puntillas y lo besó.

Él acercó sus labios a los de ella, saboreándolos y buscando el desenfreno que había descubierto aquella madrugada en el coche de Joan Dove. Ella se estremeció y se apretó contra él. Su deseo avivó el fuego que ardía en las venas de Tobias.

—Tobias —dijo ella deslizando los dedos entre su pelo y lo besó con renovada pasión.

—Hay algo en ti que me hace sentir como si ingiriese una poderosa droga —susurró él—. Y creo que me estoy convirtiendo en un adicto.

—Oh, Tobias.

Su nombre sonó como un grito estrangulado y amortiguado contra su cuello.

Él apretó las manos alrededor de las costillas de Lavinia, exactamente debajo de sus pechos, la alzó y la acercó a su pecho. Ella dejó escapar un suave y erótico gemido que reavivó las llamas de la pasión.

Tobias dio unos cuantos pasos sosteniéndola entre sus brazos. Lavinia volvió a apretar las palmas de sus manos contra los hombros de Tobias y siguió dándole besos breves y húmedos.

Cuando estuvieron junto al escritorio, él la sentó en el borde del mismo. La sostuvo con una mano y con la otra se desabrochó el pantalón, liberando su sexo. Ella se inclinó y lo rodeó con sus suaves dedos.

Tobias cerró los ojos y trató de reprimir el ansia que amenazaba con consumirlo. Cuando logró dominarse, volvió a abrirlos y vio la excitación reflejada en el rostro de la mujer.

Le separó las piernas y acarició la suave piel que quedaba desnuda por encima de sus medias. Se arrodilló ante ella y le besó el interior del muslo derecho. Siguió avanzando y acercándose implacablemente a su objetivo.

—Tobias. —Ella apretó los puños—. ¿Qué estás...? No, no, no puedes besarme ahí. Por Dios, Tobias, no debes...

Él no hizo caso a las protestas de Lavinia. Cuando tocó ese punto tierno y sensible con la punta de la lengua, ella dejó de hablar. Su última protesta murió en un jadeo ahogado.

Él deslizó los dedos en su interior y la besó aun con mayor intensidad. Notó que ya no decía nada, como si no le quedara aliento. Sintió que dentro de ella la tensión se aflojaba tras una serie de breves estremecimientos.

Cuando la tormenta pasó, él se puso en pie y la abrazó con fuerza. Ella se relajó entre sus brazos.

—¿Aprendiste eso en Italia? —musitó contra su cuello—. Dicen que no hay nada mejor que los viajes para completar una buena educación.

Él consideró que la pregunta no necesitaba respuesta. Y eso era una suerte: en ese momento no confiaba en su capacidad de mantener una conversación lúcida.

Se movió entre las piernas de Lavinia y con las manos rodeó sus nalgas magníficamente curvadas.

Ella alzó la cabeza y sonrió. Sus ojos eran como un mar insondable, atravesado por corrientes cálidas y cautivadoras. Aunque lo hubiera intentado, no habría podido dejar de mirarlos.

—Los ojos de una hipnotizadora —susurró él—. Me has hecho entrar en trance.

Ella le tocó la oreja con un dedo, luego la comisura de los labios. Sonrió, y él se sumergió con mayor profundidad en el hechizo.

Se preparó para sumergirse también en su interior.

El sonido de la puerta que se abría, seguido por unas voces en el vestíbulo, lo obligaron a detenerse en el preciso instante en que iba a hundirse en la acogedora calidez de Lavinia.

Ella se puso rígida.

—Oh, cielos —dijo, alarmada—. Tobias...

—Maldición —dijo mientras apoyaba su frente en la de ella—. No me digas...

—Creo que Emeline ha vuelto a casa más temprano de lo previsto. —El pánico teñía la voz de Lavinia. Intentó apartarlo, pero sin éxito—. Debemos vestirnos de inmediato. Ella puede entrar en cualquier momento.

El hechizo se había roto.

Tobias retrocedió y empezó a abotonarse torpemente el pantalón.

—Cálmate, Lavinia. No creo que ella piense que ocurre algo malo.

—Aquí hace falta aire fresco.

Lavinia bajó de un salto del escritorio y se sacudió la falda, se acercó a toda prisa a la ventana y la abrió de par en par. Una brisa fría y húmeda inundó el estudio. Las llamas se agitaron frenéticas.

Tobias la miraba, divertido.

—Está lloviendo, no sé si te habías dado cuenta.

Ella se volvió y le lanzó una mirada de reprobación.

—Lo sé perfectamente.

Él sonrió. Enseguida oyó una voz familiar que llegaba desde el pasillo.

—Me pareció que la parte de la conferencia del señor Halcomb sobre las ruinas de Pompeya era bastante pobre —comentó Anthony.

—A mí también. Dudo de que haya ido más allá del Museo Británico para hacer su investigación.

Lavinia se tensó.

—¿Qué creen que están haciendo? Santo cielo, si algún vecino los vio entrar juntos en una casa en la que no hay nadie, Emeline quedará arruinada. Absolutamente arruinada.

—Vamos, Lavinia.

—Yo me ocuparé de esto. —Fue hasta la puerta del estudio y la abrió de par en par—. ¿Qué sucede aquí?

Anthony y Emeline, que se encontraban en mitad del pasillo, se detuvieron.

—Buenas tardes, señor March —saludó Emeline.

—Señorita Emeline.

Anthony pareció sorprendido.

—¿Ocurre algo, señora Lake?

—¿Es que no tenéis un ápice de sensatez? —preguntó, furiosa—. Emeline, está muy bien permitirle al señor Sinclair que te acompañe hasta la puerta de casa, pero invitarlo a pasar cuando no hay nadie... ¿En qué demonios estabas pensando?

Emeline pareció desconcertada.

—Pero Lavinia...

—¿Y si te hubiese visto algún vecino?

Anthony intercambió una mirada con Emeline; una expresión de complicidad iluminó su rostro.

—Permítame ver si he comprendido —dijo—. Usted está preocupada porque he entrado con la señorita Emeline en la casa, y porque no hay nadie que nos acompañe. ¿Es eso?

—Por supuesto —Lavinia apoyó las manos en las caderas—. Dos jóvenes solteros que entran en la casa juntos. ¿Qué pensarán los vecinos?

—Permíteme que te diga que tu lógica tiene un pequeño defecto —murmuró Emeline.

Lavinia arrugó el entrecejo.

—Estoy ansiosa por saberlo.

—La casa no está vacía. Estás tú con el señor March. Nadie podría esperar una compañía más adecuada.

Se produjo un breve y crispado silencio y, finalmente, asimilaron la observación.

Tobias logró reprimir una carcajada. Observó a Lavinia y se preguntó cuándo comprendería ella que había reaccionado de manera exagerada ante la inocente actitud de Anthony y Emeline.

Pensó que, a veces, el hecho de haberse salvado por los pelos alteraba los nervios.

Lavinia farfulló, se ruborizó y se aferró al único argumento que le quedaba.

—Eso está muy bien. Pero tú, Emeline, no sabías que nosotros estábamos aquí.

—Bueno, con respecto a eso —intervino Anthony con timidez—, le diré que nosotros sabíamos que ustedes estaban en casa. El lacayo de lady Wortham acompañó a la señorita Emeline hasta la puerta de entrada. Cuando ella la abrió, vio el sombrero y los guantes de Tobias y su capa. Le aseguró a lady Wortham que ustedes estaban en casa, y la buena señora me dio su permiso para entrar con la señorita Emeline antes de que ella y la señorita Priscilla se marcharan.

—Entiendo —dijo Lavinia con un hilo de voz.

—Fueron ustedes quienes no nos oyeron llegar en el coche de lady Wortham —señaló Emeline—. Y tampoco me oyeron decirle que estaban en casa.

—Bueno, no —Lavinia carraspeó—. No oímos nada. Estábamos ocupados aquí, en el estudio.

—Seguramente estaban concentrados en algo muy importante —apuntó Anthony con una sonrisa sólo en apariencia inocente—. Hicimos mucho ruido, ¿verdad, señorita Emeline?

—Ya lo creo —repuso Emeline—. En realidad, es imposible que no nos oyeran.

Lavinia abrió la boca pero no logró articular palabra.

El matiz rosado de sus mejillas se convirtió en un intenso rubor.

Un brillo de picardía iluminó los ojos de Emeline.

—¿De qué tema tan fascinante hablabas con el señor March que no nos oíste llegar?

Lavinia respiró profundamente.

—De poesía.

21

Lavinia se detuvo con Joan en un extremo relativamente tranquilo del salón de baile y observó a la multitud. Su ánimo estaba dividido entre su preocupación por Tobias y una insoslayable sensación de triunfo. Como no podía hacer nada con respecto a lo primero, se permitió disfrutar del éxito social.

El asunto Colchester era todo lo que podía pedir para asegurar el futuro de Emeline. El salón de baile había sido decorado al estilo chino, con una mezcla de motivos etruscos e indios. Los espejos y los dorados abundaban para realzar el efecto. Ataviada con el vestido color turquesa intenso que madame Francesca había estipulado para la ocasión, y con el oscuro pelo recogido en un ingenioso peinado con pequeños adornos, Emeline estaba tan elegante y exótica como el entorno.

—Felicitaciones, Lavinia —musitó Joan—. Ese joven que acaba de invitar a Emeline a bailar es candidato a un título.

—¿Y propiedades?

—Tiene varias, creo.

Lavinia sonrió.

—Parece encantador.

—Sí. —Joan observó a los jóvenes que bailaban—. Por fortuna, el joven Reginald no se parece a su padre. Pero eso no es sorprendente, dadas las circunstancias.

—¿Perdón?

Joan esbozó una fría sonrisa.

—Reginald es el tercer hijo de Bolling. El primero apareció muerto en un callejón, en la puerta trasera de un burdel. Se supone que fue asesinado por un asaltante que nunca fue arrestado.

—Tengo la impresión de que no cree usted esa historia.

Joan alzó un hombro con un breve movimiento lleno de gracia.

—Que sentía debilidad por las muchachas muy jóvenes no es ningún secreto. Hay quienes creen que fue apuñalado por un pariente de una de las inocentes criaturas que había pervertido. Tal vez un hermano mayor.

—En ese caso, no puedo sentir pena por el primer heredero de Bolling. ¿Qué ocurrió con el segundo?

—Tenía la costumbre de beber mucho y de frecuentar los burdeles en busca de diversión. Una noche lo encontraron tumbado sobre una alcantarilla, en la entrada de un conocido garito. Ahogado en unos pocos centímetros de agua, según dicen.

Lavinia se estremeció.

—No parece una familia muy feliz.

—Por supuesto, nadie soñó jamás que el joven Reggie heredaría el título, y menos que nadie lady Bolling. En realidad, después de cumplir con la obligación de darle a su esposo un heredero y un segundo hijo, se marchó de su casa.

Lavinia la miró.

—¿Con un amante?

—Así es.

—¿Está insinuando que el amante es el padre de Reginald?

—Lo creo bastante probable. Tiene el pelo castaño y

los ojos oscuros, como su madre, así que es imposible estar seguro de quién es el padre. Pero creo recordar que los dos primeros hijos de Bolling tenían el pelo rubio y los ojos claros.

—Así que es probable que el título lo herede el hijo de otro hombre, no de Bolling.

Lavinia pensó que esa clase de incidentes ocurrían más a menudo de lo que la gente creía. En la alta sociedad, donde los matrimonios se decidían por una serie de motivos, ninguno de ellos relacionados con el afecto, se podía esperar que algunos jóvenes recibieran su herencia por medios un tanto indirectos.

—En mi opinión, en este caso es lo mejor —comentó Joan—. Hay algo insano en la sangre de los hombres Bolling. Siempre terminan mal por sus propias debilidades. El propio Bolling es adicto a la leche de amapola. Es un milagro que no haya muerto de una sobredosis.

Lavinia la observó con curiosidad. Ése no era el primer chisme que le contaba su compañera esta noche.

Tal vez se debía a cierta sensación de aburrimiento, provocada por la forzada compañía, lo que había inspirado a Joan a reproducir una serie de rumores y secretos sobre los demás invitados. En una hora, Lavinia se había enterado de más debilidades y escándalos de la alta sociedad que en los tres últimos meses.

—Veo que aunque no frecuenta mucho la alta sociedad —comentó Lavinia con cautela— está usted muy bien informada sobre las personas que se mueven en los círculos más selectos.

Joan apretó el abanico con sus dedos enguantados. Vaciló un segundo antes de inclinar la cabeza.

—Mi esposo consideraba que era muy importante conocer toda la información y los rumores que pudieran afectar a sus asuntos financieros. Por ejemplo, investigó a fondo los antecedentes del heredero de Colchester antes de aceptar la petición de mano de Maryanne.

—Naturalmente —coincidió Lavinia—. Yo haría lo mismo si un joven mostrara verdadero interés por mi sobrina.

—¿Lavinia?

—¿Sí?

—¿Realmente cree que mi esposo me ocultó la verdad acerca de sus actividades criminales durante todos esos años?

El tono nostálgico de la pregunta hizo que a Lavinia se le humedecieran los ojos. Parpadeó para aclararse la vista.

—Creo que tal vez hizo todo lo posible para guardar el secreto porque la amaba, Joan. Quizá no quería que usted supiera la verdad porque pensaba que así usted se mantendría a salvo.

—En otras palabras, ¿quería protegerme?

—Sí.

Joan sonrió con tristeza.

—Eso era típico de Fielding. Su primera preocupación éramos siempre nuestra hija y yo.

Anthony surgió de entre la multitud. Llevaba una copa de champán en cada mano.

—¿Con quién demonios está bailando Emeline ahora?

—Con el heredero de los Bolling. —Lavinia tomó una de las copas—. ¿Lo conoce?

—No. —Anthony miró hacia la pista de baile por encima del hombro—. Supongo que se presentó correctamente.

—Por supuesto. —Sintió pena por él—. No se preocupe tanto. No le ha prometido el próximo baile a nadie en particular. Estoy segura de que estará encantada de bailar con usted.

Anthony pareció aliviado.

—¿Usted cree?

—Estoy casi segura.

—Gracias, señora Lake. Le estoy muy agradecido. —Anthony se volvió para mirar a los bailarines.

Joan bajó la voz sólo lo suficiente para que Lavinia pudiera oírla a pesar de la música.

—Creo que oí a Emeline prometerle el próximo baile al señor Proudfoot.

—Yo me hago responsable. Diré que me equivoqué cuando anoté los nombres en la libreta de Emeline.

Joan observó a Anthony, que estaba concentrado en las parejas que bailaban.

—Discúlpeme si me tomo la libertad de darle un consejo, Lavinia, pero debo decirle que si el señor Sinclair le parece inaceptable como futuro sobrino político, no le hace ningún favor alentándolo a bailar con Emeline.

—Lo sé. No tiene dinero, ni título, ni propiedades, pero debo confesarle que él me gusta bastante. Además, me doy cuenta de lo felices que parecen él y Emeline cuando están juntos. Estoy decidida a darle a mi sobrina la posibilidad de alternar durante una o dos temporadas y conocer a una serie de buenos partidos. Pero finalmente será ella quien tome la decisión.

—¿Y si ella elige al señor Sinclair?

—Los dos son muy inteligentes, ¿sabe? Algo me dice que jamás pasarían hambre.

La enorme casa estaba sumida en la oscuridad; sólo en la planta inferior, cerca de la cocina, ardía apenas un pequeño fuego. Tobias se detuvo en las sombras, en la parte posterior del vestíbulo principal, y prestó atención. Oyó unas risas ahogadas y, más lejos, la carcajada de un borracho. Al parecer, dos miembros del personal de la casa habían encontrado una opción más entretenida que pasar la noche fuera.

Tobias decidió que la presencia de estas personas no representaba un problema. No tenía por qué registrar esa parte de la mansión. A un hombre de la clase de Neville no le interesaba el sector de la casa destinado a los sirvientes. Jamás se le habría ocurrido ocultar sus secretos en un lugar al que casi nunca accedía.

En realidad, pensó Tobias mientras avanzaba por el sombrío vestíbulo, Neville no necesitaba llegar al extremo de ocultar algo en su casa. ¿Por qué se tomaría esa molestia? Aquí él era dueño y señor.

—Maldición —le dijo Lavinia a Joan—. Acabo de ver a Neville y a su esposa entre la multitud.

—No me sorprende. —Joan casi parecía divertida con la ceñuda expresión de Lavinia—. Ya se lo dije, todo el que se considera alguien aparecerá aquí esta noche, de lo contrario se arriesgaría a ofender a lady Colchester.

—Todavía no puedo creer que esa dulce anciana que nos saludó al entrar tenga el poder de aterrorizar a todos los miembros de la alta sociedad.

—Gobierna con mano de hierro —dijo Joan con una sonrisa—. Pero parece haberse encariñado con mi hija. Y me gustaría que eso no cambiara.

Lavinia pensó que, por su parte, lady Colchester no querría perder la enorme herencia que Maryanne aportaría a las arcas de los Colchester. Pero decidió no mencionar lo obvio. Cuanto más elevado era el nivel que uno ocupaba en la alta sociedad, más elevadas eran las apuestas matrimoniales. Mientras ella conspiraba para lograr que Emeline participara en la temporada de acontecimientos sociales, con la esperanza de atraer el interés de algún joven que pudiera proporcionarle una vida confortable, Joan estaba inmersa en una estrategia más parecida a un asunto de Estado.

Volvió a ver fugazmente a Neville entre la multitud y decidió que era toda una suerte que el hombre estuviera allí. Eso significaba que Tobias no se cruzaría por accidente con él mientras registraba la mansión.

Se preguntó qué era lo que a Joan le había atraído de él en otros tiempos.

Como si hubiera adivinado su pensamiento, Joan comentó:

—Sé que tiene el desagradable aspecto de un calavera que ha pasado demasiados años persiguiendo placeres insignificantes, pero le aseguro que cuando yo lo conocí era un hombre apuesto, muy elegante y absolutamente encantador.

—Entiendo.

—Ahora pienso que debería haber notado esa veta egoísta que se esconde bajo la superficie. Me jacto de ser una mujer inteligente. Pero la verdad es que no me di cuenta de cuál era su verdadera personalidad hasta que fue demasiado tarde. Incluso ahora me resulta difícil imaginarlo matando a esas mujeres.

—¿Por qué?

Joan frunció el ceño.

—No era la clase de hombre que se ensucia las manos.

—Cuando uno es joven y no tiene mucha experiencia, suele resultarle difícil penetrar en el alma de los demás —señaló Lavinia—. ¿Le importa si le hago una pregunta personal?

—¿Cuál?

Lavinia carraspeó.

—Me doy cuenta de que usted no frecuenta demasiado la alta sociedad, pero en algunas ocasiones debe de encontrarse con Neville en público. ¿Cómo reacciona en esas situaciones?

Joan sonrió; parecía auténticamente divertida.

—Pronto conocerá la respuesta. Lord y lady Neville vienen hacia aquí. ¿Se los presento?

Nada.

Frustrado, Tobias cerró el diario de cuentas de la casa y lo dejó caer en el cajón del escritorio.

Dio un paso atrás y levantó la vela para iluminar mejor la penumbra del estudio. Había registrado hasta el último rincón y hasta la última grieta de esa habitación, pero no había descubierto la menor señal de asesinato ni de conspiración.

Neville tenía secretos. Y tenían que estar en algún lugar de esa casa.

Era muy extraño que a uno le presentaran a un asesino. Lavinia siguió el ejemplo de Joan: una fría sonrisa y unas pocas palabras pronunciadas en voz baja y con hastío. No pudo dejar de notar, sin embargo, que Neville evitaba la mirada de Joan.

Constance, que al parecer no conocía el pasado que su esposo compartía con Joan, se enredó de inmediato en una alegre conversación.

—La felicito por el compromiso de su hija —le dijo a Joan en tono afable—. Es un excelente partido.

—Mi esposo y yo estábamos muy contentos —repuso Joan—. Lamento muchísimo que Fielding no esté para bailar con ella el día de la boda.

—Me lo imagino. —En los ojos de Constance pudo apreciarse un destello de comprensión—. Pero al menos él tuvo la satisfacción de saber que el futuro de su hija quedaba asegurado.

Lavinia estudió el rostro de Neville, que miraba hacia otro lado mientras escuchaba a Joan y a lady Neville. Se dio cuenta de que estaba observando a alguien, y percibió algo desagradable en sus ojos. Con mucha discreción, se volvió para seguir la mirada del hombre.

La conmoción le provocó un nudo en el estómago al comprobar que estaba observando a Emeline, que se encontraba a cierta distancia, acompañada por Anthony y un pequeño grupo de jóvenes. Como si percibiera una situación de peligro, Anthony la miró. Al ver a Neville, entrecerró los ojos.

—Lleva un vestido encantador, señora Lake —comentó Constance con una sonrisa—. Parece una de las creaciones de madame Francesca. Creo que su trabajo es bastante singular, ¿no le parece?

Lavinia logró esbozar una sonrisa.

—Sin duda. Supongo que usted también es una de sus clientas.

—Así es. He frecuentado su establecimiento durante años. —Constance le dedicó una mirada cortés pero inquisitiva—. ¿Dice que ha venido desde Bath?

—Sí.

—He ido allí varias veces a tomar las aguas. Es una ciudad encantadora, ¿verdad?

Lavinia pensó que se volvería loca si tenía que continuar esa estúpida conversación. ¿Dónde estaba Tobias? A esas alturas, ya debería haber llegado al baile.

Las risillas y las carcajadas de la planta inferior no se oían en la planta en la que se encontraba el dormitorio de Neville. Tobias dejó la vela en el tocador. De manera rápida y metódica empezó a abrir y cerrar cajones y armarios.

Diez minutos más tarde encontró la carta en un pequeño cajón en el interior del armario. Se hizo con ella y la llevó hasta el tocador, donde estaba la vela.

La carta estaba dirigida a Neville y firmada por Carlisle. Detallaba gastos, costes y honorarios por el encargo aceptado y llevado a cabo en Roma.

Tobias se dio cuenta de que tenía en sus manos el contrato comercial que había supuesto la sentencia de muerte de Bennett Ruckland.

Neville tomó a su esposa del brazo.

—Si las señoras nos disculpan, creo que he visto a Bennington cerca de la escalera. Tengo que hablar con él.

—Sí, por supuesto —murmuró Joan.

Neville se llevó a su esposa abriéndose paso entre la multitud.

Lavinia trató de seguir a la pareja con la mirada. Pronto fue evidente que Neville no se dirigía a la escalera. En lugar de eso, dejó a Constance con un grupo de mujeres que conversaban cerca de la entrada al comedor y siguió caminando hacia el otro extremo del salón.

—Discúlpeme —murmuró Lavinia—, pero no puedo dejar de preguntarle si llegó a invitar a Neville y a su esposa al baile de compromiso de su hija.

La risilla de Joan sorprendió a Lavinia.

—Fielding me dijo que lord y lady Neville no tenían por qué recibir invitación. Me alegré mucho de no incluir a Neville en la lista de invitados.

—Me lo imagino.

—Bueno —dijo Joan—, ahora ya sabe cómo se soluciona el irritante problema de tratar a nivel social con un ex amante sospechoso de asesino.

—Se actúa como si jamás hubiera sucedido nada.

—Así es.

Tobias se guardó la carta en el interior de la chaqueta, apagó la vela y atravesó la habitación en dirección a la puerta. Escuchó con atención durante un instante. Como no oyó ningún ruido en el vestíbulo, salió del dormitorio.

La estrecha escalera diseñada para uso de los sirvientes se encontraba en un extremo del pasillo. Cuando la encontró, empezó a descender hacia la profundidad de las sombras.

Cuando llegó a la planta baja, se detuvo. Allí, todo era silencio. Las dos personas que él había oído antes se habían quedado dormidas, o bien habían encontrado alguna otra ocupación que no les hacía reír. Supuso que lo más probable era esto último.

Acababa de abrir la puerta del jardín de invierno cuando una de las densas sombras que se cernían en el vestíbulo se separó de la pared. La luz de la luna fue suficiente para ver el destello de la pistola en la mano del hombre.

—¡Alto, ladrón!

Tobias se dejó caer al suelo, atravesó rodando el hueco de la puerta y chocó contra un tiesto de piedra. El dolor le perforó la pierna izquierda, pero no a causa de una bala sino por la conocidísima protesta de su vieja herida, de modo que no le hizo caso.

—Me pareció oír a alguien en la escalera de atrás.

La pistola se disparó y destrozó una vasija de cerámica. Tobias colocó un brazo ante su cara para protegerse.

El hombre dejó caer el arma descargada y se lanzó hacia la puerta. Tobias se puso en pie con dificultad, dispuesto a evitar el ataque. Otra punzada de dolor fue la única advertencia que recibió antes de que la pierna izquierda le fallara por completo. Se lanzó hacia delante, buscando dónde agarrarse.

El hombre ya se había puesto en pie. Sus manazas parecían garras.

—Se acabaron tus artimañas.

Tobias logró aferrarse al borde de un banco de trabajo. Sus nudillos golpearon contra un tiesto grande que contenía un voluminoso helecho. Alzó el pesado objeto con los dos brazos.

El hombre estaba a menos de dos pasos de distancia cuando Tobias descargó el tiesto sobre su hombro y contra el costado de su cabeza. Se desplomó como un buey acogotado.

Un silencio sepulcral se apoderó del invernadero. Tobias se apoyó en el banco de trabajo y escuchó. Ni pisadas ni gritos de alarma.

Al poco se apartó del banco y caminó cojeando hacia la puerta que daba a los jardines, después llegó a la calle. No había ningún coche a la vista.

Era su maldita suerte. Le esperaba una larga caminata hasta la mansión Colchester. Si lo consideraba positivamente, al menos no llovía.

22

—Maldición, ¿dónde está? —Lavinia se puso de puntillas para otear mejor—. No logro ver a Neville. ¿Y tú, Emeline?

Emeline no necesitó ponerse de puntillas.

—No. Quizás entró en el comedor.

—Hace un instante, cuando lo vi, estaba hablando con uno de los lacayos —comentó Lavinia, ansiosa—. Ahora ha desaparecido. Tal vez salió de la casa.

—¿Y qué tiene eso de sorprendente? —preguntó Joan—. No me cabe duda de que la intención de Neville era aparecer por aquí sólo un rato. Los acontecimientos de este tipo son muy aburridos para los caballeros. En este momento debe de estar camino de algún garito, o tal vez de un burdel, en busca de una nueva amante.

Lavinia tuvo una vívida imagen de la capucha ensangrentada de la capa de Sally.

—Qué espantosa idea.

—Cálmese. —Joan la miró con preocupación—. Hace media hora que la veo muy intranquila.

Porque no puedo dejar de angustiarme por Tobias, pensó Lavinia. Pero no tenía por qué expresar en voz alta sus temores más íntimos. Tampoco había motivo para preocuparse demasiado por la súbita desaparición de Neville. Sin duda, el análisis que hacía Joan de la situación era el correcto.

No obstante, le inquietaba el haber perdido de vista a su presa.

Anthony apareció ante ella, esta vez con un vaso de limonada en la mano. Se lo entregó a Emeline.

Lavinia lo miró con el entrecejo arrugado.

—¿Ha visto a Neville en el comedor?

—No —dijo Anthony volviéndose para mirar a la multitud—. Mientras venía hacia aquí vi a lady Neville, pero no a su esposo. Pensé que usted había dicho que lo vigilaría mientras yo iba a buscar la limonada.

—Ha desaparecido.

El rostro de Anthony adoptó una tensa expresión. Lavinia sabía que él no se sentía más tranquilo que ella con la noticia.

—¿Está segura?

—Sí. Y eso no me gusta —dijo Lavinia aparentando serenidad—. Es casi la una y media. A estas alturas, Tobias debería haber terminado su trabajo y tendría ya que estar aquí.

—Estoy de acuerdo —dijo Anthony.

—Le dije que hoy tendría que haber ido con usted.

Anthony asintió.

—Ya me lo ha dicho un par de veces.

—Pero él nunca me escucha.

Anthony hizo una mueca.

—Si le sirve de consuelo, le diré que Tobias está acostumbrado a hacer lo que le da la gana.

—Eso no es excusa. Somos socios en este asunto. Debería prestarme atención cuando le doy mi opinión. Cuando por fin decida aparecer, le diré unas cuantas cosas.

Anthony vaciló.

—Tal vez de camino se detuvo en el club para hablar con algún amigo.

—¿Y si no está allí?

—Debemos ser razonables. La búsqueda puede haberle llevado más tiempo del que había previsto. —Anthony hizo una pausa y frunció el ceño—. Yo podría buscar un coche e ir a la mansión para ver si hay alguna señal de que sigue allí. De lo contrario, podría pasar por el club.

Lavinia pensó que no era ella la única que se estaba alarmando. Anthony trataba de parecer sereno, pero también él estaba inquieto.

—Me parece una idea excelente —opinó ella—. Esta noche, con tanta gente aquí, sin duda en la calle habrá montones de coches libres.

Anthony pareció aliviado de que fuera ella quien tomara la decisión.

—Muy bien, entonces me voy —empezó a moverse.

Emeline le tocó el brazo y le miró preocupada.

—¿Tendrás cuidado?

—Claro. —Le tomó la mano y le hizo una gentil reverencia—. No te angusties por mí, Emeline. Tendré mucho cuidado. —Se volvió hacia Lavinia—. Estoy seguro de que todo está bien, señora Lake.

—No estará nada bien para el señor March si descubro que se detuvo en el club en lugar de venir directamente aquí.

Anthony sonrió con un deje irónico y se marchó a toda prisa.

Joan también parecía preocupada.

—¿De verdad cree que al señor March le ha ocurrido algo malo mientras hacía ese registro?

—No sé qué pensar —admitió Lavinia—. Pero el hecho de que no haya aparecido a la hora acordada, sumado a la repentina desaparición de Neville, me preocupa muchísimo.

—No entiendo por qué relaciona las dos cosas. Neville no puede saber que el señor March está en su casa en este momento.

—Lo que me preocupa es que Neville desapareció después de que ese lacayo se acercara a hablar con él —dijo Lavinia—. Casi tuve la impresión de que recibía un mensaje y respondía a él.

—La espera será insoportable —dijo Emeline—. Deberíamos hacer algo.

—Y lo haremos —dijo Joan con autoridad—. Actuaremos como si no ocurriera nada fuera de lo común. Usted le ha prometido el próximo baile al señor Geddis, ¿no es cierto? Él viene hacia aquí.

Emeline gimió.

—Bailar es lo último que me apetece hacer en este momento. No podría mantener una conversación amable con el señor Geddis mientras estoy tan preocupada por Anthony.

—Los rumores dicen que el señor Geddis gana casi quince mil libras al año —dijo Joan fríamente.

Lavinia se atragantó con el champán. Cuando se recuperó, le sonrió a Emeline.

—No te hará mal bailar con el señor Geddis. En realidad, es necesario que lo hagas.

—¿Por qué? —preguntó Emeline.

—Para dar la impresión de que no ocurre nada malo, como sugiere la señora Dove. —Lavinia movió con disimulo sus dedos enguantados en círculo para indicar a Emeline que saliera a bailar—. Vamos, baila con él. Debes actuar como lo haría cualquier otra dama en esta situación.

—Si insistes...

Emeline logró esbozar una sonrisa para el apuesto joven que acababa de detenerse frente a ella. Él dijo algo con voz entrecortada y la condujo hasta la pista de baile.

Lavinia se acercó un poco más a Joan.

—¿Así que quince mil al año?

—Eso me han dicho.

Lavinia vio a Geddis alejarse con Emeline hacia la pista de baile.

—Parece un joven encantador. ¿No hay nada malo en esa familia?

—Que yo sepa, no.

—Eso es fantástico.

—No creo que tenga posibilidades al lado del joven Anthony —opinó Joan.

—Me parece que tiene razón.

El vals concluyó minutos más tarde, y Emeline y su compañero de baile quedaron al otro lado de la pista. Mientras esperaba que la pareja regresara, Lavinia miró el diminuto reloj que llevaba sujeto a su ridículo.

—Tranquilícese —dijo Joan—. Estoy segura de que el señor March está a salvo. Parece que sabe cuidarse solo.

Lavinia pensó en la pierna izquierda de Tobias.

—En alguna ocasión le han fallado los cálculos.

Joan la miró con expresión seria.

—Está muy preocupada por él, ¿verdad?

—Nunca me gustó la idea de registrar la casa de Neville —reconoció Lavinia—. En realidad, estaba muy... —Se interrumpió bruscamente cuando vio quién se había cruzado con Emeline y el señor Geddis—. Maldición.

—¿Qué sucede?

—Pomfrey. Mírelo. Creo que intenta convencer a Emeline de que baile con él.

Joan siguió la mirada de Lavinia y vio que Emeline y el señor Geddis se encontraban frente a Pomfrey.

—Sí. —Su boca se tensó—. Espero que no esté borracho. Pomfrey es muy capaz de quedar en ridículo cuando tiene unas copas de más.

—Lo sé muy bien. No puedo permitir que arme otro

escándalo. Y menos aquí, en el baile de lady Colchester. —Lavinia cerró su abanico y se dispuso a avanzar hacia la pista de baile—. Debo poner fin a esto. Vuelvo enseguida.

—Trate de mantener la calma, Lavinia. Le aseguro que lady Colchester no permitirá una conducta desagradable en su casa.

Lavinia no respondió. Se abrió paso entre la multitud con la mayor discreción posible. No le resultó fácil avanzar. Perdió de vista su objetivo en varias ocasiones, cuando otras personas altas se interpusieron en su camino.

Finalmente, aunque un poco agitada, logró llegar al otro extremo de la pista de baile y vio que Emeline tenía dominada la situación. Pomfrey ya se estaba retirando. Ni siquiera notó que Lavinia había estado a punto de encararse con él.

Emeline la miró, divertida.

—No hay problema. Pomfrey quería disculparse por lo que ocurrió la otra noche en el teatro.

—Era lo menos que podía hacer. —Lavinia se detuvo y miró con furia a Pomfrey, que se alejaba.

Emeline sonrió al ver la expresión confundida del señor Geddis.

—Gracias, señor.

—Ha sido un placer —logró decir Geddis, le hizo una reverencia y desapareció entre la multitud.

—Parecía encantador —comentó Lavinia mientras lo veía alejarse.

—Trata de disimular que lo lamentas —le pidió Emeline—. Resulta incómodo.

—Vamos, debemos regresar. La señora Dove nos espera.

Avanzó por el borde de la pista de baile, abriéndose paso entre la gente. Emeline la seguía de cerca.

Sin embargo, cuando superaron la última barrera

de invitados, Lavinia vio que en el lugar en que se habían instalado Joan y ella sólo había un lacayo de aspecto agobiado recogiendo las copas vacías.

Lavinia se detuvo y se sintió dominada por el pánico.

—Se ha ido.

—Estoy segura de que estará cerca de aquí —dijo Emeline, tratando de tranquilizarla—. No creo que se haya ido sin decirte adónde.

—Te digo que se ha largado. —Lavinia agarró una silla y se subió a ella—. No la veo por ninguna parte.

El lacayo la miró, desesperado.

Emeline giró sobre sus talones y observó a la multitud.

—Yo tampoco. Tal vez se fue a la sala de juegos.

Lavinia se recogió la falda y bajó de la silla de un salto. Miró fijamente al lacayo.

—¿Ha visto a una dama que lleva un vestido gris plateado? Estaba aquí hace apenas unos minutos.

—Sí señora. Le entregué el mensaje y se fue.

Lavinia y Emeline se miraron, acto seguido las dos se acercaron al lacayo.

—¿Qué mensaje? —preguntó Lavinia.

El desventurado lacayo estaba aterrorizado; tenía la frente perlada de sudor.

—No sé qué decía, señora. Estaba escrito en un trozo de papel. Yo no lo leí. Me dijeron que se lo entregara a la señora y eso fue lo que hice. Ella lo leyó y se marchó enseguida.

Lavinia se acercó más al sirviente.

—¿Quién le dio a usted el mensaje?

El lacayo tragó saliva y dio un paso atrás. Miró nerviosamente a Lavinia, luego a Emeline y otra vez a Lavinia.

—Me lo dio uno de los lacayos que han contratado para esta fiesta. No lo conozco. No me dijo quién le dio a él la nota.

Lavinia se volvió hacia Emeline.

—Yo registraré este lado del salón. Tú ocúpate del otro. Nos encontraremos en aquel extremo.

—Bien. —Emeline empezó a dar media vuelta.

—Emeline. —Lavinia la aferró del brazo para asegurarse de que le prestaba atención—. No salgas del salón bajo ninguna circunstancia, ¿de acuerdo?

Emeline asintió y se lanzó hacia la multitud.

Lavinia se volvió y avanzó entre los invitados que ocupaban el extremo del salón que daba a la terraza. Estaba a medio camino del comedor cuando se le ocurrió que tendría una panorámica más amplia desde el balcón interior que rodeaba el salón.

Cambió de dirección y se encaminó a la escalera. Varias personas la observaron alzando las cejas mientras ella se abría paso con decisión. Hubo incluso algunos bruscos comentarios, pero, en general, nadie le prestó atención.

Llegó a la escalera y tuvo que hacer un esfuerzo para no echar a correr. Cuando llegó al balcón se aferró a la barandilla y miró hacia abajo.

Entre los cientos de sedas y rasos brillantes no había el menor rastro del vestido gris plateado de Joan. Se obligó a pensar con lógica. ¿Y si el mensaje decía algo que había obligado a Joan a abandonar la seguridad del salón de baile?

Se volvió y se acercó a las ventanas que daban a los enormes jardines. Abrió una y se asomó. Los setos y los arbustos más cercanos a la casa quedaban iluminados por la luz que asomaba por las puertaventanas del salón que daban al jardín. Sin embargo, la luz no llegaba muy lejos. La mayor parte del paisaje estaba sumido en la oscuridad. Sólo podía distinguir la imponente silueta de un enorme monumento de piedra. Sin duda, un homenaje al difunto esposo de lady Colchester.

Un rápido movimiento cerca de un seto llamó su atención. Giró la cabeza rápidamente a tiempo para ver una falda de raso claro. Entre las sombras era imposible distinguir el color del vestido, y tampoco pudo ver la cara de la mujer, pero los pasos largos y el hecho de que la dama se encontraba sola le revelaron a Lavinia todo lo que quería saber.

Pensó en llamar a la presurosa figura, pero dudaba de que Joan pudiera oír su voz por encima de las risas y la música.

Dio media vuelta, divisó una pequeña escalera al final del balcón y corrió hacia ella. En el preciso instante en que ella estaba a punto de bajar, apareció un lacayo que llevaba una bandeja de canapés.

—¿Puedo salir por aquí a los jardines? —preguntó.

—Sí señora. Hay una puerta al pie de la escalera.

—Gracias. —Se aferró a la barandilla y la usó para afirmarse mientras se precipitaba escaleras abajo.

Al final de la pequeña escalera encontró la puerta, la abrió y salió a la fría oscuridad. No había nadie a la vista. Los invitados que buscaban un poco de aire fresco se habían reunido en la terraza.

Se le ocurrió pensar que si la mujer del vestido claro continuaba en la misma dirección que había emprendido minutos antes, acabaría junto al monumento. Ese lugar sería un punto de encuentro normal en el enorme jardín.

Se recogió la falda y se apartó de las luces mientras avanzaba hacia el monumento. Las risas y la música se desvanecían a medida que ella se internaba entre los setos. El sendero cubierto de grava serpenteaba entre las sombras. Pudo sentir el crujir de las pequeñas piedras contra las suelas de sus zapatos.

Rodeó el extremo de un seto, unos treinta centímetros más alto que ella, y vio las columnas del monumento. Su interior cavernoso estaba inmerso en una impenetrable oscuridad. Algo se movió en el profundo torrente nocturno que fluía en la entrada. Y con el golpeteo del ala de un gigantesco murciélago se desvaneció.

Abrió la boca para llamar a Joan pero se detuvo antes de pronunciar una palabra.

El ala de murciélago que creyó ver podría haber sido la punta de un abrigo. No sabía quién acechaba en el interior de la ruina, pero sin duda no era Joan. Ni siquiera estaba segura de que fuera una mujer. Tal vez fuera un hombre que esperaba a una dama con la que había concretado un encuentro.

Vaciló unos segundos protegida por las densas sombras del seto y de pronto sintió el frío aire de la noche. Con el rabillo del ojo percibió el destello del acuoso brillo de la luna sobre el raso claro.

Joan surgió del denso follaje que crecía en el borde del monumento. Se detuvo junto a una de las columnas de piedra. Luego empezó a caminar en dirección a la oscura entrada.

De pronto Lavinia comprendió.

—¡Joan, no! —exclamó Lavinia mientras corría hacia ella—. ¡No entre!

Sorprendida, Joan se volvió.

—¿Lavinia? ¿Qué está...?

Algo se movió repentinamente en la entrada del monumento.

—¡Cuidado! —Lavinia agarró a Joan del brazo y la apartó de la columna.

Una figura ataviada con abrigo y sombrero salió del interior del monumento y desapareció en la profunda oscuridad del enorme jardín. La luz de la luna se reflejó por un instante en lo que pareció un trozo de hierro.

—Si yo fuera usted, ni se me ocurriría perseguirlo —sugirió Joan—. Algo me dice que el señor March no aprobaría esa idea.

23

—Sólo hay una razón por la que habría salido al jardín sin avisarla, Lavinia —explicó Joan, cansada—. Recibí un mensaje en el que me informaban de que la vida de mi hija estaba en peligro y que para conocer más detalles debía encontrarme con el mensajero en el monumento del jardín. Creo que me pudo el pánico.

—¿No se le ocurrió pensar que el mensaje era un señuelo para obligarla a abandonar la seguridad del salón? —preguntó Tobias.

Lavinia, sentada en los cojines de terciopelo, frente a Tobias, le lanzó una mirada que él reconoció de inmediato. Pero no la tuvo en cuenta. Sabía muy bien que su tono había sido duro, pero no le importaba haber ofendido la sensibilidad de Joan.

No estaba de buen humor. Poco antes, al entrar con Anthony en el salón de baile de los Colchester y descubrir que Joan y Lavinia habían desaparecido, había sentido la tentación de destrozar la casa. Pero Emeline había evitado que armara un escándalo memorable. Ella había mirado desde el balcón, buscando a Lavinia y a Joan, y acababa de verlas en el jardín.

Tobias había decidido llevarse a todos enseguida. Sin siquiera pedir permiso había llamado al coche de Joan, que no había protestado cuando la metió a ella, junto con Lavinia, Emeline y Anthony en el interior.

Sólo después de que todos estuvieron a salvo dentro del coche, Lavinia le había dado una relación detallada de los acontecimientos que se habían producido en el salón de baile y en el jardín. La fría satisfacción que él había experimentado al encontrar la carta en el armario de Neville se había evaporado de inmediato.

Lo único que podía pensar en ese momento era que Joan no sólo había puesto en peligro su vida sino que también había arriesgado la seguridad de Lavinia.

Movió la mano distraídamente sobre el muslo, tratando de aliviar el dolor. El elegante y mullido coche de Joan era mucho más cómodo que el coche de alquiler en el que Anthony lo había recogido un rato antes, pero los blandos cojines no sirvieron para suavizar su mal humor.

—No soy estúpida, señor March —dijo Joan mientras miraba por la ventanilla del coche—. Me di cuenta de que el mensaje podía ser un señuelo. Pero también suponía una amenaza para mi hija. No me quedaba otra alternativa que acudir a esa cita. Me puse frenética.

—Fue una reacción del todo comprensible —opinó Lavinia tratando de contemporizar—. Cualquier padre habría hecho lo mismo. Y no sólo cualquier padre, debería agregar. —Le lanzó a Tobias una significativa mirada—. ¿Qué habría hecho usted si hubiera recibido el mensaje de que Anthony corría serio peligro?

Anthony hizo un extraño sonido gutural que podría haberse confundido con una especie de carcajada ahogada.

Tobias se reprimió para no lanzar una maldición. La respuesta era obvia. ¿Qué habría hecho si hubiera recibido el mensaje de que Lavinia estaba en peligro? También conocía la respuesta a esa pregunta.

Pensó que no tenía sentido seguir discutiendo. Lavinia se había puesto del lado de su cliente.

—Parece bastante claro —comentó Lavinia cambiando de tema— que esta noche Neville montó el escenario de los acontecimientos. No me sorprendería que también hubiera enviado a Pomfrey a pedirle disculpas a Emeline, creando así una distracción.

Emeline reflexionó un momento antes de preguntar:

—¿Crees que se las ingenió para que le entregaran un mensaje a él y otro a la señora Dove?

—Eso parece, ¿no? Era la excusa perfecta para salir del salón. Si alguien hubiese preguntado, sin duda habría varias personas que podrían atestiguar que él recibió una comunicación y que se vio obligado a salir.

—Pero salió de la casa por la puerta principal —señaló Anthony.

—Lo que significa que alguno de los lacayos debió de llevarle el abrigo y el sombrero —agregó Lavinia en voz baja—. Eso también le permitió desplazarse hasta su coche a recoger el atizador, o lo que fuera que usaba como arma.

Emeline asintió.

—Sí, eso tiene sentido. Para él habría sido muy sencillo volver al jardín de los Colchester sin que nadie lo viera. Es un jardín muy grande, y debe de haber un montón de lugares donde uno pueda saltar por encima del muro.

—Cuando hubieran descubierto mi cuerpo, no habría habido nada que relacionara a Neville con el asesinato —dijo Joan en tono quedo.

Tobias vio que Lavinia se estremecía.

—Todo encaja —comentó Anthony—. Neville intentó asesinarla a usted, así como asesinó a las otras mujeres. Quizá también tenía la intención de arrojar su cuerpo al río. Podría haberlo trasladado en su coche.

Joan le dedicó una extraña mirada.

—Qué febril imaginación, señor.

Anthony pareció avergonzado.

—Lo siento.

Joan sonrió burlonamente.

—Uno no puede dejar de preguntarse si tenía también la intención de encargarle a su artista privado que hiciera una mascarilla de mi rostro. Imagínense, mis rasgos podrían haber terminado en una de esas estatuas eróticas del museo de Huggett.

Por un momento, nadie dijo nada.

Joan miró a Tobias con expresión adusta y sombría.

—Tal vez usted y Lavinia tengan razón en el análisis que hacen de la situación, señor. Me veo obligada a llegar a la conclusión de que Neville es sin duda un asesino y, muy probablemente, miembro de esa Blue Chamber que usted mencionó. No puedo creer que mi esposo fuera el jefe de una organización criminal, pero no hay otra hipótesis que tenga sentido. Parece obvio que Neville cree que yo sé demasiado y lo que pretende es silenciarme.

Algo más tarde, Lavinia se sentó tras su escritorio. Anthony se agachó frente a la chimenea para encender el fuego. Emeline se sentó en uno de los sillones. Tobias abrió el armario del jerez.

Lavinia lo vio servir dos copas. Por la manera en que se movía, supo que la pierna le dolía mucho. No era de extrañar. Esa noche la había sometido a un intenso ejercicio.

—¿Crees que Joan Dove dice la verdad cuando afirma que no sabía que su esposo era Azure? —preguntó Anthony sin dirigirse a nadie en particular.

—¿Quién sabe? —Tobias dejó una copa en el escritorio, delante de Lavinia, y dio un trago de su propia copa—. Los caballeros de la alta sociedad rara vez hablan de sus asuntos, financieros o de los otros, con sus esposas. Como dice Lavinia, las viudas suelen ser las últimas en conocer los detalles referentes a los negocios de la familia. Seguramente a Dove le resultó fácil mantener a su esposa en la ignorancia con respecto a sus actividades criminales.

—Ella lo sabía —opinó Lavinia.

Se produjo un breve silencio. Todos la miraron.

Lavinia se encogió de hombros.

—Es una mujer muy inteligente. Lo amaba profundamente y entre ambos había un estrecho vínculo. Ella tenía que saber, o al menos sospechar, que Fielding Dove era Azure.

Emeline asintió.

—Estoy de acuerdo.

—Sea como fuere, ella nunca lo reconocerá —dijo Tobias.

—No se la puede culpar por eso —dijo Lavinia—. En su lugar, yo haría cualquier cosa por ocultar la verdad.

—¿Por temor a los cotilleos? —preguntó Tobias con cierto interés.

—No —repuso Lavinia—. La señora Dove está capacitada para soportar una tormenta de cotilleos.

—Tienes razón —coincidió Tobias.

—Hay otros motivos por los que una mujer haría lo que fuese necesario para proteger el buen nombre de su esposo —dijo Lavinia.

Tobias alzó una ceja.

—¿Por ejemplo?

—El amor, la devoción. —Estudió el jerez de su copa—. Esa clase de cosas.

Tobias contempló las llamas.

—Sí, claro. Esa clase de cosas.

Se produjo otro silencio. Esta vez fue Emeline quien lo rompió.

—Aún no nos ha dicho qué ha descubierto en casa de Neville, señor March —dijo.

Él se apoyó en la repisa de la chimenea.

—Encontré una carta que vincula a Neville con la muerte de Bennett Ruckland. Parece ser que le pagó a Carlisle una gran suma de dinero para que se encargara de que Ruckland fuera asesinado en Roma.

Anthony dejó escapar un suave silbido.

—O sea que por fin se acabó.

—Casi —dijo Tobias mientras se servía más jerez.

Lavinia arrugó el entrecejo.

—¿Qué quieres decir? ¿Qué ocurre aquí?

Tobias la miró.

—Ha llegado el momento de informarte un poco más a fondo.

Ella entrecerró los ojos.

—Adelante.

—Bennett Ruckland era explorador y estudioso de antigüedades. Durante la guerra pasó mucho tiempo en España y en Italia. De vez en cuando, su profesión le permitía adquirir información útil para la Corona.

—¿Qué clase de información?

Tobias hizo girar el jerez dentro de su copa.

—Mientras trabajaba, a veces se enteraba de detalles relativos a rutas navegación, oía rumores acerca del movimiento de provisiones militares y de tropas... Esa clase de cosas.

Emeline estaba intrigada.

—En otras palabras, trabajaba como espía.

—Así es —dijo Tobias y, después de una breve pausa, agregó—: Su contacto en Inglaterra, el hombre al que él transmitía esta información, era lord Neville.

Lavinia quedó petrificada.

—¡Oh, cielos!

—La información que Ruckland le proporcionaba a Neville a través de una cadena de correos, en teoría se entregaba a las autoridades correspondientes. Y, de hecho, en muchos casos fue así.

—¿Pero no en todos?

—No. Pero Ruckland no descubrió la verdad hasta después de la guerra. Hace cosa de un año regresó a Italia para proseguir su investigación. Mientras estaba allí, uno de sus antiguos informantes le transmitió algunos rumores relacionados con el destino de un determinado cargamento de mercancías que habían sido enviadas desde España por los franceses al finalizar la guerra. El destino era París. Ruckland había obtenido detalles de la ruta secreta y se los proporcionó a Neville en su momento.

—¿Provisiones militares? —preguntó Emeline.

Tobias sacudió la cabeza.

—Antigüedades. Napoleón era muy aficionado a esas cosas. Cuando invadió Egipto, por ejemplo, se llevó consigo a una serie de eruditos para que estudiaran las construcciones y los templos.

—Todo el mundo lo sabe. Después de todo, la piedra de Rosetta era uno de esos objetos y ahora la tenemos sana y salva —comentó Anthony.

—Prosigue con tu relato —pidió Lavinia—. ¿Qué clase de antigüedades estaban incluidas en ese embarque que mencionabas?

—Muchas cosas valiosas. Entre ellas, una colección de joyas antiguas que los hombres de Napoleón habían descubierto ocultas en un convento en España.

—¿Y qué sucedió?

—El cargamento de joyas y antigüedades desapareció durante el viaje a París —informó Tobias—. Ruckland dio por sentado que Neville había dispuesto todo para que el cargamento fuera interceptado y llevado a Inglaterra. Y, en cierto sentido, eso fue lo que sucedió.

Lavinia arrugó el entrecejo.

—¿Qué quieres decir?

—Las antigüedades sin duda desaparecieron, como estaba previsto —respondió Tobias—. Pero el año pasado, después de hablar en Italia con su antiguo informante, Ruckland empezó a sospechar que Neville había robado el cargamento y se había quedado con él. Y comenzó a investigar. Una cuestión lo llevó a otra...

Lavinia suspiró.

—Ruckland descubrió información sobre la Blue Chamber, ¿verdad?

—Sí. No olvides que tenía mucha experiencia como espía. Sabía cómo llevar una investigación. También tenía una red de antiguos informantes desde los tiempos de la guerra. Empezó removiendo algunas piedras y descubrió un nido de víboras.

Lavinia dio un rápido sorbo de jerez.

—¿Y una de ellas era lord Neville?

—Ruckland se enteró no sólo de que Neville había robado una serie de valiosos cargamentos durante la guerra, sino de que también había traicionado a su país en diversas ocasiones vendiendo información militar británica a los franceses.

—¿Neville era un traidor?

—Sí. Y muy bien relacionado con el mundo criminal debido a su pertenencia a la Blue Chamber. También tenía informantes. Hace algunos meses se enteró de que Ruckland estaba investigando sus actividades y se estaba acercando peligrosamente a la verdad. Se puso de acuerdo con el otro sobreviviente de la Blue Chamber, Carlisle, para deshacerse de Ruckland. —Tobias tensó la mandíbula—. El asunto le costó a Neville diez mil libras.

Lavinia quedó boquiabierta.

—¿Diez mil libras? ¿Por matar a un hombre? Pero eso es toda una fortuna. Sabemos que en cualquier ciudad de Europa, incluida Roma, hay montones de rateros que habrían cometido el asesinato por un puñado de monedas.

—Las diez mil no eran para cubrir los costes del asesinato —le informó Tobias—. Fue una prima añadida por la delicada posición de Neville. Carlisle sabía que Neville habría pagado cualquier cosa a cambio de silencio.

—Sí, por supuesto —musitó Lavinia—. Un criminal extorsionando a otro. Eso tiene cierta ironía, ¿no es cierto?

—Quizá —dijo Tobias—. En cualquier caso, Neville debió de sentirse muy aliviado cuando todo terminó. Con Ruckland muerto, podía poner en marcha sus planes de hacerse con el control de lo que quedaba de la Blue Chamber aquí en Inglaterra.

Anthony miró a Lavinia.

—Pero lo que Neville no sabía era que Ruckland ya había informado de sus sospechas a cierto caballero de alto nivel. Cuando fue asesinado, en Roma, supusieron enseguida que su muerte no había sido un capricho del azar.

—¡Ja! —Lavinia apoyó las palmas de ambas manos sobre el escritorio y miró a Tobias con expresión seria—. Lo sabía. Sabía que había algo más de lo que me contabas. En realidad Neville nunca fue tu cliente, ¿verdad?

Tobias suspiró.

—Bueno, depende de tu punto de vista sobre la situación.

—No intentes escabullirte —le dijo agitando un dedo delante de él—. ¿Quién te contrató para investigar la muerte de Ruckland?

—Un hombre llamado Crackenburne.

Lavinia se volvió hacia Emeline.

—Te dije que el señor March estaba jugando un extraño juego, ¿lo recuerdas?

Emeline sonrió.

—Sí, tía Lavinia. Dijiste algo así.

Lavinia volvió a mirar a Tobias.

—¿Cómo surgió tu contacto con Neville?

—Cuando empezaron a circular los rumores acerca del diario del ayuda de cámara, poco después de la muerte de Carlisle, vi la posibilidad de estrechar el cerco en torno a Neville. Me acerqué a él como hombre de negocios y oportunista, y le hablé de ese peligroso rumor. Le ofrecí mis servicios para localizarlo.

—Neville estaba desesperado por encontrar el diario —explicó Anthony—. No tenía forma de saber qué información había en él, pero temía que pudiera comprometerlo.

—Sospecho que poco después de emplearme para que encontrara el diario, el propio Neville recibió una de las cartas de chantaje de Holton Felix —apuntó Tobias—. Rastreó a Felix hasta su vivienda, como hicimos tú y yo, Lavinia, pero él llegó antes, lo asesinó y se llevó el diario.

—Y no podía explicártelo, de todas maneras, así que permitió que continuaras tu investigación, y cuando juzgó que había llegado el momento adecuado se las arregló para que tú lo encontraras convertido en cenizas —concluyó Lavinia.

—Sí.

Ella lo miró a los ojos.

—Tobias, esta noche, cuando lord Neville regrese a su casa, sabrá que allí hubo un intruso. Ese guardia con el que peleaste le informará de todo.

—No me cabe duda.

—Sospechará de ti. Tal vez decida que sabes demasiado. Debes poner punto final a esto ahora. De inmediato. Esta misma noche.

—Qué extraño que me lo propongas. —Tomó la última gota de jerez y dejó la copa—. Eso es precisamente lo que pretendo hacer.

24

Una lámpara de gas señalaba los escalones de la entrada del burdel. El débil globo de luz apenas alteraba la neblinosa oscuridad. Tobias permaneció entre las sombras, observando la puerta abierta.

Neville surgió del interior, se detuvo para cubrirse las orejas con el cuello de su abrigo y bajó los escalones sin mirar a izquierda ni a derecha. Avanzó dando rápidas zancadas hacia el coche que le esperaba. El cochero, envuelto en un abrigo pesado y ancho, esperaba inmóvil y en silencio.

Tobias salió de las sombras y se detuvo a cierta distancia de Neville. Tuvo buen cuidado de quedar fuera del pequeño charco de luz que formaba la lámpara de gas.

—Veo que recibió mi mensaje —dijo.

—¿Qué demonios...? —Neville se sobresaltó y dio media vuelta. Se llevó la mano al bolsillo del abrigo. Cuando vio a Tobias, parte de la tensión lo abandonó.

—Maldición, March, me ha dado un buen susto. Debería saber que en esta zona de la ciudad no conviene acercarse sigilosamente a un hombre. Cualquiera podría pegarle un tiro.

—A esta distancia, y con esta luz tan débil, es poco probable que su arma diera en el blanco, sobre todo si intenta disparar a través de la tela de su abrigo.

Neville puso mala cara, pero no sacó la mano del bolsillo.

—Recibí su mensaje, pero pensé que quería reunirse conmigo en mi club. ¿Qué es todo esto? ¿Tiene alguna novedad? ¿Ha encontrado a la persona que mató a Felix y se quedó con el diario?

—Me estoy cansando de este juego —aclaró Tobias—. En cualquier caso, ya no le queda tiempo para seguir jugando.

Neville arrugó el entrecejo.

—¿Qué diablos está diciendo?

—Esto termina aquí. Esta noche. No habrá más asesinatos.

—¿Qué significa esto? ¿Me está acusando de asesinato?

—De varios asesinatos —puntualizó Tobias—. Incluso del de Bennett Ruckland.

—¿Ruckland? —Neville dio un paso atrás. Sacó la mano del bolsillo y dejó a la vista la pistola que empuñaba—. Usted está loco. No tuve nada que ver con esa muerte. Estaba aquí, en Londres, en el momento en que él murió. Puedo demostrarlo.

—Los dos sabemos que usted arregló ese asesinato. —Tobias echó un vistazo a la pistola con la que Neville lo apuntaba y luego fijó la mirada en el rostro del hombre—. Esta noche, cuando llegue a su casa, sabrá que entró un intruso mientras usted no estaba.

Neville frunció el ceño. Luego sus ojos se abrieron como platos a causa de la furia.

—Usted.

—Encontré una carta que contiene muchas pruebas contra su persona.

Neville pareció sorprendido.

—Una carta.

—Dirigida a usted y firmada por Carlisle. Resume de manera sucinta los arreglos relacionados con la muerte de Ruckland.

—No. Imposible. Absolutamente imposible. —Neville llamó en voz alta al cochero—. Usted, el que está en el pescante. Saque su pistola. Vigile a este hombre. Me está amenazando.

—Sí, señor. —El cochero se apartó el borde del abrigo. Un destello de luz hizo brillar el cañón del arma.

Neville apretó su pistola con más firmeza. Ahora que su cochero estaba preparado para defenderlo, se sentía más seguro.

—Déjeme ver esa carta que dice haber encontrado —gruñó Neville.

—Por curiosidad —dijo Tobias pasando por alto la demanda del hombre—, ¿cuánto ganó con sus arreglos con los franceses durante la guerra? ¿Cuántos hombres murieron gracias a la información que usted le vendió a Napoleón? ¿Qué hizo con el botín de joyas que robó en aquel convento español?

—Usted no puede demostrar nada. Nada. Está tratando de atemorizarme. No hay registro de mis tratos con los franceses. Fueron destruidos junto con la carta que dice haber encontrado. Ya no existe, se lo aseguro.

Tobias esbozó una débil sonrisa.

—Se la entregué a un caballero muy importante que demostró gran interés en ella.

—No.

—Dígame, Neville, ¿creía usted realmente que podría ocupar el lugar de Azure como jefe de la Blue Chamber?

Algo se quebró en la expresión de Neville y fue reemplazado por la ira.

—Maldito sea, March. Yo soy el nuevo jefe de la Blue Chamber.

—Usted asesinó a Fielding Dove, ¿verdad? Esa repentina enfermedad que sufrió cuando lo visitó a usted en una de sus propiedades... Veneno, supongo.

—Tenía que deshacerme de él. Cuando terminó la guerra, Dove empezó a hacer averiguaciones, ¿sabe? No sé por qué le llamaron la atención mis tratos con los franceses, pero cuando se enteró de que los tenía se puso furioso.

—Dirigía una vasta organización criminal pero, en el fondo, era un inglés leal, ¿no es cierto? No toleraba la traición.

Neville se encogió de hombros.

—Por supuesto, durante la guerra no tenía nada en contra de que Carlisle o yo nos aprovecháramos de ciertas oportunidades de inversión que se nos presentaban. Se podía hacer negocios suministrando armas, equipamiento, cereales y mujeres a los militares. Y después estaban esos raros cargamentos de oro y joyas robados que podían conseguirse si uno tenía acceso a determinada información.

—Cuestión de negocios. Pero Azure no toleraba la venta de secretos británicos. Descubrió lo que usted había hecho.

—Sí. —Neville apretó aún más el arma—. Por suerte, me enteré a tiempo de que había dictado mi sentencia de muerte y tomé mis precauciones. No me quedaba otra alternativa que verlo muerto a él, y pronto. Era cuestión de supervivencia.

—Sin duda.

—Yo contaba con la ventaja del factor sorpresa. Él nunca supo que me habían advertido de que tramaba algo contra mí. Aun así, hace diez o quince años tal vez no habría sido posible liquidarlo con tanta facilidad. Pero Azure se estaba poniendo viejo, ¿sabe? Estaba perdiendo el control de la situación.

—¿Creía usted realmente que podría dirigir una organización como la Blue Chamber?

Neville se irguió.

—Ahora soy Azure. Bajo mi guía y dirección, la Blue Chamber será mucho más poderosa que cuando la dirigía Dove. Y dentro de uno o dos años, yo seré el hombre más poderoso de Europa.

—Napoleón tenía una visión bastante parecida. Y mire cómo terminó.

—Yo no cometeré el error de meterme en política. Me limitaré a hacer negocios.

—¿A cuántas mujeres mató?

Neville se tensó.

—¿Sabe lo de las prostitutas?

—Sé muy bien que ha intentado atar algunos cabos sueltos y para eso ha asesinado a varias mujeres inocentes.

—Bah. No eran inocentes. Eran rameras. No tenían familia. Cuando murieron, nadie las echó en falta.

—No quería que desaparecieran por completo, ¿verdad? Quería conservar los trofeos de su trabajo. ¿Cómo se llama el artista al que le encargó las esculturas que Huggett exhibe en la primera planta?

Neville lanzó una carcajada.

—¿Sabe lo de las figuras de cera? Es divertido, ¿no? Debo decirle que me impresiona su meticulosidad, March. No tenía idea de que fuera tan bueno en su profesión.

—No había necesidad de matarlas, Neville. Ellas no representaban una amenaza para usted. Nadie las habría escuchado. Nadie habría aceptado la palabra de ellas contra la de un caballero.

—No puedo permitirme el lujo de correr riesgos. Algunas de esas fulanas son demasiado astutas. Cabía la posibilidad de que mientras manteníamos relaciones se enteraran de demasiadas cosas sobre mí. —Neville hizo una mueca—. A veces, después de tomar algunas botellas de vino en compañía de una joven atractiva ansiosa por complacerlo, un hombre habla más de la cuenta.

—No las ha silenciado a todas. ¿Ha visto últimamente a Sally, o ha sabido algo de ella?

—La muy zorra se escapó, pero la encontraré —juró Neville—. No podrá esconderse en los garitos para siempre.

—No es la única que se salvó de usted. Joan Dove también sobrevivió a su intento de acabar con ella.

Las palabras de Tobias llevaron a que Neville guardara silencio. Tensó la mano alrededor del arma.

—¿Así que se ha enterado también de lo de ella? Usted ha estado cavando muy profundamente. En realidad, tan profundamente que ha cavado su propia fosa.

—Hace bien en temerle a Joan, Neville. A diferencia de las otras, es inteligente, poderosa, y está bien custodiada. Esta noche se descuidó. Casi lo logra. Pero no cometerá ese error dos veces.

Neville dejó escapar un gruñido de disgusto.

—Joan no es mejor que las demás. En la época en que terminé con ella, era una furcia, y tampoco era muy buena en eso. Me aburrí en unos pocos meses. Apenas podía creerlo cuando Dove se casó con ella. Con su riqueza y su poder podría haber tenido una variedad de herederas respetables donde elegir.

—Él la amaba.

—Ella era su única auténtica debilidad. Ésa es la razón por la que debía librarme de ella, ¿entiende? Es probable que durante los veinte años que duró su matrimonio, ella se enterara de que él era el jefe de la Blue Chamber. Debo suponer que sabe mucho sobre el trabajo de la organización.

—Usted no tiene tiempo para preocuparse por lo que Joan Dove sabe —dijo Tobias—. Para usted, este asunto ha concluido. Ahora, si no le importa, mi socio y yo seguiremos nuestro camino.

—¿Socio?

—Aquí arriba —dijo Anthony con voz queda—. En el pescante.

Neville lanzó un ronco grito de alarma. Se volvió con tanta rapidez que se tambaleó y estuvo a punto de perder el equilibrio. Empezó a apuntar el cañón del arma hacia el nuevo objetivo, pero quedó paralizado al ver que Anthony también empuñaba un arma.

Tobias sacó la pistola que guardaba en el bolsillo de su abrigo.

—Creo que sólo tiene dos alternativas, Neville —dijo serenamente—. Puede irse a su casa y esperar que algunos caballeros muy importantes que ocupaban cargos muy altos durante la guerra lo llamen mañana, o puede huir de Londres esta misma noche y no regresar jamás.

Anthony sostenía su arma con fuerza.

—Una alternativa interesante, ¿no?

Neville tembló de impotencia. Su mirada alternaba entre las dos pistolas que lo apuntaban.

—Bastardo —farfulló—. Me engañó desde el principio. Se ha propuesto destruirme.

—Recibí alguna ayuda —dijo Tobias.

—No se saldrá con la suya —le advirtió Neville con voz temblorosa—. Soy el jefe de la Blue Chamber. Tengo más poder del que se imagina. Morirá por esto.

—Estaría mucho más angustiado por esa posibilidad si no fuera porque sé que usted será asesinado mañana por la mañana, camino de Francia.

Presa de la ira, Neville farfulló algo incoherente. Se volvió y echó a correr en la oscuridad. Los tacones de sus botas produjeron un ruido hueco sobre el pavimento.

Anthony miró a Tobias.

—¿Quieres que vaya tras él?

—No. —Tobias volvió a guardar el arma en el bolsillo—. Ahora es problema de Crackenburne, no nuestro.

Anthony escrutó la oscura niebla en la que había desaparecido Neville.

—Cuando le describiste sus posibilidades olvidaste mencionar una. La mayoría de los caballeros en su situación se habrían pegado un tiro en la cabeza para salvar a su familia del escándalo de un arresto y un juicio.

—Estoy seguro de que si los amigos de Crackenburne lo llaman mañana y descubren que Neville está en su casa, le harán esa misma sugerencia.

Crackenburne bajó el periódico cuando Tobias se sentó frente a él.

—Neville no estaba en su casa esta mañana, cuando Bains y Evanstone le llamaron. Les dijeron que había salido de la ciudad, que estaba visitando las propiedades que tiene en el campo.

Tobias percibió un extraño y sombrío matiz en la voz de Crackenburne. Alzó las cejas. Lo miró a los ojos y vislumbró parte del frío acero que muy pocos notaban bajo su aspecto benigno y distraído.

Tobias estiró las piernas en dirección a la chimenea.

—Cálmese, señor. Algo me dice que Neville aparecerá muy pronto.

—Maldición. Le dije que no me gustaba su plan de confrontarlo anoche. ¿Era necesario hacerle una advertencia a ese bastardo?

—Le expliqué que la prueba contra él es muy débil. Una carta, solamente, y él puede argüir que fue amañada. Yo quería oír alguna confirmación de sus propios labios.

—Bueno, tiene su confesión, pero ahora le hemos perdido definitivamente. Lo próximo que sabremos de él será que está viviendo en París, en Roma o en Boston. Le aseguro que el exilio no es castigo suficiente para sus crímenes. Traición y asesinato. ¡Por Dios, ese hombre es un demonio!

—Todo ha terminado —dijo Tobias—. Y eso es lo único que importa.

25

La pequeña casa, situada detrás del antiguo almacén, parecía no haber sido usada en años. Desconchada, y con las ventanas cubiertas por sucesivas capas de mugre, parecía a punto de derrumbarse. La única señal de que alguien iba y venía con regularidad era la cerradura de la puerta. No tenía ni una sola mancha de herrumbre.

Lavinia frunció la nariz. En aquel lugar, cerca de los muelles, el olor que llegaba del río era fuerte y desagradable, y la bruma que cubría los viejos almacenes apestaba. Estudió la ruinosa construcción que se alzaba ante ellos.

—¿Estás seguro de que ésta es la dirección correcta? —preguntó.

Tobias examinó el pequeño plano que había bosquejado Huggett.

—Éste es el fin del camino. No hay hacia dónde ir, salvo que nos tiremos al río. Tiene que ser aquí.

—Muy bien.

Ella se había sorprendido cuando Tobias apareció ante su puerta poco antes para decirle que tenía un mensaje de Huggett. La esquela era breve y precisa.

Señor M.:

Usted dijo que pagaría a quien le procurara información acerca de cierto modelador en cera. Por favor, vaya a esta dirección tan pronto como le sea posible. Creo que el ocupante actual tiene la respuesta a sus preguntas. Puede enviarme el dinero que prometió a mi oficina.

Suyo,

P. HUGGETT

Tobias volvió a doblar la esquela y se aproximó a la puerta.

—No tiene echada la llave. —Sacó una pequeña pistola del bolsillo de su abrigo—. Hazte a un lado, Lavinia.

—No creo que el señor Huggett haya querido hacernos caer en una trampa. —De todos modos obedeció y se desplazó hacia la izquierda para no ofrecer un blanco a quienquiera que pudiese estar esperando en el interior de la casa—. Está demasiado ansioso por recibir el dinero que le prometiste.

—Pienso lo mismo, pero no quiero correr ningún riesgo. La experiencia me dice que en este asunto nada es como parece ser.

Eso te incluye a ti, pensó ella. Tú, Tobias March, has sido lo más sorprendente de todo.

Tobias se arrimó a la pared, tanteó la puerta con la mano libre y la abrió. De la casa surgió sólo silencio y un olor a muerte misteriosamente familiar.

Lavinia se arrebujó aún más en la capa que le había pedido prestada a Emeline.

—Oh, maldición. Deseaba tanto que no hubiera más cadáveres en este caso...

Sin moverse de donde estaba, echó un vistazo al interior. Luego bajó la pistola, la metió otra vez en el bolsillo, se apartó de la pared y se encaminó hacia el portal. Lavinia lo siguió de mala gana.

—No es necesario que entres —dijo Tobias sin volverse.

Ella tragó saliva, asqueada por el olor a muerte.

—¿Es lord Neville?

—Sí.

Lavinia observó cómo Tobias se internaba en la casa y le vio desplazarse hacia la izquierda y desaparecer en la oscuridad.

Llegó hasta el umbral, pero no entró. Desde donde estaba podía ver lo suficiente.

Tobias estaba en cuclillas junto a una forma oscura encogida en el suelo. Había un charco de sangre seca bajo la cabeza de Neville. Y en el suelo, junto a su mano derecha, una pistola. Zumbaba una mosca.

Apartó la vista de inmediato. Su mirada se posó en una lona que, en un rincón, cubría un enorme objeto de aspecto deforme.

—Tobias.

—¿Qué pasa? —dijo levantando la vista, ceñudo—. Te dije que no era necesario que entraras.

—Hay algo allí, en el rincón. Creo que sé lo que es.

Entró en la casa y se dirigió hacia aquella vaga forma. Tobias no dijo nada, pero no le quitó ojo de encima mientras ella apartaba la lona.

Lo que apareció fue una escultura en cera a medio terminar. La figura moldeada de una mujer enzarzada con un hombre en un lujurioso acto sexual era inequívocamente similar a las esculturas que Huggett exhibía en la galería del piso superior de su museo. El rostro de la mujer estaba sin terminar.

A un costado, en un banco de trabajo, podían verse una serie de herramientas y otros elementos propios del oficio muy bien ordenados. En la chimenea, las brasas apagadas atestiguaban que no hacía mucho que se había encendido el fuego para derretir la cera.

—Todo muy limpio y pulcro, ¿no es cierto? —Tobias

se incorporó con movimientos rígidos—. El asesino y traidor ha muerto por propia mano.

—Eso parece. ¿Qué me dices del misterioso artista?

Tobias examinó la obra inconclusa.

—Creo que debemos dar por sentado que ya no habrá más encargos de esculturas para ser exhibidas sólo a caballeros en la galería especial de Huggett.

Lavinia se estremeció.

—Me pregunto cuál era el influjo que ejercía Neville sobre el artista. ¿Piensas que podría tratarse de una de sus anteriores amantes?

—Me temo que lo más probable es que nunca conozcamos la respuesta a esa pregunta. Tal vez no tenga importancia. Estoy más que dispuesto a dar por terminado este asunto.

—Así que, por fin, todo ha terminado. —Joan Dove miró a Lavinia, al otro lado de la alfombra azul y dorada—. Me tranquiliza mucho saberlo.

—El señor March ha hablado con su cliente, quien le aseguró que el escándalo no trascenderá. En ciertos círculos se hará correr el rumor de que últimamente Neville sufría graves problemas financieros y que, en un arrebato depresivo, decidió quitarse la vida. No será agradable para su esposa y su familia, pero sin duda esa comidilla es preferible a los rumores que lo acusan de asesino y traidor.

—Sobre todo cuando se descubra que los quebrantos financieros de lord Neville no eran tan graves como él creía cuando decidió ponerse la pistola en la sien —murmuró Joan—. Algo me dice que lady Neville se sentirá muy aliviada al saber que, después de todo, no está en la ruina.

—Sin duda. Da la casualidad de que el cliente del señor March aclaró además que el escándalo será silenciado por razones que nada tienen que ver con la intención de proteger a la esposa y la familia de Neville. Al parecer, a ciertos caballeros que ocupan cargos importantes no les gustaría que se supiera que fueron engañados por un traidor durante la guerra. Desean fingir que el asunto nunca ocurrió.

—Exactamente lo que uno esperaría de los caballeros que ocupan cargos importantes, ¿no es así?

Lavinia sonrió a su pesar.

—Ya lo creo.

Joan carraspeó con delicadeza.

—¿Y los rumores que apuntaban que mi esposo podría haber sido el jefe de un imperio criminal?

Lavinia la miró fijamente.

—Según el señor March esos rumores murieron con Neville.

Joan se iluminó.

—Gracias, Lavinia.

—No tiene importancia. Es parte del trabajo.

Joan alcanzó la tetera.

—¿Sabe? Nunca se me habría ocurrido que Neville fuera capaz de ponerse una pistola en la cabeza, ni siquiera para proteger el buen nombre y honor de su familia.

—Nunca se sabe lo que puede hacer un hombre cuando se le somete a una presión extrema —dijo Lavinia.

—Tiene razón. —Joan se sirvió té con gesto refinado y elegante—. Y sospecho que los caballeros que ocupan cargos importantes y se enteraron de la traición de Neville ejercieron una extrema presión.

—Alguien parece haberlo hecho. —Lavinia se incorporó y se alisó los guantes—. Bien, entonces, así están las cosas. Si me disculpa, debo marcharme.

Se volvió para dirigirse a la puerta.

—Lavinia.

Ella se detuvo y se dio la vuelta para mirarla.

—¿Sí?

Joan la observó desde el sofá.

—Le estoy muy agradecida por todo lo que ha hecho por mí.

—Usted no sólo me pagó los honorarios que habíamos convenido sino que me presentó a su modista. Me considero ampliamente recompensada.

—De todos modos —dijo Joan con mucha parsimonia— pienso que estoy en deuda con usted. Si puedo hacer algo para retribuirle, espero que no tenga el más mínimo reparo en venir a verme.

—Buenos días, Joan.

Lavinia estaba leyendo a Byron cuando Tobias pasó a buscarla al día siguiente.

Él le pidió que lo acompañara al parque. Ella accedió. Cerró el libro de poemas y lo dejó a un lado. Recogió su sombrero y su pelliza, y poco después abandonaban la casa.

No hablaron hasta llegar a la apartada ruina gótica. Él se sentó junto a ella sobre el banco de piedra y fijó la vista en el exuberante jardín. La niebla se había disipado y el sol entibiaba el ambiente.

Tobías se preguntaba por dónde empezar.

Fue Lavinia quien rompió el silencio.

—Fui a verla esta mañana —dijo—. Se tomó todo el asunto con mucha serenidad. Me agradeció que le hubiera salvado la vida, por supuesto. También me pagó.

Tobias apoyó los antebrazos en los muslos y juntó las manos entre las rodillas.

—Crackenburne se ocupó de que mis honorarios fueran depositados en mi cuenta bancaria.

—Siempre es agradable que a uno le paguen cuando corresponde.

Tobias estudió la profusión de flores y lustrosas hojas verdes que atiborraban aquel agreste jardín.

—Ya lo creo.

—Ahora sí que todo ha terminado.

Tobias no dijo nada.

Ella lo miró de soslayo.

—¿Pasa algo malo?

—El asunto de Neville está resuelto, como bien dices. —La miró—. Pero lo que me preocupa es que quedan algunas cosas sin resolver entre nosotros.

—¿Qué quieres decir? —preguntó entrecerrando los ojos—. Mira, si no estás satisfecho con los honorarios que cobraste de tu cliente, es asunto tuyo. Tú fuiste quien negoció con Crackenburne. No supondrás que voy a compartir contigo lo que me pagó la señora Dove.

Era demasiado. Se volvió y la tomó por los hombros.

—Demonios, Lavinia, no se trata de dinero.

Ella parpadeó un par de veces pero no intentó zafarse.

—¿Estás completamente seguro? —preguntó.

—Completamente.

—Bueno, entonces, ¿cuál es esa cuestión no resuelta que, según tú, se interpone entre nosotros?

Él arqueó las manos, saboreando la curva de los flexibles hombros de Lavinia, y trató de encontrar las palabras apropiadas.

—Creo que hemos trabajado bastante bien siendo socios —dijo.

—Es cierto. Así ha sido. Sobre todo si pensamos en

lo difíciles que fueron los problemas que tuvimos que afrontar. Y todo empezó de una manera bastante desagradable, supongo que lo recordarás.

—¿El encuentro junto al cadáver de Holton Felix? —preguntó Tobias.

—Estaba pensando en la noche en que destruiste mi pequeña tienda, en Roma.

—En mi opinión, lo que ocurrió en Roma fue un ligero malentendido. Pero con el tiempo se aclaró, ¿no te parece?

Los ojos de Lavinia centellearon.

—Es una manera de decirlo. Gracias a ese ligero malentendido yo me vi forzada a inventarme una nueva profesión. Aunque debo admitir que mi nueva ocupación es bastante más interesante que la anterior.

—Precisamente acerca de tu nueva carrera quiero que hablemos —dijo Tobias—. ¿Debo dar por sentado que te propones seguir ejerciéndola a pesar de mis consejos?

—Por nada del mundo abandonaría esta nueva ocupación —replicó ella con vehemencia—. Es muy estimulante y emocionante. Por no hablar de lo rentable que puede resultar alguna que otra vez.

—Entonces, y eso es lo que pensaba decirte, es muy probable que descubras que una futura colaboración entre nosotros terminaría siendo sumamente provechosa.

—¿Eso es lo que piensas?

—Pienso que es muy probable que podamos sernos útiles el uno al otro.

—¿Como colegas?

—Por supuesto. Sugiero que pensemos en la posibilidad de volver a trabajar juntos, formando una sociedad, cuando se presente la ocasión —dijo él, decidido a arrancarle alguna respuesta afirmativa.

—Socios —dijo ella, en tono neutro.

Una mujer como Lavinia podía sumir a un hombre en la locura, pensó él. Pero se controló.

—¿Tienes algo que decir?

—Lo pensaré.

Él la atrajo hacia sí.

—De momento, aceptaré esa respuesta —susurró rozándole los labios.

Ella le tomó la cara entre las manos enguantadas.

—¿De veras?

—Sí. Pero debo advertirte que me propongo esforzarme por convencerte de que, a la larga, me digas que sí.

Le desató los lazos del sombrero y lo dejó a un costado. Le tomó las manos entre las suyas y le quitó los guantes de cabritilla. Luego acercó los labios a la parte interna de la muñeca derecha de Lavinia y besó aquel suave pedazo de piel.

Ella pronunció el nombre de Tobias tan quedamente que él apenas pudo oírlo. Entrelazó sus dedos en el pelo de él. Lo besó en la boca. Él la atrajo hacia sí con fuerza y sintió que ella respondía, vibrante y excitada, a medida que la pasión iba incrementándose. Estaba tan pegada a él que le provocaba un intenso deseo.

Tobias se acostó de espaldas en el banco de piedra y la atrajo hacia sí, haciendo que se colocara a horcajadas encima de él. Le levantó la falda para poder deleitarse con la visión de sus piernas, enfundadas en unas atractivas medias. Ella le desanudó la corbata y luego comenzó a desabotonarle la camisa. Cuando le puso las tibias palmas de las manos sobre el pecho desnudo, él respiró profundamente.

—Me encanta sentir tu cuerpo —dijo ella. Inclinó la cabeza y le besó en un hombro—. Tocarte me da fuerzas, Tobias March.

—Lavinia. —Le quitó los alfileres que sujetaban su pelo y oyó el repiqueteo cuando se desparramaron por el suelo de piedra.

Ella lo mordisqueó una y otra vez, lo que a él le inspiró la idea de que quizá, si tuviera pluma y un tintero, algún día podría llegar a escribir poesía.

Cuando él tuvo abierta la botonadura de sus pantalones, ella se estremeció en sus brazos. Segundos después, cuando la alzó y la hizo voltearse con delicadeza para dejarla en el suelo, ella cruzó sus bellas piernas en torno a él. Tobias ya no se sintió tentado de escribir poesía. Había llegado a la conclusión de que no había forma alguna de poner en palabras una experiencia tan conmovedora como aquélla.

Lánguidamente, ella se apretujó contra él y alzó la cabeza.

—¿Te referías a esto cuando dijiste que harías todo lo posible para convencerme de que te diera una respuesta afirmativa a tu propuesta de seguir siendo socios en el futuro?

—Hmmm, sí —respondió, y deslizó sus dedos hacia el desordenado fuego de su pelo—. ¿Piensas que mi planteamiento es convincente?

Ella sonrió y se encontró de pronto nadando en el profundo y seductor mar de sus ojos.

—Lo que has planteado resulta muy convincente. Como te dije, lo pensaré.

26

Lavinia estudió su imagen en el espejo del probador con ojo crítico.

—¿No le parece que el escote está un poco bajo?

Madame Francesca frunció el ceño.

—El escote es perfecto. Está pensado para insinuar el busto.

—Una insinuación bastante evidente.

—Tonterías. Tiene una discreta inclinación en la dirección correcta. —Madame Francesca estiró una cinta que adornaba el corpiño—. Ya que el busto no es voluminoso, he diseñado el vestido para que plantee preguntas, no para que las responda.

Un tanto indecisa, Lavinia jugueteó con su pendiente de plata.

—Si está tan segura...

—Absolutamente segura, señora. Debe fiarse de mí en estas cuestiones. —Madame Francesca miró ceñuda a la joven costurera, agachada en el suelo junto a Lavinia—. No, no, no, Molly. No prestaste atención al dibujo. Tiene que haber sólo una hilera de cintas de flores en el dobladillo, no dos. Dos son un exceso total en el caso de la señora Lake. Demasiado recargado. Ella es más bien baja, como puedes ver.

—Sí, señora —masculló Molly con la boca llena de alfileres.

—Ve a traer mi carpeta —ordenó madame Francesca—. Te mostraré el diseño una vez más.

Molly se puso de pie como pudo y se apresuró a obedecer.

Lavinia se miró en el espejo.

—Soy demasiado baja y mi busto es más bien pequeño. Realmente, madame Francesca, me sorprende que esté usted dispuesta a perder el tiempo conmigo.

—Lo hago por la señora Dove, por supuesto. —Madame Francesca posó de manera teatral una mano en su exuberante busto—. Es una de mis clientas más importantes. Haría lo que fuera por complacerla. —Pestañeó—. Además, usted representa un desafío para mi talento, señora Lake.

Molly regresó a la sala de pruebas, con la pesada carpeta entre las manos. Madame Francesca se la arrebató, la abrió y comenzó a pasar las páginas.

Lavinia entrevió un vestido verde que le pareció conocido.

—Espere. Ése es el vestido que usted diseñó para la señora Dove. El que usó para la fiesta de compromiso de su hija, ¿no es así?

—¿Éste? —Madame Francesca hizo una pausa para admirar el dibujo—. Sí. Hermoso, ¿no le parece?

Lavinia lo examinó con suma atención.

—Hay dos hileras de rosas. No tres. Este dibujo ha sido alterado. Usted eliminó una hilera entera de rosas, ¿verdad? Puedo ver el trazo.

Madame Francesca exhaló un suspiro.

—Sigo pensando que con su altura y su esbeltez la señora Dove podría haber llevado con sumo primor las tres hileras. Pero ella insistió en que eliminara una. ¿Qué puede hacer una cuando una clienta tan importante se encapricha? Debe ceder. Al final, cambié el diseño.

Lavinia sintió que una ráfaga de agitación y un espantoso temor la invadían. Se dio la vuelta a toda prisa.

—Por favor, ayúdeme a quitarme este vestido, madame Francesca. Debo marcharme ahora mismo. Tengo que hablar con alguien cuanto antes.

—Pero, señora Lake, no hemos terminado.

—Quíteme el vestido. —Lavinia forcejeó con los broches del corpiño—. Volveré en otro momento para completar la prueba. ¿Podría darme una hoja de papel y una pluma? Debo enviar una nota a, hmmm, mi socio.

Llovía, y no había ningún coche de alquiler a la vista. Tardó casi cuarenta y cinco minutos en llegar a Half Crescent Lane.

Lavinia se detuvo ante la puerta de la casa de la señora Vaughn y empuñó el llamador. Debía golpear con fuerza para asegurarse de que la escucharan, pensó. No podían cometer más errores. Antes de que ella y Tobias dieran otro paso en este pérfido asunto debía hablar con la única persona que había dado en el clavo.

Le pareció que transcurría una eternidad hasta que el ama de llaves sorda abrió la puerta. Miró de soslayo en dirección a Lavinia.

—¿Sí?

—¿Está la señora Vaughn? Debo hablar con ella ahora mismo. Es muy importante.

El ama de llaves alargó una mano.

—Tendrá que comprar una entrada —dijo en voz muy alta.

Lavinia refunfuñó y buscó en su bolso. Encontró algunas monedas y las puso en la palma de aquella mano deteriorada por el trabajo.

—Tenga. Por favor, dígale a la señora Vaughn que quien la busca es Lavinia Lake.

—La acompañaré hasta la galería. —El ama de llaves la condujo desde el oscuro vestíbulo hasta la sala, cloqueando alegremente—. La señora Vaughn vendrá enseguida.

El ama de llaves se detuvo frente a la puerta de la galería y la abrió con una pequeña reverencia. Lavinia se apresuró a entrar en la sala en penumbra. La puerta se cerró tras ella. Oyó otro cloqueo apagado proveniente del vestíbulo y luego todo quedó en silencio.

Desorientada, Lavinia intentó acostumbrar la vista a la falta de luz. Una ligera inquietud la hizo estremecer. Y recordó que era la misma sensación perturbadora que había experimentado la vez anterior. Recorrió el lugar con la mirada, deseando que su pulso recuperara el ritmo normal.

La habitación estaba casi igual que cuando ella había estado allí con Tobias. Aquellas realistas esculturas en cera la rodeaban, congeladas en sus distintas posturas. Se acercó al hombre con gafas que leía sentado en su sillón y buscó el piano con la vista.

Había una figura sentada en la banqueta, leyendo con atención una partitura, y con las manos sobre las teclas. Pero era la escultura de un hombre vestido con unos pantalones de montar pasados de moda. Un muñeco de cera, pensó Lavinia, y no la señora Vaughn posando como una de sus creaciones, como la vez anterior. Tal vez a la artista le gustaba, de vez en cuando, introducir cambios en aquella broma que solía jugar a sus visitantes.

—¿Señora Vaughn? —Se abrió paso entre los muñecos, escudriñando sus rostros de cera—. ¿Está usted aquí? Sé que disfruta con esta charada, y su actuación es excelente. Pero hoy, por desgracia, no tengo tiempo para juegos. Necesito consultarle acerca de un tema relativo a su profesión.

Ninguno de los muñecos se movió. Ninguno habló.

—Es muy, muy urgente —siguió diciendo Lavinia—. Cuestión de vida o muerte, creo.

En ese momento se percató de una estatua que miraba hacia la chimenea. Una nueva escultura, pensó, que no recordaba haber visto en la visita anterior. Representaba a una mujer ataviada con un delantal de ama de llaves y una voluminosa cofia cuyos volantes ocultaban su perfil. Estaba inclinada hacia delante, con un atizador en una mano, como si estuviera a punto de remover las brasas apagadas de un fuego extinguido.

No es la señora Vaughn, pensó Lavinia. Es demasiado alta, y sus caderas no son tan redondeadas.

—Por favor, señora Vaughn, si está aquí hágase ver. No puedo darme el lujo de perder tiempo.

Lavinia rodeó el sofá y se detuvo repentinamente cuando vio la figura que yacía boca abajo sobre la alfombra.

—Dios mío.

Por la extrema flaccidez de los miembros supo de inmediato que no se trataba de una escultura en cera caída por accidente. El pavor la dejó sin respiración.

—Señora Vaughn.

Se arrodilló, se quitó un guante y palpó la garganta de la señora Vaughn. Cuando detectó los latidos sintió que le volvía el alma al cuerpo.

La señora Vaughn estaba viva pero inconsciente. Lavinia se incorporó de un salto, dispuesta a correr en busca de ayuda. Su mirada tropezó con la figura de cera del ama de llaves inclinada hacia la chimenea. Se quedó de una pieza.

En los zapatos de aquella figura había barro.

Lavinia contuvo el aliento. Desde donde estaba te-

351

nía un solo recorrido posible para abandonar aquella alargada y angosta habitación, pero pasar por allí significaba quedar al alcance del atizador. Gritar no serviría de nada, puesto que la auténtica ama de llaves era medio sorda. Su única esperanza era que Tobias hubiese recibido el mensaje y llegara cuanto antes. Mientras tanto, debía distraer a la asesina.

—Veo que llegó antes que yo —dijo Lavinia en voz baja—. ¿Cómo se las arregló para lograrlo, lady Neville?

La figura que estaba junto a la chimenea se enderezó con un súbito movimiento.

Constance, lady Neville, se volvió hacia ella y alzó el pesado atizador de hierro. Sonrió.

—No soy tonta. Sabía que usted seguía siendo un problema potencial, señora Lake. Así que contraté a alguien para que la siguiera. —Constance se movió para bloquear el camino a la puerta—. El hombre interceptó al golfillo que usted envió en busca del señor March. Le pagó muy bien al muchacho para que no le diera su mensaje y me puso sobre aviso. No abrigue falsas esperanzas, señora Lake, nadie vendrá a ayudarla.

Lavinia retrocedió con cuidado, tratando de que el sofá quedara entre ella y la mujer, y tanteó el relicario que llevaba debajo de su pañoleta.

—Es usted la que estaba detrás de todo, ¿verdad? Usted es la artista. Vi sus esculturas en la galería especial de Huggett. Eran de lo más peculiares.

—¿Peculiares? —dijo Constance con desdén—. Usted no sabe nada de arte. Mi obra es brillante.

Lavinia apretó el relicario, tiró con fuerza para desprenderlo y pronto lo tuvo en la mano. Estiró el brazo y sostuvo la pequeña pieza en el aire para permitir que la pulida cadena de plata capturara la escasa luz de la habitación en penumbra.

—¿Brillante como mi relicario, diría usted? —preguntó en tono amable y sereno—. ¿No es bonito? Mire cómo relumbra. Es tan brillante... Tan brillante... Tan brillante...

Constance rió.

—¿Acaso cree que puede comprar su vida con esa baratija? Soy una mujer muy rica, señora Lake. Tengo cofres llenos de joyas mucho más valiosas. No me interesa su relicario.

—Es tan brillante... ¿No le parece? —Hizo oscilar el relicario de plata, que centelleó y relumbró a medida que se desplazaba en un movimiento pendular—. Es un regalo de mi madre. Es tan brillante...

Constance parpadeó.

—Ya se lo dije. No me interesan esas chucherías.

—Le decía que sus obras en cera son de lo más peculiares, pero en mi opinión les falta el realismo que logra la señora Vaughn.

—Usted es tonta. ¿Qué puede saber? —Una ráfaga de furia atravesó el hermoso rostro de Constance. Echó una mirada al relicario, que seguía oscilando, y frunció el entrecejo como si los destellos de luz le molestaran—. Mis obras en cera son muy superiores a estas mundanas esculturas. A diferencia de la señora Vaughn, yo no temo capturar en mi obra las pasiones más oscuras y extraordinarias.

—Usted le envió la amenaza de muerte a la señora Dove, ¿no es así? Me di cuenta esta tarde cuando vi el diseño original del vestido verde que había hecho la modista. Usted se basó en esa imagen para hacer su pequeña obra en cera, pero la vio antes de que fuera modificada. La prenda terminada es distinta. Como clienta de madame Francesca, tuvo usted la oportunidad de estudiar el dibujo. En cambio, nunca vio la versión final, porque no asistió a la fiesta de compromiso. Si hubiera ido habría advertido que en el dobladillo había sólo dos hileras de rosas, no tres.

—Ya no importa. Ella es una prostituta, igual que todas las otras mujeres que él tuvo. También morirá.

Constance se acercó aún más.

Lavinia respiró hondo pero mantuvo el relicario en movimiento, sin alterar el ritmo de su oscilación.

—Fue usted quien hizo envenenar a Fielding Dove, ¿no es así? —preguntó en tono suave y tranquilo.

Constance miró el relicario y enseguida apartó la vista. Como si no pudiera evitarlo volvió a mirarlo una vez más y a seguir su balanceo con la mirada.

—Lo planeé todo, hasta el último detalle. Lo hice por Wesley, ¿comprende? Todo lo hice por él. Me necesitaba.

—Pero Neville nunca apreció de veras su inteligencia y su inquebrantable lealtad, ¿no es cierto? Él daba por sentado que las cosas debían ser así. Se casó con usted por dinero y después volvió a frecuentar otras mujeres.

—Las mujeres que usaba para desahogar su lujuria no eran importantes. Lo importante era que Wesley me necesitaba. Y él lo sabía. Éramos socios.

Lavinia se sobresaltó y estuvo a punto de perder el ritmo del balanceo de su relicario. Concéntrate, estúpida. Tu vida depende de esto.

—Entiendo. —El relicario siguió balanceándose con suavidad—. Socios. Pero usted era el socio inteligente.

—Sí. Sí. Fui yo quien se dio cuenta de que Fielding Dove estaba investigando las actividades de Wesley durante la guerra. También noté que Dove estaba envejeciendo y desmejorando. Y supe que había llegado el momento de actuar. Una vez que Dove hubiese muerto, nada se interpondría en el camino de Wesley. Sólo habría que atar algunos cabos sueltos. Siempre me he encargado de solventar esos problemas.

—¿A cuántas de sus amantes asesinó?

—Hace dos años, por fin me di cuenta de la necesidad de deshacernos de esas prostitutas baratas. —Constance lanzó una mirada feroz hacia el relicario en movimiento—. Empecé a rastrearlas. No fue fácil dar con ellas. Hasta ahora me he cargado a cinco.

—Usted creó esas estatuas en cera que se exhiben en la galería del museo de Huggett para celebrar sus éxitos como asesina, ¿no es así?

—Tenía que mostrarle al mundo la verdad acerca de esas mujeres. Empleé mi talento para demostrar que, a la larga, el futuro que les espera a las mujeres que se dedican a la prostitución está plagado de dolor y angustia. Para ellas no hay pasión, ni poesía, ni placer posible. Sólo dolor.

—Pero la última se le escapó —preguntó Lavinia—. ¿Qué pasó? ¿Cometió un error?

—No cometí ningún error —gritó Constance—. Una estúpida fregona dejó un cubo de agua enjabonada cerca de la puerta. Resbalé y caí, y la ramera se me escapó. Pero tarde o temprano la atraparé.

—¿Quién es el modelo del hombre que aparece en todas sus esculturas, Constance? —preguntó Lavinia con calma.

Constance pareció no entender.

—¿El hombre?

Lavinia siguió haciendo oscilar el relicario.

—La cara del hombre que aparece en todas las esculturas es siempre la misma. ¿Quién es, Constance?

—Papá. —Constance lanzó el atizador contra el relicario como si tratara de hacerlo desaparecer de un golpe—. Papá es el hombre que hace sufrir a las prostitutas.

—Logró rozar el relicario con la punta del atizador—. También me hizo sufrir a mí. ¿Comprende? Me hizo sufrir mucho.

Lavinia tuvo que esquivar el atizador dos veces más. Las cosas empeoraban. Se las arregló para mantener en movimiento el relicario pero comprendió que era hora de cambiar de tema.

—Todo fue bien hasta que Holton Felix se apoderó del diario y, como buen chantajista que era, comenzó a enviar sus esquelas exigiendo dinero a cambio de su silencio —dijo.

—Felix supo por el diario que Wesley era miembro de la Blue Chamber. —Ahora Constance parecía más tranquila. Sus ojos seguían las oscilaciones del relicario—. Tuve que matarlo. Fue bastante fácil. Era un idiota. Lo encontré pocos días después de recibir su carta.

—Lo mató y se llevó el diario.

—Lo hice para proteger a Wesley. Todo lo hice para protegerlo.

Imprevistamente y con fiereza, Constance blandió el atizador contra el relicario. Lavinia se echó hacia atrás y logró evitar el golpe por muy poco. La curvada punta de hierro golpeó el cráneo de una de las esculturas, que se desplomó sobre la alfombra con la cabeza destrozada.

Lavinia se apresuró a apostarse detrás de la modesta figura de la mujer del abanico, que quedó entre ella y Constance. Extendió el brazo hacia un costado y comenzó a hacer oscilar otra vez el relicario.

Con evidente irritación, Constance fijó la vista en la centelleante pieza de plata. Intentaba no mirarla, pero sus ojos volvían a ella una y otra vez. Lavinia se dio cuenta de que no estaba totalmente en trance pero que, de todos modos, el relicario lograba distraerla.

—Sólo después de leer el diario descubrió que la señora Dove y su esposo habían sido amantes, ¿no es así? Eso lo cambió todo, al menos para usted. Podía ignorar a todas las otras mujeres, pero no podía perdonarle aquel romance.

—Las otras no importaban. —Constance avanzó hacia ella, con el entrecejo fruncido—. Eran prostitutas baratas. Él las recogía en los burdeles, se divertía con ellas un tiempo, y luego las abandonaba a su suerte. Pero Joan Dove es otra cosa.

—¿Porque estaba casada con el jefe de la Blue Chamber?

—Sí. Ella no es como las otras. Es rica y poderosa, y sabe todo lo que Azure sabía. Cuando leí el diario comprendí de inmediato que Wesley no me necesitaría cuando asumiera el cargo de Azure como jefe de la Blue Chamber.

—¿Pensó que él se quedaría con Joan?

—Ella podía darle todo lo que era de Azure. Sus contactos, sus conexiones, los detalles relativos a sus finanzas, y la propia Blue Chamber. —Constance alzó la voz hasta que se convirtió en un agudo aullido de desesperación—. ¿Qué podía ofrecerle yo comparado con eso? Además, Wesley la había deseado como nunca me había deseado a mí.

—Así que decidió que ella también tenía que morir.

—Si la tenía a ella, ya no me necesitaría.

Constance alzó otra vez el atizador. Pero esta vez parecía estar apuntando al relicario en movimiento. Lavinia empujó la estatua de la mujer con el abanico en dirección a ella. El hierro la golpeó, destrozándole la cabeza, y la figura se desplomó.

—Pero quería que sufriera como ella me había hecho sufrir a mí —murmuró Constance siguiendo el relicario con la vista—. Así que le envié la escena de su propia muerte esculpida en cera. Quería que la viera. Quería que supiera lo que es el miedo.

Sacó el atizador del cráneo de cera y volvió a colocarlo en posición de ataque. A Lavinia le dio la impresión de que ahora sus movimientos eran más lentos.

—¿Por qué mató a su marido? —Lavinia retrocedió lentamente, tanteando con una mano para no tropezar con ninguno de los objetos que se interponían en su camino.

—No tuve otro remedio. Él lo había arruinado todo. —Constance aferró el atizador con ambas manos—. Qué hombre tan estúpido. Estúpido. Estúpido y mentiroso. —Su respiración era agitada. Sus ojos alternaban el relicario y el rostro de Lavinia—. Tobias March le tendió una trampa y Wesley cayó en ella como un chorlito. Yo estaba en casa aquella noche cuando él regresó, después de su encuentro con March. Estaba desesperado. Le ordenó a su ayuda de cámara que hiciera sus maletas, dijo que tenía que huir del país.

Los dedos de Lavinia se toparon con el piano. Se detuvo.

—En ese momento usted supo que todos sus esfuerzos habían sido en vano.

—Le hice creer que le ayudaría a escapar sano y salvo. Fui con él a los muelles, donde un conocido suyo le había prometido esperarle para embarcar con él. Le sugerí a Wesley que lo esperáramos en la casa.

—Y allí lo mató.

—Era lo único que podía hacer. Él lo había arruinado todo. —El rostro de Constance se descompuso—. Quería golpearle y desfigurarle como había hecho con aquellas prostitutas, pero sabía que debía parecer que se había suicidado. De ese modo March y los demás no sospecharían nada.

—¿Y ahora? ¿Se propone ser la jefa de la Blue Chamber?

—Sí. Ahora yo seré Azure. —Constance miraba fijamente el relicario en movimiento.

—Lo será, por supuesto. Brillante, muy brillante, Azure.

De pronto, Lavinia lanzó el relicario hacia la escultura de cera más próxima. Constance siguió la centelleante joya de plata con la vista.

Lavinia tomó el candelabro que estaba encima del piano y se lo arrojó a Constance. El objeto le golpeó en la cabeza. Gritó, dejó caer el atizador, y cayó de rodillas. Se llevó las manos a la cabeza, aullando de dolor.

Lavinia sorteó el cuerpo de la señora Vaguhn, todavía inconsciente, se subió de un salto al sofá, brincó por encima del respaldo y corrió hacia la puerta.

Cuando estaba a punto de alcanzar el picaporte, la puerta se abrió de golpe. En el vano apareció Tobias. Tenía una expresión amenazante.

—¿Qué diablos pasa aquí? —La tomó en sus brazos y miró hacia dentro.

Lavinia se volvió sin apartarse de él.

Constance seguía de rodillas; ahora sollozaba.

—¿Así que fue ella? —dijo Tobias.

—Sí. Pensaba que ella y Neville eran socios, ¿sabes? Al final, lo mató porque creyó que él estaba a punto de violar las cláusulas de su contrato.

27

—Ella sabía que él no la amaba, pero creyó que entre ellos había un vínculo más importante y duradero —dijo Lavinia.

—¿Una relación metafísica? —Joan enarcó las cejas en un gesto de elegante desdén—. ¿Con un hombre como Neville? Pobre mujer, qué equivocada estaba.

—No sé si consideraba el arreglo que tenían en términos metafísicos. —Lavinia bajó su taza de té—. Lo dudo. Habló de una sociedad.

—Demonios —murmuró Tobias, arrellanado en un enorme sillón, a un costado, mientras le dedicaba a Lavinia una sombría mirada—. Tenía que usar esa palabra...

—Creía que se había vuelto indispensable para él y que él comprendía que la necesitaba —dijo Lavinia apoyando sus manos en los brazos curvos de su silla y mirando a Joan a los ojos—. Y se veía a sí misma como el socio inteligente. Ella urdía la estrategia. Ataba todos los cabos sueltos.

—Ella envenenó a Fielding —dijo Joan, mirando su té.

—Como usted dijo, estaba bastante loca —murmuró Lavinia.

—Ya lo creo. —Tobias juntó los dedos—. Por eso su familia la ha internado en una clínica psiquiátrica privada. Pasará el resto de su vida encerrada. Nadie tendrá que preocuparse por sus desvaríos y delirios.

Joan alzó la vista.

—¿Fue ella la que asesinó a las amantes que Neville abandonó y la que trató de matarme a mí la noche de la fiesta en la mansión Colchester?

—Durante años se había visto obligada a aceptar las infidelidades de Neville —dijo Lavinia—. Según ella, para él no significaban nada.

Joan hizo una mueca.

—Pues en eso tenía razón.

—Sí —dijo Lavinia—. Creo que se convenció de que su relación con Neville estaba más allá del deseo lascivo que a él le inspiraban las otras mujeres. Al fin y al cabo la lujuria es algo tan efímero... Y, al parecer, para ella sólo significaba dolor. Ella no quería su pasión.

Tobias murmuró algo ininteligible. Ella lo miró inquisitivamente, pero él no se molestó en repetirlo. En cambio, fijó la vista en el fuego, con una expresión sombría y enigmática. Lavinia se volvió hacia Joan.

—A pesar de todo —dijo Lavinia—, creo que Constance odiaba a las otras mujeres. Cuando concibió su estrategia para convertir a Neville en el nuevo jefe de la Blue Chamber tuvo, de pronto, la excusa perfecta para deshacerse de algunas de ellas. Le explicó a Neville que aquellas mujeres podían amenazar su carrera en la organización.

—Neville sabía lo que ella estaba haciendo —dijo Tobias—. Pero no le parecía mal. Sin duda aceptaba los argumentos que ella le proponía para justificar las muertes. Incluso pensaba que las esculturas eran interesantes. Ahora, al reconstruir nuestro encuentro de aquella noche, cuando traté de hacerlo confesar, me doy cuenta de que en realidad no se consideraba el asesino. Lo único que reconocía era que sabía que las mujeres habían sido asesinadas.

—Dejaba esa clase de cosas en manos de Constance —añadió Lavinia con la mirada fija en el fuego—. Ella se sentía más que feliz por poder manejar los detalles molestos en lugar de él. Pero cuando leyó el diario y descubrió que había mantenido relaciones con Joan, no pudo controlar el miedo y la furia.

Joan meneó la cabeza con expresión triste y apesadumbrada.

—Como les decía, esa mujer es una lunática.

—Los lunáticos tienen su propia lógica —comentó Lavinia—. La esencia del asunto es que decidió que usted era una seria amenaza para su relación con Neville. Tenía miedo de que ustedes dos reanudaran su relación íntima una vez que Neville tomara el control de la Blue Chamber.

Joan se estremeció.

—Como si a mí hubiera podido interesarme reanudar alguna clase de relación con un hombre tan espantoso...

—A su manera, ella lo amaba —dijo Lavinia—. Y no podía imaginar que usted no sintiera lo mismo.

Tobias se revolvió en su sillón y estiró su pierna izquierda en dirección al fuego.

—Para su mente desquiciada, usted era la única de sus antiguas amantes que podía apartarlo de ella, porque podía ofrecerle todo lo que ella misma podía ofrecerle, incluso más.

Joan meneó la cabeza.

—Qué triste.

Lavinia carraspeó.

—Ya lo creo. Cuando leyó el mensaje que le envié a Tobias esta tarde, se dio cuenta de que yo seguía investigando. Llegó a la casa de la señora Vaughn minutos antes que yo porque fue en su propio carruaje. Yo me vi obligada a caminar, por culpa de la lluvia. Entretanto ella atacó a la señora Vaughn y la dejó inconsciente.

—Por suerte no la asesinó —dijo Joan.

—La señora Vaughn me explicó que su espesa cabellera, y su cofia, amortiguaron en parte el efecto del golpe.

»Cayó al suelo, aturdida, pero tuvo la presencia de ánimo suficiente para simular que había muerto. Yo llegué poco después, y eso evitó un segundo golpe.

Joan miró a Tobias.

—¿Cómo llegó de manera tan oportuna a casa de la señora Vaughn si no recibió el mensaje?

Tobias sonrió.

—Sí que lo recibí. El muchacho le vendió primero la información al espía de lady Neville pero, como es un astuto hombre de negocios, después fue a verme a mí. El resultado fue que lo recibí con retraso, pero de todos modos lo recibí.

—Entiendo. —Joan se incorporó y se alisó los guantes—. Supongo que todo ha terminado, entonces. Me alegro mucho de que no haya salido lastimada, Lavinia. Estoy inmensamente agradecida por todo lo que usted y el señor March han hecho por mí.

—No tiene por qué —dijo Lavinia poniéndose de pie.

Joan sonrió.

—Lo que le dije ayer lo mantengo. Me considero en deuda con ustedes. Si alguna vez puedo hacer algo por cualquiera de los dos, espero que no duden en acudir a mí.

—Gracias —dijo Lavinia—. Pero no se me ocurre por qué podríamos necesitar su ayuda.

—A mí tampoco. —Tobias, que ya estaba en pie, se encaminó a abrir la puerta—. Pero apreciamos de corazón su generosa oferta.

Los ojos de Joan brillaron con una secreta picardía. Traspuso la puerta y se detuvo un momento en el vestíbulo.

—Me sentiría de lo más decepcionada si no me incluyeran en alguna de sus futuras investigaciones, ¿saben? Creo que lo pasaría bien.

Lavinia se quedó mirándola sin saber qué decir. Tobias no abrió la boca.

Joan inclinó la cabeza con elegancia, a modo de despedida, luego se volvió y recorrió el vestíbulo en dirección a la puerta de la calle, donde la señora Chilton la esperaba para acompañarla.

Tobias cerró la puerta del estudio. Luego se encaminó al armario donde estaba el jerez, y sirvió dos copas. Le alcanzó una a Lavinia sin decir una palabra y volvió a sentarse en el enorme sillón.

Permanecieron en silencio un buen rato, contemplando la danza de las llamas en la chimenea.

—La noche que encontré la carta de Carlisle que comprometía a Neville me consideré incluso demasiado afortunado —dijo Tobias al cabo de un rato—. Pero en ese momento se me ocurrió que podía ser una falsa pista, colocada en un sitio en el que cualquiera que buscara con esmero podría descubrirla.

—Sólo alguien que quisiera destruir a Neville habría hecho algo así.

—Es posible que lady Neville dejara la carta en un lugar en el que pudiera ser descubierta —dijo Tobias.

—Al comienzo de esta historia, lady Neville quería que sólo muriera la señora Dove. No quiso ver muerto a su marido hasta que le resultó obvio que había arruinado todos sus planes.

—Hay alguien más que sabía que yo me proponía registrar la casa de Neville aquella noche. Alguien que podría tener la clase de conexiones con criminales que se necesita para hacer que una carta falsa sea colocada de manera furtiva en la mansión y esconderla en el dormitorio de Neville.

Lavinia se estremeció.

—Por supuesto.

Sobrevino un silencio.

—¿Recuerdas que te mencioné otros rumores, los que me contó Jack Sonrisas en The Gryphon? —preguntó Tobias—. Se referían a una batalla subterránea por controlar la Blue Chamber.

—Lo recuerdo. —Lavinia bebió un sorbo de jerez y bajó la copa—. Pero sospecho que el fantasioso cuento que te contó Jack no era más que un chisme infundado y sin sentido, de esos que se escuchan en la calle y en los prostíbulos.

—Estoy seguro de que así es. —Tobias cerró los ojos, reclinó la cabeza en el cojín y se frotó mecánicamente la pierna—. Pero supongamos, aunque sólo sea por entretenernos, que hubiera algo de verdad en esos rumores que hablaban de una guerra entre criminales. Uno podría sacar conclusiones muy interesante acerca del resultado de un conflicto de esa clase.

—Desde luego —Lavinia hizo una breve pausa—. De todos los que tenían alguna relación con la Blue Chamber, la única que sigue viva es Joan Dove.

—Sí.

Sobrevino otro largo silencio.

—Ella piensa que está en deuda con nosotros —dijo Tobias sin el menor énfasis.

—Ha dicho que no deberíamos dudar en acudir a ella si alguna vez puede hacer algo por nosotros.

—Y piensa que sería interesante participar en otra de nuestras investigaciones.

En la chimenea, el fuego crepitaba con una suerte de malévola alegría.

—Creo que necesito otra copa de jerez —dijo Tobias al cabo de un rato.

—Creo que yo también.

28

Al día siguiente, por la tarde, Tobias entró en el estudio de Lavinia con un gran baúl en los brazos.

Lavinia frunció el entrecejo cuando vio el baúl.

—¿Qué traes ahí?

—Un pequeño recuerdo de cuando estuvimos en Italia. —Dejó el baúl sobre la alfombra y se dispuso a abrirlo—. Desde entonces he estado pensando en traértelo, pero en los últimos tiempos hemos estado bastante ocupados. Se me olvidó.

Ella, curiosa, se incorporó y rodeó el escritorio.

—Alguna de las estatuas que me vi obligada a dejar allí, espero.

—Nada de estatuas. —Tobias levantó la tapa del baúl y se incorporó, dando un paso atrás—. Esto es otra cosa.

Lavinia se apresuró a escudriñar en el baúl. Vio las pilas de volúmenes encuadernados en cuero cuidadosamente envueltos. Sintió que una oleada de alegría la invadía. Se arrodilló junto al baúl y comenzó a rebuscar.

—¡Mis libros de poesía! —Pasó un dedo por las letras repujadas de una de las cubiertas.

—Envié a Whitby a tu casa al día siguiente. Yo no podía ir a causa de mi maldita pierna. Fue él quien embaló los libros.

Lavinia se incorporó, con un volumen de Byron en las manos.

—No sé cómo agradecértelo, Tobias.

—Es lo menos que podía hacer, dadas las circunstancias. Como has dicho más de una vez, y con razón, lo que ocurrió esa noche fue culpa mía.

Ella rió entre dientes.

—Así es. De todos modos, te estoy muy agradecida.

Él le tomó la cara entre las manos.

—No quiero tu gratitud. Estoy mucho más interesado en discutir cómo se desarrollará nuestra sociedad. ¿Has dedicado algún pensamiento a la sugerencia que te hice hace unos días?

—¿Lo de que deberíamos trabajar juntos en algunas investigaciones? Sí, en realidad, he pensado mucho en eso.

—¿Y cuál es tu reflexiva conclusión? —preguntó él.

Ella apretó con fuerza el libro de poesía.

—Mi opinión es que cualquier futura asociación entre nosotros estaría plagada de calurosos desacuerdos y discusiones destempladas, por no hablar de una buena cuota de frustración.

Él meneó la cabeza, con expresión sombría.

—Pienso como tú. Pero debo admitir que nuestros calurosos desacuerdos y nuestras discusiones destempladas me resultan extrañamente estimulantes.

Ella sonrió y dejó el libro sobre el escritorio. No apartó de él sus ojos mientras le echaba los brazos al cuello.

—A mí también —murmuró—. Pero ¿qué haremos con la frustración?

—Ah, sí, la frustración. Por suerte, hay un remedio para eso. —Le rozó los labios con el pulgar—. La cura es temporal, lo admito, pero se puede aplicar todas las veces que sea necesario.

Ella se echó a reír.

Él la besó hasta acallar su risa. Después, siguió besándola un largo rato.